麦粒轰鸣

著 贾辽源

山西出版传媒集团 北岳文艺出版社
·太原·

图书在版编目(CIP)数据

麦粒轰鸣 / 贾辽源著. -- 太原：北岳文艺出版社,
2025. 1. -- ISBN 978-7-5378-6969-0
Ⅰ. I25
中国国家版本馆CIP数据核字第2024ZE4439号

麦粒轰鸣
Maili Hongming

贾辽源　著

//

出 品 人	出版发行：山西出版传媒集团·北岳文艺出版社
郭文礼	地址：山西省太原市并州南路57号
	邮编：030012
选题策划	电话：0351-5628696（发行部）　0351-5628688（总编室）
高海霞	传真：0351-5628680
	经销商：新华书店
责任编辑	印刷装订：山西人民印刷有限责任公司
高海霞	
	开本：787 mm×1092 mm　1/16
装帧设计	字数：223千　印张：15.5
张永文	版次：2025年1月第1版
	印次：2025年1月山西第1次印刷
印装监制	书号：ISBN 978-7-5378-6969-0
郭　勇	定价：62.00元

本书版权为本社独家所有，未经本社同意不得转载、摘编或复制

麦客，是指流动的替别人割麦子的人。

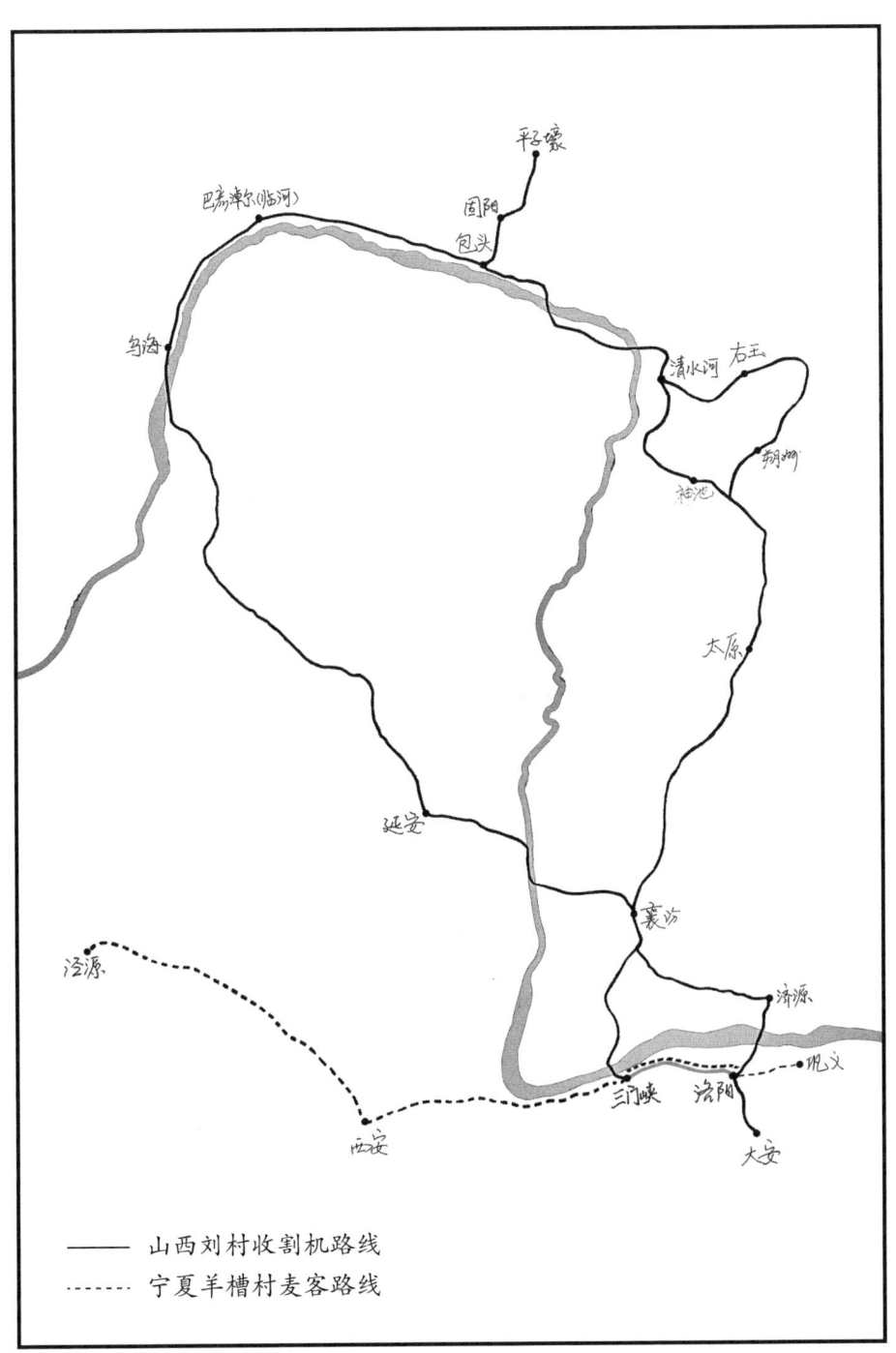

新旧麦客收割路线图　贾辽源/绘

自序：反思一下政治经济学

思考麦客很多年，直到提笔来写，渐趋深入，抽丝剥茧，才恍然大悟：原来，当年以镰刀为武器的关中麦客与后来遍布祖国大江南北，以联合收割机为标志的新麦客，他们之间竟然掩藏着一些很值得人们琢磨的经济道理。都是以挣钱为目的，都是打短工，差别在哪里，分野在何处？话题深奥且堂皇。

我注意到，当年活动于关中一带的麦客，他们追求的一是金钱，二是尊严，金钱通过艰辛劳作来换取，尊严却需要足够的金钱来支撑。收割机是技术进步的产物，其本身就是金钱的象征，司机即便露宿荒野也没人瞧不起他们，那么除了挣钱，收割机司机还在追求什么？无非为了摆脱农民身份，过上与城里人一样舒适的生活。国家一直鼓励人民创造美好生活，实现人民对美好生活的向往是我们确立的新目标，这无疑切中了百姓的命脉。

有一门学问叫政治经济学，核心就是研究商品生产、流通以及资源、金钱的分配，"生产关系"这个名词大体就是对这个问题的总概括，教材这样表述：生产资料归谁所有，产品如何分配。活动在关中平原的千军万马，时间可谓长矣，人数可谓多矣，可他们最可宝贵的财产只是手中的那把镰刀，说值钱，也值钱，那是他们赖以吃饭的家什，相当于命根子。若说不值钱，也不值钱，就一个刀片，一根镰把，过去，农村集市上成堆摆放，真不值几个钱！按等价交换的原则，以这样一个不值钱的东西去交换别人腰包里的金钱，能换几个？麦客们唯一能搭载的就是那条散发着汗臭的身子的活劳动，如此这般，也就只能算是混口饭吃了。联合收割机则不同，它一落地就含金衔玉，是上百年历史叠加起来的科学技术和新麦客们的巨额投入，由此也就引发了劳动生产率的巨大改观。收割机以固定资产的身份成为新麦客的核心竞争力量，它是一种投资，起步就将巨额金钱转化为资本，使新麦客明显带着老板的身架和气势，如此姿态出场亮相，谁人还敢小觑？而低头收割的老麦客，一代代艰辛劳作，挣扎苦斗，年复一年，日复一日，其实，劳动工具早就决定了他们的一切，一如弯腰弓背在大地上收割了几千年黍粟稻麦的中国农民！

工具决定劳动所得，那么工具的改变和所得的分配由谁来决定？

最让人关注的就是国家政策，即权力。权力的背后是人，也就是说，是人的意志影响着科技进步与否，影响着一个时期的分配制度，影响着生产关系的稳定还是变革。从收割机的诞生演变来看，无疑，生产关系影响着生产力的发展，也就是说，劳动工具的变革是由人或者说权力、政策影响的，中国始于20世纪80年代初期的改革开放证明了这一点！没有改革开放，就不会有农民个人购置拖拉机、收割机，中国农民也就不会有镰刀与收割机的更替，中国农村的生产方式也就不会有今天的翻天覆地。

问题从另一个角度来看更有意思。麦客只能主宰自己，他们的意志只决定自身范围内的事情，至于能不能购买、拥有乃至使用拖拉机、收割机，很大程度上受到国家政策影响。麦客是人与镰刀的"结合"，新时代的麦客是人与收割机的"结合"，两种结合的本质都是人转化为工具，成为名副其实的生产力。可是，他们的选择以及他们赖以谋生的劳动工具明明又受到政策的掣肘。显然，人有两种分野：一种是纯粹的劳动力，亦即生产力，而另一种则转化为生产关系的制造者，古人将这两类人分别称为劳力者与劳心者。劳心者主宰社会资源与财产，劳力者始终只是工具。按理，公共资源与劳动工具本无什么必然关系，可一旦人的意志参与其中，二者就有了剪不断扯还乱的纠缠。

人是生产力与生产关系的决定者。只有把人的问题单另考虑，从生产力和生产关系中剥离出来，我们才可真切地看清这个纷纭复杂的世界。无奈的是，我们总是固守已有的认知，而且，为了支撑这个认知，总要给自己的行为寻找一个恰当的理论依据，总是用"仁者见仁，智者见智"给自己辩护。

麦客问题多年纠结，颇费周折。麦客，在一般人眼里，他就是一群替人割麦的人，其实，他是一类农人的生存状态，其行为和他们赖以生存的工具背后蕴含着极其深奥的市场规律。他们的一言一行、一举一动，他们生活的每一个细微变化都折射着我们前行的脚步，以及这脚步发出的呼呼喘息抑或嗡嗡轰鸣。

中国农业、农村、农民问题的最终解决和终极出路是乡村振兴，农民富裕。作为劳动工具的镰刀和收割机以及它们的更迭、发展，只是一种浅显的表象。历史可以证明，现实正在证明。

目录

序　篇 …………………………………………001

辑一　到汝阳 …………………………………009
　　　出　发 …………………………………011
　　　在路上 …………………………………016
　　　招摇过市 ………………………………024
　　　第一镰 …………………………………029
　　　遭遇尴尬 ………………………………038

辑二　老麦客 …………………………………045
　　　寻找羊槽 ………………………………047
　　　信　用 …………………………………055

辑三　前奏曲 …………………………………061
　　　域里域外 ………………………………063
　　　畸　舞 …………………………………075
　　　累得受不了了 …………………………094

辑四	新麦客	109
	搭台与唱戏	111
	两台车，两条道	127
	道可道　非常道	141
	我有诉求	154

辑五	新时代	167
	新营生	169
	子承父业	183
	尴尬与无奈	192
	阴山以北	203
	归　宿	218

参考文献与资料 … 231

序篇

中国，每年5月中下旬，淮河南岸往北，铺满大地的麦子渐次成熟，直到9月下旬，内蒙古大青山以北的腹心地带，人们渐次嗅闻着裹挟了浓烈麦香的尘土气息，将几个月的盼望收回家中，这就是华北的麦收季节。

刈割、捆扎、拉运、晾晒、碾场、扎垛、扬场、装袋、入瓮，这一连串劳作是流传千年的传统麦收程序，然而，谁也没有料到，20世纪90年代，短短几年时间，这个"颠扑不破"的程序竟然被一个巨大的铁器掀翻了。那般繁杂，那般劳累，以至于农人需要花费近一个月时间才能扛过去的麦收时节，如今，不到一个小时就全都终结了。以往，全家男女老少倾巢出动，甚至还得一些帮手，吃在田头，歇在草丛；可现在，一个花甲老人骑个电动三轮车，一眨眼，麦子就送进收购站，拿到手里的要么是钞票，要么是面粉。如果地球停止摆动，大地瞬间驻足初夏，麦子一眨眼全都成熟，一棵棵摇头晃脑，舒展胸膛，叫唤着：快来，快来，割吧，割吧。我相信，那些巨大的、可怕的铁家伙一夜之间就能将华北大地剃成锃亮的秃头！

曾经，有位作家回忆麦子的割法，发出这样的慨叹："麦子是上天对庄稼人勤劳的赏赐，割麦则是对庄稼人的惩罚。一分辛劳一分收获，用在收割麦子上最合适，过程却是个炼狱，从那里走出来，不可能得到精神升华，只能让人实实在在地脱一层皮，像死过一回，过后，更加像个农民。

第二年麦收季节，再做同样的事，再脱皮，再死一回，一生循环往复。"

我也是农村出身，在麦田里厮混多年，却从来不曾这样思考麦收，更不曾用这样的口气评价庄稼人。谁都曾是庄稼人，庄稼人就是几千年来我们的祖辈先人，纵然艰辛备至，苦痛劳作，谁又能否认，人类生生不息绵延不绝正是有赖于这种生死般、炼狱式的刨食方式。我们生当如此。生存即有艰辛，你可以摆脱肉体的折磨，可你未必能解除精神的苦痛和烦恼。肉体的苦痛可以修复，精神的折磨往往痛苦一生。

对于农民，我有无法割舍的偏爱，更有难以自弃的怀恋。我宁愿把自己的心存放在麦田里，与灼热的阳光抗衡，与成排的麦苗共生共死，与麦田里蹦跳的蟋蟀、蚂蚱一起仓皇舞蹈，与脚下干燥龟裂的土地浑然一体，蒸腾起生命的缕缕气息。或许那一刻，疲惫困顿，生不如死，但我从来不曾轻视嫌弃，因为麦子，连同麦收的苦痛都与父母先人代代相融，早已变成一个族群亘古难变的血脉，在我的血管里奔涌流淌，无法剥离。麦收，只要回味那一个个片段，我的脑海里都充盈着咀嚼、缠绵乃至火辣辣的麦香。

每年麦收，我都吩咐父母，到时打个电话，我一定回来搭把手。可是每次回来，麦子早都已经晾晒在平房上了。母亲说，收割机一来，挨家挨户就过去了。这些年，收割我家麦子的都是本村的收割机——那个巨大的、可怕的铁家伙。绿色抑或红色，摇晃着高大的身躯，轰鸣着，好莱坞大片里的巨兽一般挪进麦田，瞬间吼叫起来，屁股后头喷撒着麦秸碎屑，铺天盖地扬起污浊厚实的尘土，仿佛要碾压整个世界。所经之处，原本金黄美丽、整齐儒雅的麦子陡然消失，土地瞬间光秃秃的，仿若女人的秀发，一剪子下去，叫你心生一丝憾意和留恋，竟然一时难以接受。真想扑趴在大地深处，搂着齐刷刷的麦茬号啕大哭。

卸下麦子，收割机远远地走了，在别家的麦田里嘶吼，吞云吐雾，耀武扬威。一家人围着温热的麦子，一只只手插进麦堆，推过来，抹过去，抓一把，看，尽量凑近自己的眼睛。麦粒在手心里蠕动，然后静止，饱满的粒，像一只只吹圆肚皮的青蛙"哇哇"叫唤。

"真好，成足了！"

每个人都感叹着，应和着。扔了麦粒，女人张开口袋，男人拿起簸箕，"嚓、嚓、嚓"麻利地装起来。

后来，那个铁家伙到哪里去了？

当然是到别处割麦了。可是，如果，仅仅是那个铁家伙也就罢了，关键是那里面坐着一个人。那个驾驶员，他会变成机器的一部分，就那样一家一家地割，把眼前的，我们看到的、看不到的、想象不到的地方的麦子连续不断、永不止息地割下去。他们何时停歇？在何处停歇？在哪里吃饭？吃什么？几时吃？在哪里睡觉？几时睡？据我所知，我们村的收割机每年都去河南割麦，然后，一路循着麦色返回老家，再又踏着季节的脚步，远走他乡。很多次，我想给自己一个答案，但是没有。

陕西有一个摄影家侯登科，拍摄了大量关于麦客的纪实作品。最让我记忆深刻的是一个汉子，在澄澈的天空下，汗水淋淋。平头，敞了衣襟，手里的镰刀有力地勾起一捆麦子，左胳臂撩起，在空中弯曲，既是寻找平衡，又在蕴积能量。他那低头、抬腿、歪身的瞬间总在我的脑海里萦绕，似乎他就是我的邻居亲朋，就是那些祖祖辈辈忙碌在任何一处麦田里的农家男人，形貌各异，形态划一。那些走村串乡的传统割麦人在中国西部被称作"麦客"，但收割机的出现抢了他们的饭碗，也将农民的镰刀逼到墙角旮旯蒙尘生锈，有人将这个铁家伙收割机称为"铁麦客"。侯登科的作品让我们看到了传统麦客的生存状态，感受到了传统麦客的艰苦无奈、坚韧情怀。那么，铁麦客，又是怎样一幅图景？难道仅仅就是屁股冒烟、尘土飞扬、扯着嗓子毫无顾忌地嘶吼？

我的本家叔叔海科就是一名收割机驾驶员。我很多年读书求学，然后参加工作，根本没有机会接触他。一次次，想要了解他们这个群体的念头偶尔泛起，却又很快消失。2016年，父亲做了心脏支架手术，我将父母接到城里生活，似乎离村庄更远了一步。翌年春节，大年初一，满城的鞭炮

—— 005

声渐趋消散。按照惯例,我要回村里给几个老辈族亲拜年。往年回去,也到过海科叔叔家,可是,他也同样走亲串友了。那天,怀揣心思,脚下有几分踌躇,外面的楼梯上咣咣咚咚一片脚步声,进来一大群人,正是海科叔兄弟四个,外带一堆儿孙,他们是来给我年迈的父母拜年的。现如今,在我们这一支贾氏族群里,我的父亲在他们那一辈儿算是年纪较大的。我们这个家族历史久远,根据家谱,光绪三四年,即1877~1878年间,山西大旱,谷麦颗粒无收,饿殍遍野,我们家族第十二代十四个男丁仅存两人,光绪三年二月二十一、二十二日,两天就死去三人。第十二代仅存的两个人依靠什么存活下来,无法得知,可就是他们,苟延残喘着,才使我们贾氏门庭繁衍光大,到我这里已经是第十六代了。

寒暄,落座,倒茶,问候,一连串的亲热浓缩了一年的惦念。问工作,问生活,问孩子,问学习,笑,闹,吵,还有短暂的沉默。我把话题引向收麦。海科叔说,年纪大了,自己早就不去了,现在两个儿子都开收割机,老大贾高峰,小名单字峰,三十多岁;老二贾永峰,小名二娃。一介绍,旁边的两个儿子就笑起来。按说,我们是一个辈分,应该经常互动联络,可城市与乡村、农民和职员似乎存在天然的隔阂。此刻,被过年的喜庆激荡着,每个人都在传递亲情,但心里的那点儿生分却难以掩饰。好在,不出五服就是亲人,我和高峰正好是第五代。想到他驾驶收割机,心里忽然产生跟他一起割麦的想法。可我知道,收割机驾驶室很是局促狭窄,能不能加我一个人,人家嫌不嫌我累赘?妨不妨碍他们干活?这样想着,说话就有些谨慎。试探着问:能坐几个人?回说两个,三个也能坐下。我说:明年我跟上你们,看看你们怎么干活。海科叔哈哈大笑,说:可艰苦哩,你能受得了?我说:你们能受,我就能受。海科叔说:那行。我问:怎么个艰苦?峰说:你出去就看见了,陕西的、河北的,都有,到了晚上,加油站里外地上,睡的全是人。

就在地上睡?

对,一片一片的。

真的？我想起了侯登科的摄影作品：无数麦客在火车站席地而卧；不计其数的麦客扒着火车穿越铁路隧道……

海科叔说：到时候叫上你。话毕，哈哈大笑，那笑，很是爽朗，是痛快的答应，又是笑话我竟然能开出这样的玩笑。

辑一

到汝阳

出　发

听说我下定决心要跟峰去河南割麦，全家人先是震惊，然后就是各种担忧，我却觉得有趣。早就要了峰的电话，让他提前通知我，以便做些准备。我首先考虑的是，怎么样不打扰他们的生活，毕竟，跟着一个和割麦毫不沾边的闲人，要说不打扰，鬼都不信！峰说，那年暑假，村里的教师建国想"体验生活"，跟着他们去了宁夏，一个季节下来，晒成了非洲人，回来很多天，脸上一层层脱皮，一洗，搓一卷。他说，你要跟，可就得一直跟十几、二十天，中间不回来。

我早已铁了心，心一横，跟就跟，有什么了不起！

老婆想得多，说应该多带衣服，起码长短袖、春秋外套、内衣袜子都得两套以上，太阳帽必备，还专门到超市买了一瓶防晒霜，吩咐每天都得往脸上抹，越厚越好。我觉得女人真是多虑，河南的麦子比我们晋南先熟，至少说明一个道理：河南比山西气温高。我们现在穿着长袖衬衫，河南麦收地区一定热得够呛！老婆说，不是怕冷，是怕晒。女人总有女人的道理，索性不闻不问，任由她往行李箱里装。可转眼一想，不对，收割机驾驶室地方狭窄，行李箱往哪里放？况且还有峰的东西，还有睡觉的被褥！对了，被褥。赶紧打电话，问峰是否需要准备被褥，如需要，是厚的还是薄的。峰说，不用，我都准备好了。于是，丢下行李箱，换了一个草绿色的布提包，是老婆在超市买化妆品的赠品。

峰正式通知，如果没有意外，出发时间为5月20日，大致上午九点半启程。

老婆慌了，说心里没底，一定要回村里看看收割机长什么样子。现在想，她当时一定拿定主意，如果收割机没有驾驶楼，是露天驾驶，她一准要断然阻止我的出行计划。19日天黑时分我们赶回去，收割机已经停在院子当中，崭新的机器在灯光和天光的映照下熠熠生辉，锃亮的前挡风玻璃就像楼房里的飘窗，从脚下竖到头顶。视野好宽，整个院子从南到北一览无余，没有任何遮挡。海科叔和婶子站在一边，放展了心地让我的媳妇上下左右、前前后后地视察。

"你看，崭新的车，受不了屈！"海科叔说。他打开车门，给我媳妇介绍收割机的构造，割台、粮仓，还说，驾驶室里有空调，以前没有的时候，大太阳底下热得人火焦火燎，浑身流汗，现在好多了。

媳妇似乎放了心。

如同久别回家，出行的那一刻也是心急火燎。

收割机已经停放在村街上。从一边走来一个皮肤黝黑、个子不高的小伙子，戴一顶黑色棒球帽，鼻梁上夹着宽边眼镜，健壮结实，精干利落。

"上。"峰说。

我们一前一后踩着梯子攀上去。峰将方向盘往前一推，身体与方向盘之间立马呈现出一个很宽的空隙。从空隙里跨过，副驾驶座位可以坐两个人，脚下、身边的空间里可以存放各种杂物，此时，副驾驶座位上厚厚的堆叠着两个被子，红底，淡黑花朵；右侧车门被专门设计的铝合金架子挡着，架子外侧和下方全都放着被褥、提包，脚下是两箱饮料和矿泉水。我和黑小伙并肩坐在棉被上，几乎没有转身的余地，却有高高在上的感觉。腿脚只能踏着饮料箱子，或者插进什么空隙里，每一个姿势都得精心尝试，只要放好就不容再次更正，因为实在没有新的地方可以选择。

声音很大。或许是新买的机器，还没有经过磨合，那发动机像一个怪胎，轰轰吼叫，夹杂着金属摩擦的吱吱声，尖锐刺耳，说话得提高两个八度。峰趴在方向盘上打电话，问对方准备好没有，对方说什么，听不见，峰有些急躁，埋怨，说他和二娃昨天下午就已经把油箱加满了，你怎么到这个时候才想起加油！挂了电话，一松离合，收割机一晃，朝前拱去。站着的时候没有什么特别的感觉，可一动，不得了，外面的房屋、树木全都往后退去，我们像是飘浮在半空里。收割机拼命地嘶吼以及高角度俯视前方，跟平时开小轿车完全不是一回事。那一刻，我觉得自己乘坐的不是车辆，而是宇宙飞行器。

飞行器在村街横空掠过，送行的家属后退不见了。两边的房顶紧贴我们的身子倒向后方，路人都贴着围墙避让，投来敬仰的目光。我们飞行着，柿子树在脚下扫过，电线顶着额头颤抖。夙愿终于实现成行，心里的激动触发着身体的每个关节、每块肌肉，它们不停地战栗抖动，甚至浑身上下都在发冷，僵硬。

峰住在村子最南边。我们往东百米就可以直接出村。县里的中学、法院、公安局等单位已经盖得和村子勾了手，只要上了大街，很快就能拐进108国道，那时，就真有远离家乡、外出谋生的感觉了。可是，一把方向，往北一打，收割机照直穿村而过，朝村子的北门开去。我有些纳闷，可又顾不上多虑，满心体验着飞行器飞掠空中的感受，任它天马行空，随意驰骋。

北门口有个小型活动区域，正中心建了长条形的街心岛，岛上有一座描红画绿的亭子。正前方就是北门门楼，飞龙戏珠，石灰石雕刻。父母原先就住在不远处，这里的一切对我来说再熟悉不过。可是，让我没有想到的是，一到那里，当头一棒，灵魂震颤，犹如走进了好莱坞的恐龙世界：门楼里面，古亭周边，全都是通红锃亮、一模一样的庞然大物。峰说，我们刘村的收割机都是一年一换，几乎没人愿意开旧车。此时，这些机车没有队形，但鳞次栉比，相互挤靠，却又相互谦让。有两辆扭扭捏捏地拱着，蠕动着，声音此起彼伏，震天撼地，仿若恐龙聚会，一个个昂头嘶吼，焦躁不安。有人在路边说笑嘻哈，有人在车上攀爬，撕扯挡风玻璃上的塑料保护膜，有的坐在车上悠闲地等着什么。西边路上，还有一辆正急匆匆地赶过来。

刘村北门。因为街道和院子狭窄,好些收割机只能停放在路边宽敞处

峰顿了一下，扭开车门，问：还干啥？走呀！没人搭话，却都朝他招手，示意让他先走。峰很干脆，走！径直往前开去。眨眼之间，粗略数了一下，这一片足足有十二台收割机，我没有想到会有这么多机器。这种扎堆集合、集体出发的方式大出我的意料。那一瞬间，我竟然产生了一种奇异的幻觉，似乎我们即将前往的地方大海般遍布漫无边际的麦田，那里的农民正眼巴巴翘首以盼，等待我们去收割。那将是多么热闹而又激动人心的场景！我确信，我将见证一个奇迹的诞生，那是一般人梦寐以求却又求之不得的历史时刻！就在我激动不已、血脉偾张的一瞬间，峰第一个钻过了石灰石门楼。那一瞬，我忽然有一种脱胎换骨、生命重生的仪式感：我不再是原来的自己，我、峰，还有那个黑皮肤的年轻人以及外面成群结队的恐龙们忽然间全都高大伟岸起来，我们肩负神圣使命，将去拯救那些面对成熟的麦子呼天喊地、万般无奈的苍生！我们将为远方的百姓奉献自己的汗水和生命。是的，我们所做的，注定是一件惊世骇俗、令人瞩目的宏大事业！

门楼往北，笔直的大道掩映在绿荫里。峰看了一眼反光镜，戏谑地说：都来了。我侧身去看，门楼里面的人们黑乎乎一片，好像被收割机猛地吸附起来，拍打着屁股急匆匆攀上车去。那些收割机像是流水，摇晃着，扭动着，无声无息地出了门，浩浩荡荡地跟在我们后面。

在路上

　　队伍往北、往东又往南，绕了一大圈，一路杀奔县城，继而穿城而过，沿108国道朝着南方狂奔。

　　说来好笑，所谓狂奔，只是一种奔赴战场的心理感受。真正的速度其实慢得出奇：十点多钟动身，三十公里路程，竟然用了一个多小时，这个速度实在不敢恭维。

　　事实上，所有车辆全都经过了改装。新收割机买回来以后，每个人都会根据自己的喜好进行增减修改。首先是原来的传动轮。谷物收割机主要在凸凹不平的田地作业，最合适的速度就是二十迈左右，因而厂家设计最高时速就是二十五迈。人家只考虑田间作业，不会顾及你开多远的路程。在中国，像峰这样开着收割机长途跋涉挣钱谋生只是一种独有的现象。要长途跨区作业，节省赶路时间，就得提高行驶速度，于是，每辆车改装的第一项就是更换传动轮，让车辆的行驶速度超过三十迈。接着就是安装空调。原装空调车价高出万元，自己安装，仅需1200块钱，尽管买台新车国家补助两万块钱，可能省一个还是要省一个。这些年提倡秸秆还田，还得配置秸秆粉碎机；有时放粮，需要往更高的汽车上倾倒，放粮筒就得自行加装液压增高装置；活儿多的时候晚上也得干，何况长途跋涉，连夜赶路，新车大灯亮度和照射距离都不够，还得另外增加几个大灯小灯。如此这般，大大小小的改装足有三四十处。有人在驾驶室装配了热水器，直接带一大桶纯净水。有的把驾驶室装成一个温馨的家，确实，驾驶室就是他们的家！毛巾架、鸡毛掸子、小挂件、自制烟灰缸、工具盒……所有空间都得到有效

多年历练，每个司机都成了机修师傅，所有改装、修理都由自己来完成；一些零碎工具，如螺丝、垫圈全都吸附在一块磁铁上，放在收割机较为隐蔽的角落

各种行李让驾驶室变得异常局促

露宿是家常便饭，收拾被褥驾轻就熟

加油的情形威武气派

利用。至于各种修车工具如同变戏法一般，车辆任何一个旮旯都会利用起来：这儿塞一根钢钎，那儿藏一把长把斧头，冷不丁就能从哪里抽出一把铁锹来……

十二点，到曲沃，我们决定吃饭。路边饭店要了三碗炒面，热腾腾地端上来，慢慢吃。这中间，后面的收割机陆续到达，依次在我们的车后停放。透过窗户，国道上，通红的收割机渐渐聚集，形成一个整齐的队列。峰的电话不断响起，收割机里爬出来的人全都一脸茫然，对着手机说话，眼睛却四下寻找，终于看到对面的饭店，三三两两跑过来，高门大嗓：你跑得真快！峰擦着通红的脸，随口回应：你们都不走么。有人说，你是领头的，我们都跟着你么。一伙伙坐了，一时人满为患，这边吸溜吸溜吃，那边又进来几个，说谁谁的皮带太松，走不成。改装毕竟不是原装，问题层出不穷，你永远不知道哪辆车出现什么状况。

吃完的人站在路边大树下，无所事事。他们都是我们一个村的老乡，感觉年龄相差不大，或者比我年轻，可多年不见，此时相看，全都一个个陌生。有心重新认识一下，又怕轻易认错，闹下尴尬。正忐忑不安，老邻居成管认出了我，他六十多岁，一见我，眼睛发亮，惊喜万分，问：体验生活呀？我说：受罪哩！成管哈哈大笑，指着眼前胖的、瘦的、高的、矮的、黑的、白的、老的、少的，问我认得几个。大家全都看我，也都一脸茫然，大眼瞪小眼，眼光迷离，不敢正视。彼此拼命回忆，最后终于确定是某某某。一二十年不见，岁月磨蚀，头秃了，牙掉了，身胖了，皱纹爬满了，看着全都陌生，一时难以对号。成管一一介绍：大胖子全根，一队茂德的弟弟。最小的那个，老四，陪他一起来的是他的媳妇。小胖子是二队的记红……随着介绍，哦，哦，哦，一声声醒悟，彼此也就熟络起来。今年，成管陪儿子一块出去，还带了自己的外甥，他说，妹妹早年生这个孩子的时候难产去世，现在与后妈不和，跟着媳妇单另过，出来挣点钱。其实，每一个开收割机的人都有自己不同凡响的人生，但，有一点全都一样：为了生计，赚钱养家。

开拔启程,下一顿饭在哪里,谁也不知道,唯一知道的就是赶路。

收割机开足马力,爬坡,转弯,撒开腿脚,敞开心扉地奔跑,仿佛一场旅游,满心满肺都装着对未来的期许、欢欣和热望。直到此时,峰还没有给我介绍身边的黑小伙,也不曾对小伙子介绍我,好像我们本来就相互熟识,这让我多少有些尴尬。于是,主动过问。小伙子自我介绍,说叫林峰,是从北靳村招赘到我们刘村的,平时跟海科叔干工程,眼下,峰到河南缺一个帮手,就临时雇他一季。现在想来,请林峰帮忙全是因为我。如果我不掺和,峰一定会带着媳妇去,也可以省下一季的人工费。这一小小的醒悟,是在收割机进入麦田收割以后,我注意到,峰提供给林峰的钱包正是一个女士坤包。林峰灰色夹克,牛仔裤,一双老旧的黑条绒布鞋,圆脸,戴一架传统的老式黑框眼镜,话语不多,红口白牙映衬着黝黑的皮肤,很是招人喜欢。言谈中,对收麦也是行家,峰困倦的时候,他就上手开一阵子。

过闻喜、夏县,沿209国道上山进入平陆地界,过了平陆就是黄河,对岸便是河南的三门峡。从老家襄汾出发,一路走来,路边的麦子渐次变化,由淡绿变成淡黄,大有即刻成熟的架势。看麦趁早起。大清早的麦子是它本来的颜色,熟不熟,能不能割,一目了然。此刻,行走在雄浑的大山之巅,梯田层叠,果树与麦田交错,山西的麦子尚有将近半个多月的生命需要履行。山路不算宽敞,不知何时铺就的柏油路面坑洼不平,颠簸得厉害。自从有了高速路,原先的老公路普遍受到冷落,尽管也有缝缝补补,却也难以遮盖它的破败。然而,破败也没有什么不好,此刻,看着车外的黄土山坡,沟壑纵横,颠簸反倒让我想起一些远古的事情,感受到了这条道路曾经承载过的灼烈与血腥。早在2600多年前,晋国从都城曲沃出发,假道伐虢,就经由脚下这条道路。那时的路面定然细瘦如肠,征尘滚滚。此刻,收割机的轰鸣不知是否惊动了那些埋藏于地下的遗迹和魂灵。诸夏悲歌,尽入春秋,古今变幻,写满沧桑。收割机摇摇晃晃,峰回路转,我的心也随着波澜涌动,起伏不定。黄土苍茫,草木葳蕤,塬上的村庄全然已经现代化,擦肩而过的汽车尽显突兀,满山遍野成排成行的苹果树亦难免有些刻意和功利。远眺那些高低起伏、远远近近的山脊，黛青如烟，宁静肃穆，似乎这就是大地在呼吸。我相信当年征战的将士行走在这条道路上，如我一样，也曾心旌激荡，箭戟叮当。

收割机没有减震。尽管垫着两床厚实的被子，依然时不时感到屁股底下生硬结实的碰撞。路在深沟与山巅之间转换，我们爬上爬下，不觉之间，天色暗淡。跨过黄河，真正踏上河南大地，夜幕也就彻底降临，我们已经融进一派黑暗和不断晃动的光团里。峰加装的两个大灯，一黄一白，两束光射线一般穿透飞扬的尘土，在前方路面交叉，一抖一抖，永远不曾稳定。因为准备连夜赶路，我们需要加油，掉了队。再一次走进山间峡谷，夜晚的寒气丝丝袭来，长袖衬衫、单条裤子确实有些寒冷，心里暗自佩服媳妇的细心和精明。前方，人车多了起来，星星点点的灯光渐渐放大，晕散为成片的光区，映出建筑的轮廓，好像是一座城市。偏巧，眼前的公路堵了个严实，夹在不计其数的车辆中间，小轿车大卡车憋在一起，左侧路面也被逆行的车辆霸占，大灯尾灯，你遮我挡，影影绰绰。我的眼睛早已昏花，每辆车都在寻找缝隙，要么让道，要么插队，紧张激烈。收割机前端的割台将近三米宽，一根根排列的铁丝支棱着，像一条铁制的毛毛虫。我无法判断这个割台的边缘，总担心黑暗中发生刮擦。可是，峰无所畏惧，有空就钻，见缝就插，面对其他车辆的挤压，毫不示弱，寸路不让，心里暗自佩服峰的驾驶技术。这对一个有着十九年收割机驾驶经验的人来说，既是检验历史又是考量胆识。

突出重围，鼓起劲头追赶大部队。

路边宽阔处黑魆魆一堆，房屋窗户透射出来的灯光隐隐勾勒出收割机的轮廓。走近了，是一处饭店，大家正围着桌子吆五喝六，吵吵嚷嚷。一个个吃饱喝足抹着嘴出来，已经十一点半。重整旗鼓，发动机车，大家伙呼呼啦啦，毫不犹豫地扎进夜幕，很有几分斩钉截铁、锲而不舍的味道。我料定，今晚，我们的队伍将会一夜兼程，直到黎明。可是，一出渑池，车队忽然停止前进。打头的胖子全根跑出来，冲前面两辆车上的人说话，说什么,听不到,但他很快就又跑了回去。眨眼间,前边的车辆全都左转,横过了马路。峰丝毫没有犹豫,一把方向从两棵大树中间径直穿过。眼前是一片宽阔的水泥地面,似乎是一个小广场。我问:干啥?峰说:不走了,准备休息。这个决定来得太过突然,太过任性,打了我一个措手不及,难以置信。可是,眼前的情形不容置疑:没错,我们就要在这荒郊野地宿营了!

峰将收割机直直对着一根电杆停下,其他车辆也都纷乱开进,扭动身子,与我们的车看齐,很快,12辆收割机整齐地排为一列。大家无声地下车,各自从驾驶室往外递送被褥。我和林峰打起精神,接过峰递下来的一个长条形提包,一路走来,这个包一直就放在挡风玻璃的正下方我们的脚下。此时,拉开拉链,竟是一顶简易帐篷。林峰准备把帐篷搭在电线杆前方宽敞处,峰不同意,让他靠后,搭在电杆与收割机之间,他说:半夜里过个车可就麻烦了。

这块空地似乎是一个工厂的停车场,围墙背后有很多高大的车间,广场西侧顶头有一座高架桥,好像工厂输送液体或气体的管道。铺好防潮垫,支起帐篷,这就是我和林峰的住处,峰将睡在驾驶室里。副驾驶座位是个箱子,里面放了专门设计制作的木板和支架,拼组一下就是床。一条被子铺在身下,厚实绵软。被罩很旧,花色不再新鲜,一看就是峰和海科叔多年外出用过的旧物。衣服一裹一卷就是枕头,钻进被窝的一瞬间,多少有些迟疑:麦收时节,盖这么厚的被子,睡得着吗?其实,这样的担忧根本不值一提,此刻,睡得着睡不着,跟被子的厚薄没有一点儿关系。林峰躺下,看手机里的搞笑视频,手机映出的那一点光亮给漆黑的帐篷增添了一丝生气和安全感。与林峰简单拉了拉家常,彼此不再说话。过了多长时间,不知道,困倦顽强地袭击着我。在这旷野之夜,厚实的被子反倒让我感到了丝丝舒爽和温暖,可是,偏偏就是难以入睡。一旁公路上鸣鸣的声音由远及近,到了耳边,"轰隆"一声,仿佛地震来袭,山摇地撼,呜——地又过去了。我祈祷就此了结,永归宁静,可是,眨眼又是一波,频繁重复,没完没了,这是赶夜路的载重卡车。下半夜,车辆行人稀少,他们拼命奔跑。一会儿，一声汽笛在远处响起，接着，有规律的"哐当"声从地皮下面隐隐传来，同样由远及近，又由近而远，显然，那是火车的声音。公路对面就是陇海铁路，夜行火车黑乎乎地悄然滑过，声响不大，可车轮撞击铁轨的"哐当"声仍然带着浑厚的力量，很有规律的震动，一下一下，揉搓你的心。这一切巨大的力量刚刚沉静，竟有更为轻巧的生命前来填补这个难得的空隙，无比清晰，无比清脆，无比响亮：咕咕——咕，咕咕——咕，一连两声，稍事休息，便又反复。我花费老长时间仔细辨析，最终断定，那应是一只调皮而又年幼的布谷鸟，它站在远处某棵树的某根枝杈上，腾挪跳跃，不离不弃。我相信，这个夜晚，这片天地，只有一只，仅仅就这一只兴奋的布谷鸟，它一定嫌弃这暗夜里人类制造的嘈杂，拼着命要占据本应属于它自己的舞台，试图给这个世界争回原本既有的清明和天籁。它那样充满激情，那样执着执拗，那样不管不顾，那样自我陶醉，心无旁骛，精神抖擞，彻夜不眠。我无奈地思索着，时而迷糊，时而清醒，卡车摇晃一次，迷糊一下，布谷鸟骚扰一次，再迷糊一下，不知道什么时候天才能放亮。迷迷糊糊中，听到有人说话，起身拉开帐篷拉链，东方已经有了天光。

此时，五点半。

一出帐篷，整个人昏昏沉沉，踉踉跄跄，半天穿不上鞋子，一晃，如果不是电线杆的支撑，我肯定要摔倒在地。

那边，高架管道下面，成管、记红、全根几个紧挨一起面对着天空睡觉，此刻，成管已经坐起身，穿衣叠被。他抖落被子上的树叶尘土，跪下来，将被子在腿上铺展，一折，一卷，塞进一个蛇皮袋子。很快大家全都起来，相互问候睡得咋样，彼此心照不宣，只笑不语。起来的，一个个跑过马路。那里，马路与铁道之间有一排绿化带，方便完，又都悠悠晃晃地走回来。

收割机右侧正中间有一个不大的水箱，各自打开龙头，胡乱洗把脸，刷了牙，问声：好了吗？回说：好了。于是，大队机器再次轰鸣起来。

招摇过市

中午十二点，到达目的地汝阳县大安村。

自从离开洛阳，一路往南，再也没有停过车。原先的大队不知什么时候散掉了，就剩下我们吱吱尖叫着执着奔驰。其实，这一带就是我们即将接近的目的地。每辆车都有属于他们自己的领地，走着走着，各自散去，分道扬镳。

238省道横穿大安，马路变成街道，有了绿化带和人行道。店铺依次排开，各自按照自己的喜好悬挂着不同的招牌：饭店、建材、油漆、超市、配件、家俱电器、照明厨卫、理发烫染、银行手机、药店杂货，不一而足，很有一些小城镇的派头。查阅资料，这里原本是一个乡政府所在地，位于汝阳县境的东北角。从新中国成立初期，设了撤，撤了设，多次反复，21世纪初撤乡并镇，大安乡变成了大安工业园区。称谓变了，可它依然管着原来的大安、杜庄、罗凹、高河、茹店、曹刘庄、马营等七个行政村。接下来的日子，我们就在这一带"游击"活动。

大十字左拐进入一条较窄的胡同，再左转来到路边第一家。门口宽敞，在空地里停了，赶快下车活络身体，舒展筋骨。眼前是一个高大的门楼，门楣上嵌着"天道酬勤"四个大字，过年时贴的春联完好如初。一对精致的油漆大门结实考究，上面布满一道道绳纹装饰和两个锃亮的圆形把手，一看便是个殷实人家。

大门紧闭，上着锁。峰到隔壁去，一眨眼，拿了钥匙出来，回家一样，熟练地打开门。隔壁房东跟出来，说先放下东西，嫂子回来把房子收拾一下，到天黑，保准能住。峰悄悄告诉我，房东也是"耍车"的把式，常年在外跑运输；老婆在家无所事事，主要工作就是打麻将，这会儿，正在场上忙活，顾不上管我们。

院子南北狭长，三面都盖了房，一色白瓷砖贴面，落地窗帘隐隐约约遮蔽着正房里的秘密。我们从车上取下被褥行李，送到门楼西侧的偏房里。偏房里外套间，外间算个杂物间，靠墙堆满各种淘汰不用的旧东西：破旧的沙发床、歪了腿的柳编靠椅、塑料凳子、水桶、一团一团编织袋、旧靴子、废纸箱、成捆的绳索、塑料水管、拖把、电钻……最里边横着一个破旧的宝丽板橱柜，一根黄色的电线从上方垂下，斜斜地落在屋子正中，绕着插板盘成一团。橱柜白底花纹，浑身布满陈年老胶，一道道，一团团，里面塞着鼓鼓囊囊的塑料袋，上面堆着旧衣服、金龙鱼油桶、电暖气、旧提包、塑料篮子；西墙下叠压着没用的旧门窗，足有一人多高；隔墙门口放一张麻将桌，盖着紫色金丝绒桌布，上面的纸箱摇摇欲坠。里间是房东儿子的卧室，孩子正上高中，一周回来一次。我们共有三辆车七个人，另两辆是二娃和老丈人、邻居小斌和他的姑夫。峰是我们的头儿，我是这支收割队的贵宾，大家谦让半天，还是我俩睡了孩子的双人床。外间杂物空隙里铺了两块门板，二娃和林峰睡了，里间地面铺两张五合板，归小斌和他的姑父，老丈人睡了沙发床。

二娃的老丈人是个健硕的老男人，皮肤粗糙，胡子拉碴，面露慈祥，在我们中间年龄最大，算是长辈，不管说什么，大家都让着他，很少直接与他对面。小斌是个年轻人，瘦削，精明，不主动言语。与他搭档的姑父，已过壮年，精瘦黝黑，铁皮一般的脸面棱角分明。眼睛明亮，一动一静都给你一种倔强冷酷的感觉。从性格看，他是一个碎碎嘴，总在争取话语权，说话主动，甚至有些强硬。二娃，似乎哥哥在上，更有老丈人跟随，貌似一个闷罐子，几乎不发言。林峰属于雇工，没有资格发言，但作为旁观者，偶尔会对生活做个简要评判，却显示出一定的高度和修养。

窗外，紧靠围墙，钢筋焊接的巨大笼子里拴着一条黑乎乎的长毛藏獒，一直蹦跳吼叫，汪汪的声音震天撼地。每天回来一进院子，迎接我们的就是这种疯狂的吼叫，心烦又无奈。旁边种一株齐墙高的石榴，花开得正艳。因为它，整个院子俏丽活络了许多。对面是卫生间，里面有电热淋浴器，只要愿意，我们每天都可以轮流冲个澡。

说话间，峰从车上弄下两桶米醋，一桶小的放在大门后面，说是带给房东的见面礼，另一桶更大的，是给街口大安牛肉面馆的。每年来此，峰都固定在那里吃饭，会给老板捎一桶米醋。米醋是我们家乡的特产，小米酿制，金黄澄亮，倒在地上，滋滋冒泡，吃一口，能倒了牙。

收拾停当，最主要的一件事就是抓紧时间告诉大安的老百姓：我们来了！

三台崭新的收割机嘶吼着，聒噪着，在大安街道缓慢行驶，这种招摇、炫耀是一种招活儿的手段，目的就是让人们知道或者相互传递收割机到来的消息。街道不长，总不能来回转悠，选一个地方停下，让过往的人们看看这个铁家伙。正好，我们遇到了成管父子和他的外甥，队伍明显壮大。于是，将车排放在大街一侧，一家农机配件店对面，大家围拢一起抽烟说话，几个人到配件店里参观，煞有介事地与老板攀谈，就某个配件吹毛求疵。

来大安的路上，目力所及，麦田多少都还泛着一丝黄绿，可又明明看到路面上晾晒着新收的麦子，这样的对比不禁叫人心生疑虑：成熟的麦子在哪里？我们到哪里寻找需要收割机的农人？峰打了一个电话，不一会儿，一辆白色面包车开来。司机是个年轻人，四十岁左右，个子不高，脸皮白净，壮硕，不断眨巴的大眼睛似乎在告诉我们他对此地十分熟悉。递烟，点火，年轻人脸上蕴着愁云和思索，显然他一时半会儿也不知道哪里有成熟的麦子。今年好生奇怪，麦子没有统一成熟，东一块，西一块，让人摸不着头脑。

他叫红强，是峰在这一带的联络人。

打听今年的价格，红强说这两天陆续有机器收割，大致每亩30或者35块钱。这个价格与往年相比稍稍有些让人失望。其实，收割价格受几个因素影响，如，麦子长势好坏。旱地稀疏，收割较为轻松，油耗少，像大安丘陵地带均为旱地,靠天吃饭,每亩地的价格也高不到哪里去。再如地势,平地与山地有很大区别,收割难易程度不一样。再就是收割机的稀缺程度。车多,竞争大,价格自然就低。

红强决定带我们去内埠一带看看,那里丘陵起伏,大都是旱地,麦子应该比别处成熟得更早。一路招摇,来到池子头村。站在村口北望,一条U形谷地东西延展,似乎是一条古老的河床,一座砖砌高架人工渠横跨过来,将谷地切成两段,满谷的麦子横竖没有边际。

阳光强烈,晒得皮肤生疼。麦子焦黄,但掩饰不住丝丝青绿。

崭新的收割机顺次停放路边,通红的车身,浑圆,威武,很是耀眼,偶有过路的村民禁不住赞叹,可只是夸耀收割机,却没人要车割麦。大家无聊,索性拉下车上的大篷布,钻到收割机屁股后面打起扑克。有打的,有看的,很快投入进去,吆五喝六,吹胡子瞪眼,压在腿下的钞票扒拉出来又摁回去,全然忘记了割麦的事情。起初,我有些急躁不安,甚至暗生些许埋怨:咱们是出来挣钱的,怎么可以这样无所事事,消磨时光?后来,时间一长,渐渐发现,打扑克更多的是一种无奈,只要人数足够,这种小赌是他们几乎惯常的最直接、最合适、最得手的打发闲暇时光的消闲游戏。

从池子头回到大安,天黑了。

换好拖鞋,铺好被褥,各自寻找安装充电装置,简单洗漱,赤了身睡去。两天来的行程实在有些困乏疲惫,能直挺挺、平展展地躺着,无疑是一种享受。

一个个全都脱光身子。林峰和二娃趴在地铺上看手机。老丈人像个皮球,侧身躺卧,抽烟,不言语,扇着不知从哪里弄来的扇子。小斌姑父贴墙睡,一条腿撑起,另一条搭上去,自言自语地唠叨,忽然坐起,情绪极度亢奋,连声感叹,义愤填膺。峰盘腿坐在一边,不时搭上一句话。原来,姑父也曾做过机主,经营过两年收割机,只是技不如人,运气太背,伤了心,不干了,此时无聊,想起旧事,忍不住要发泄几句。今年出来,只是给小斌当个助手。

你一言，我一语，聚集在街边欣赏、研究收割机，谁都是行家

扑克牌打到兴处，老少不分，翻脸不认人

第一镰

早晨六点起床。车停在十字路口,在西北角小摊儿吃饭。

黑乎乎的桌子板凳,坐了,老豆腐、胡辣汤、小米粥、黑米粥、油条、凉皮、饼子,各自挑,慢悠悠地吃。吃着,外面的人就多起来,南来北往,不知道忙些什么。吃完,桌子上揪一截糙糙的卫生纸擦擦,离开。我发现,这个十字路口是大安村最为热闹的地方。东北角是前往洛阳的长途汽车停靠点,已经陆续有人在那里等车。东南角是个超市,峰买了一些食品,面包、卤鸡蛋之类,说是怕中午活儿忙顾不上吃饭,稍微准备一点。那个早餐摊儿上吃饭的人很多,你来我往,煞是忙活。一旁往西的街道,两边的店铺正在开张,卖菜的也全都出了摊儿。我们站在绿化带台阶上,等待雇主。有些凉意,禁不住裹紧衣服,林峰、二娃、姑父索性蹲下来,缩头缩脑抽烟,眼睛却盯着往来的行人,有些贼贼的恶意。老丈人不知在哪里买了一顶草帽,呵呵笑,往头上一扣,显摆说:这下,晒不着了。

有一段时间,没人搭理我们。

过来过去的人,男的女的,背包的,空手的,急匆匆的,慢腾腾的,走着的,站着的,你没办法判断他们出门的目的,更不能指望谁来与你搭腔,但你内心总希望他们过来,而且是明确地、直接地朝你走来,可是,始终没有。你正想着什么心思,一分心,忽然,神不知鬼不觉冒出一两个人,与峰说话。仿佛打开闸门的潮水,一眨眼,不知从哪里冒出那么多人,将峰围了起来。峰是大安的常客,人缘好,自然认识他的人就多。我们赶紧起身过去,各自与来人接头搭话。问多钱一亩,回说35块,对方压到30

蹲在街边苦等雇主的情况并非每天上演，可一旦遇上，却是一件十分焦心的事

价格谈判仅发生在最初的一两天，之后就形成当年的基本价位，尽人皆知，没有特殊情况，彼此谨遵

块,这边不再反驳,直接问地在哪里,有多少。峰将一块稍大的让给弟弟二娃,自己接下一对老年夫妻的三亩地。这个时候,没有人计较田块大小,都急于离开马路,开割今年第一镰。有了活儿,就有了收入,就不用担心坐吃山空了。

"前边带路。"

我们麻利地爬上收割机,跟随雇主,一路往东北方向攀爬。走上一片土坡,旁边是个村子,简易门楼上悬挂着一条标语——撸起袖子加油干,让咱李庄更美丽,真像是在激励那些正要下地割麦的人。一片丘陵,依次抬升,远远是一尊山峰。田里的麦子焦黄灰白,全都已经成熟。田间的道路很是狭窄,荒草遍布。远远地,老两口的三轮电动车隐没在刺眼的逆光里。前面的路只容三轮车通过,而且斜斜地穿过一片麦田,要过去,只能碾压别人的麦子,峰犹豫了。碾压别人的麦子,往往会招来很大麻烦,这也是一个职业道德问题。去年,二娃给一个老头割麦就出了事。那是一家工厂征地后留下的一块刀把地,有人在入口处栽了一排花椒树,只要给老头割麦,收割机必然要碾倒一棵花椒,这时,树的主人就会出来要求赔偿,我们刘村的好几台收割机都曾在那里被讹过。

林峰决定下车交涉,那副黑边眼镜让他显得很有学识。棒球帽压得很低,瘦小的身子在麦地里急速奔跑。老两口远远地叫唤、招手,林峰会意,也朝我们招手,峰一踩油门,轰轰隆隆从麦子上一掠而过。

林峰跟着老头确定麦地的边界。这里人口密度大,土地少而贫瘠,每家每户分得的土地多则三五亩,少则半亩几分。因为靠天吃饭,不用浇水,所有田地没有垄堰,你家和我家的分界线就是地头上放着的一块石头。好些人一时找不见石头在地里跑来跑去,来回折腾。老人拿着树枝插在地中间,生怕收割机走歪了路。林峰伸直胳膊对准老头的树枝,再转向东边,用对讲机吩咐:到最边儿。

峰落下割台,从地头左侧进入,斜着连续切割三次,再摆正身子正式进地,脚下的麦子像被吸附了一般纷纷倒进来。峰的表情十分凝重,身体微微前倾，左手握着方向盘，右手在身体一侧的几根操纵杆上不停地推拉提压，机车时而平稳，时而一颠，土坷垃被轮胎碾碎常常发出嘭嘭的爆裂声，让人心里一惊。峰的眼睛死死盯着割台，随时根据地面情况调整高度。割台放得低，麦茬自然就低，极容易把地里的石头刨进来，小的没事，大的往往磕坏切刀或筛轴，修理半天，得不偿失。两米七宽的割台将麦子齐刷刷地卷进来，麦子们也都乖乖俯首称臣，齐刷刷地倒进去，一眨眼就消失得无踪无影，只在毛刺刺的割台里留下一丝一丝的尘埃。

前边，冷不丁飞出一只鸟，歪斜着，惊慌失措地落到更远的麦田里。

很特别的土地，紫红色，乍一看像是刚刚浇过，给你一种湿润感。粉状，颗粒粗大，遇水便凝结成块。很多麦田横七竖八裂着拳头宽的缝隙，让你怀疑是否刚刚发生过地震。风小的时候，麦穗自由摇摆，精灵一样晃动；风大的时候，麦子们就会奔跑起来，像有无数条游蛇在地里蠕动，一溜儿深紫，一溜儿土黄，交缠着，流动着，舞蹈一般舒缓张弛。其实，在车里，不用看地头的石头和农户插着的树枝，就能分辨出各家各户的地界。各家麦子的品种常常不同，麦穗的颜色有的偏黑，有的偏白，有的有芒，有的没芒，有的个儿高，有的个儿低。即便相同的种子，因为播种时差，紧挨着的地垄要么宽些，要么搅缠一起，一会儿就又分开了。

收割机总是顺时针旋转，因为它携带的麦秸粉碎机装在身子左侧，如果反向，抛出的麦秸就会覆盖在未收的麦子上。麦秸从粉碎机里强劲地喷射出来，翻滚出无数颗粒和尘土，像彗星拖着的尾巴，遮蔽了半个机身。

收割后的土地是五彩的。阳光直直地照射过来，麦茬和底层叶子的颜色不断变幻，粉色、紫色、黄色……幻化出无数细微的彩虹。

一眨眼，完了。峰操纵把手，位于机器左侧的放粮筒缓缓移动，平伸出来，凌空支棱着，麦粒哗哗流出，像一道昏黄的瀑布倾泻在林峰刚刚铺平的篷布上。

陆陆续续接活儿，进了地，一家挨着一家过，一上午几乎没有停歇，满地都回荡着"倒车，请注意，倒车，请注意"的叫唤。偶有短暂歇息，看着远处坡地上忙碌的收割机,心里不免有些醋意:那块地要叫我们收割该多好?

十一点,天空无云,湛蓝,太阳越发毒辣。收完最后一家,聒噪的田地终于清静下来。收割机们在光秃秃的麦田里胡乱停放,你朝东,他朝南,完全没有方向感。司机们见面,彼此微微一笑,相互递烟问候,都是山西老乡,翼城的,新绛的。刚才,为了尽量多收一家,紧踩油门争抢机会的剑拔弩张荡然无存,简单聊过,就此分手,离开没有任何遮拦的太阳地,各奔东西。

两天下来,我大体摸清了收割的规律:早晨和下午晚些时候是收割的黄金时间,这个时辰太阳不甚毒辣,是一天中最为凉爽的时段,农民也不愿意受苦呀!另外一个,就是都有严格的作息规律,跟上下班一样,这应该归功于中国教育。学校集中后,孩子们上学都得大人接送,于是,农民们千百年来遵循的作息时间全都随着孩子们的上学规律发生了变化。第一天,还有些纳闷,按照往年经验,十一点后,尚可在村口等到客户,可现在,竟然没有一个人影。早晨出发时,特意在超市买下的面包、卤鸡蛋一连几天都没派上用场。这会儿,我们只能坐在饭店空调下扯闲篇儿,十几年的经验忽然之间不灵验了。

经过多年历练,峰谙知满地的麦子不可能都叫你一个车割了,心理承受能力很强。而我仅是不到一天的新手,看到休息等待,心里就着急,看着路上走过的每一个人,都以为他要去收麦,总是埋怨:你不叫我们,叫谁呀!于是,忍不住催促,赶紧走,站在街上总比坐在这里机会多。峰说:再等一会儿,喝完这碗面汤再说。话虽如此,可一旦有了活,他跑得比谁都快,像一个匆忙赶路的人。一进地,嚓嚓嚓,斜切三次,顺时针旋转,到另一头拐弯,再斜切三次。每次倒车前进,都不等车停稳就换挡启动,车辆"吱啦吱啦"尖叫,像是心里积攒着好几辈子的冤仇无处发泄。

"要车,是为了挣钱,不是买回来看的,你得使劲开。"峰说。

有活干,就很牛。

通常，各家麦田的分界线以及割哪块田，助手通过对讲机告知司机

第一笔收入总是让人兴奋。林峰将收到的现金交到峰手里。峰一张张数着，充满喜悦与敬畏

操作台上的把手控制整个收割机的运作

割台上的割刀来回摆动，将麦子割倒

割台的任务是抓住麦子将其割倒，同时刨进"肚子"里

曹刘庄南边有大片麦地，整齐连片，干活特利落，却迟迟不见收割的动静。所有收割机都看上了那片地，一闲下来就开过去逗留察看。那天一大早，一个老头推门进来把我们叫醒，跟着他走了老远，还不到麦地，峰有些不高兴：走这么远，收不了几亩地，不如返回去盯着曹刘庄。他停了车，打喇叭，问，还有多远？老汉说就在前面。峰说太远，不去了，走这么远割上二亩地，不值得。老头赶紧说好话，峰说，要去就四十。去了，是一片陡峭的U型山地，收割机倾斜得几乎要翻滚下来。随后，顺带给一女人收割半亩，还要再转场到另外一个地方再干半亩。峰心里不情愿，看不上那女人的七零八碎。到了岔道口，拐弯不远就是女人要割的第二块麦子，峰不干了，停下，要林峰从女人三轮车里拉出她的篷布，把那半亩麦子倒下，径直赶往曹刘庄。对收割机来说，宁愿低价收割大片，也不愿意高价收割小块或山地。

曹刘庄还有一片著名的六亩地。所谓著名，是因为每台收割机都知道它，可不管出多少钱，就是没人愿意去割。一连两天，收割机来来往往，地主在路边拦车，我们把麦地的主人简称地主。拦一辆，一看，不去，再拦一辆，一看，又不去，原因是没有合适的路。一条小道顺山崖绕进去，很窄。收割机割台比较宽，一旦发生事故，耽误干活只是小事。六亩地属于一个中年女人和一个老头两家，天快黑的时候，他们过来，说村委会已经用挖机修了路，能过去了。林峰前往察看，仍然摇头，问，还有没有别的路，他们想想，说从村里绕，从别人地里碾过去，再从山上转下来。峰犹豫不定，女人求，老汉央，峰说60块钱，对方瞬间变脸，哼，打劫哩！抽身，扭头，怒目斜视，嘟嘟囔囔唠叨不停。天完全黑下来，这一带的麦子已经接近尾声，再不割，恐怕就找不到车了。生了半天气，走过来，愤愤地说：走，走，割了。

粉碎后抛撒的麦秸像是彗星的尾巴

驾驶室背后是粮仓,司机随时可以观察情况

遭遇尴尬

　　一连两天，尚未睡醒，就有村民闯进来叫唤，我们匆匆起床吃饭，跟着下地，可二十五日一早却有些异样，街道上除了上学的孩子，再不见早起的农民。

　　街边停放的收割机全都没有出动的意思，左等右看，没有一个人打问割麦的事。一看不对劲，峰说，不能再傻等下去，得主动出击。于是一路往西南方向插去，直到内埠镇。这一带一马平川，沃野千顷，满目苍翠。麦子金黄翠绿，健壮密实，乍一看像是正在盛开的油菜花海。我们行走在一条极其宽阔却鲜有人车的大道上，路灯杆子上装饰着明显的标识——酒祖大道。原来，杜康酿酒的传说就发源于此。沿着这条大道，尽头不远就是杜康造酒遗址公园。峰没有心思再往前走，他要寻找成熟的麦子和那些需要割麦的人。如此走近杜康，这可大大出乎我的意料。原本以为，汝阳、大安、内埠早就已经远离京畿之地，谁知，这里尚是伊河流域，依然处在夏王朝的版图之内。杜康发明酿酒，算是为中华民族奠定了最初的食品加工业的基础。时光越千年，直到20世纪六七十年代，中国原始农作物黍和粟才完全被小麦替代，可弓腰收割的收获劳作却未有任何改变。相对千年历史，改革开放就是一眨眼的工夫，收割机遍布全国，轰轰隆隆开过，给这个世界带来些许焦躁和不安，这禁不住让人生发出一种回望、怀想乃至留恋的情绪。大安成了工业园区，内埠镇的工业更是不甘示弱。在路上行走，或在田地劳作，抬起眼，四下望，随处都能看到一座座工厂，尤以瓷砖制造为最，工人也都是周边的农民。这几天，我们总能遇到两类人：老人和穿着工装的上班族。收割机进地，即使麦子不足十成，人们也会相互传话招唤，年轻人上班顾不上，老人来；正好轮休的，来不及换下工装，开着轿车匆匆过来，赶紧收完了事。对他们来说，粮食的耕种收获已经成为生活的捎带，俨然失去了过去繁重劳作的仪式感。

此刻，不论专业的农民还是这些捎带耕种者，我们没能遇上一个。

转入一个小山坳，眼前的村庄叫柳沟。四周高高的山坡，层叠的梯田里铺展着倔强而苍白的麦子。穿过一片浓密的树林，出村，右侧沟谷展现出一眼望不到头的麦田，全都已经成熟，足有一二百亩，心里不免激动，渴望柳沟人拦住我们的车，可是，没有。

多么诱人的麦田呀！不行，我们哪里也不去，拿下这片麦子就足够我们忙活一天了！

返回柳沟，耐心等待！

村口的杨树高大茂盛，我们坐在大树下，喝水，说话。

太阳可劲地炙烤大地，远处的地气抖动着，丝丝缕缕。太阳走，我们走，从树下挪到房后，从房后挪到檐下。

一阵风，涛声。

通往山坡的大路旁，杨树泛黄的叶子成群结队，飞蛾般飘落，好比秋风扫过。村民说，打去年冬天到现在就没有下过一滴雨，这话多少让人心生怜悯。可是，即使这样干旱，这里的麦子还是各自为战，无法集中成熟。靠着墙壁，峰、小斌、姑父、林峰，都不说话，也没心思打牌，只是看抖音，打方块。脚前长着一株小杏，拇指粗，纤细，颀长，除了主枝，分出两个股杈。麦子黄，杏儿熟，这是老话。我们仔细寻找上面的杏儿，暴露的，被叶子遮盖的，一共结了十八个。最高处的那个已经呈现金黄色，很想伸手摸摸它，可又懒得站起来。

时间一分一秒滑过，无聊。

峰给其他人打电话，彼此通报信息，全都一样，没有活儿干。

姑父说：这是野老婆等汉哩！狗日的，全指望挣下钱回去还饥荒，这下烂椽①啦。下雨麦就熟,走,寻个庙,求雨去。

峰给老家的朋友打电话:没活儿,老坐着,麦不行,村里一苗人都不见,老百姓不割,没办法。弄下这新马,只能看着,看着好看,心里不好过。又给南阳朋友打电话,对方说,旱地开始了,水浇地不行,看来情况都一样。到南阳,得走一天,就怕城里乡里都误了。

高坡上下来一个电动三轮,远远传来喇叭的叫卖声,转眼就进了村子:老油条,菜卷,芝麻条,八宝粥,凉皮,米皮,干面皮,凉粉……

峰说起了自己的孩子,有些焦虑、无奈,儿子十六了,上职高,与同学捣蛋,三天两头被老师叫,学校要开除,将来可怎么办?

我忽然想到,峰,包括二娃,他们为什么早早就不再上学?还有我当年的许多同伴,怎么上着上着就悄无声息地消失了?峰很是感慨:自己也不知道咋回事。憨吧?稀里糊涂就不上了。

我说:越是糊涂的时候,越要坚持。糊里糊涂朝前走,别问为什么,一定要朝前走,万万不可以做出后退的决定。活人,就像上山,只要上台阶,不管你往哪里走,都行。

峰无奈:问题是他就不走了。

我无言以对。

半天,峰说:咱成看麦的了。

我说:走吧,去别处看看。

来的时候,林峰带了一个优盘,插在车上听歌,此时,歌声与收割机的噪音混合着,彼此聒噪,叫人心烦。歌曰:

……狂浪是一种态度,狂浪在起起伏伏,狂浪,狂浪,狂浪,狂浪,狂浪是一种态度,狂浪是不被约束,狂浪、狂浪,一路疯狂,一路流浪,一路向远方……

---

① 烂椽:晋南方言,房屋倒塌、完蛋的意思。

我相信，林峰拷贝这首歌的初衷，就是为了填补自己外出割麦的单调生活。歌曲表达的那种情绪，那种无拘无束，漫无目的，那种对前途的不可预测，不负责任，那种毫无方向、毫无目标乃至百无聊赖的状态，让我感到了没有活儿干的焦躁和难耐。

接着，又唱另一首：

……喝上这壶老酒啊，让我回回头，回头啊望见妈妈，你还没走，一年年都这样过，一道道皱纹爬上你的头，一辈辈就这样走，春夏冬和秋……

心头一酸，想家。唱到高处，峰和林峰都唱不上去，停下，缓一口气，接着唱。回到大安地面，街道两边已经看不到一台收割机，也不知道都去

抓紧时间更换被石头碰坏的割刀

忽然没活儿干,坐在路边闲谈,连打扑克的心情都没有了

躺在禁烧执勤点,看着眼前成熟的麦子,貌似悠闲,实则心急火燎

了哪里。到了饭时，又是河南烩面。雪白的宽面条埋着绿色的菜叶，倒股醋，吃。出门，不敢休息，朝东北方向，沿着当初前来的省道，继续"狂浪"，寻找机会。加油站广告牌上的柴油价格一天一变，每天都要上涨两三毛钱，好像专门针对我们这些收割机。

一个三岔口，二娃和老丈人悠闲地坐在路边空地上，一见面，彼此心知肚明，全都忍不住哈哈大笑。

拉出篷布，坐下来。

偶有收割机走过，呜呜地叫唤。

峰安慰自己：拉胡胡（胡胡是板胡或二胡一类民间乐器）的，多哩。收割机来回走过的声音与收割时的负重前行截然不同。路上行走，速度快，声音相对清脆，平稳松弛，加上路面的颠簸，很有一些韵律，恰似胡琴的演奏。

有汽车驶过，尘土与尾气扑面而来。

姑父愤愤地骂：真他妈的！

林峰无聊，拾了四根麦穗插在土堆上，像供奉的香火，又把烟盒拿出来，装上土，伪装成一盒香烟，扔在公路上。一个路人下了自行车，拾上，撕开，扔了。

没事儿可干。

大家都盼着下雨。这麦子，只要下雨，水汽一蒸，一天准熟！

天气预报总是跟人作对，大安除了风，剩下的就是万里晴空。风刮得害怕，呼呼作响，树叶翻滚着，几乎盖满地面，这才5月光景，叶子竟然就要落光了。

浑身是土，杨树上的毛絮沾满衣裤。

布谷鸟依然清脆地叫，年轻的抑或苍老的。

第二天，睁开眼，峰第一句就问：去哪？

我说：柳沟。他睡眼迷糊地坐在凳子上，再问：去哪？说个地方。

哪里也行。

不要急，拾银子不在乎迟早。

拉倒吧，一年之计在于春，晨有事，一天有事，晨无事，一天无事。这是孔子说的。

扯，比孔子说的还对。

别处咱不了解，去了也是瞎转。老跑不好，不跑也不行。

一公里两块钱，越跑烧的油越多。

越是这样越得动起来。

有车干活，可就是轮不到咱。

熟了的麦子在地里长着，就是没人收。要守，就死守，看着它割完，就死心了。

柳沟那片地，最迟后天就完了。这种情况，一般是当地车占了地盘，村里人不好意思叫外地车，外地车要去，除非本地车出了故障。

去柳沟，死守！

上了街，那些在加油站、工厂门口打地铺的收割机全都不见踪影。走着走着，林峰忽然喃喃自语：麦客，人家都叫麦客。

闻听此语，心里一颤。不经意之间，林峰说出这个词，让我郁结心底的疙瘩瞬间消散。

辑二 老麦客

寻找羊槽

　　林峰不经意说出"麦客"这个词，让我释然。后来回想，他忽然想到这个词，竟然是在最为落魄无奈的时候，看来，麦客一词在他的心里也有着某种固定的含义。其实，我一直不愿提起它，也是出于这个原因。它就是一个忌讳，从大年初一与海科叔谈妥，到今天，我总是回避它，生怕口无遮拦伤了他们的面子。

　　在一般人的认知里，麦客代表社会最底层，几乎就是贫穷、卑贱、毫无尊严的代名词。对有些年岁的人来说，知道麦客，源自20世纪80年代甘肃作家邵振国的小说《麦客》。小说发表于1984年《当代》杂志第三期，当年获得全国优秀短篇小说奖。后来，陕西摄影家侯登科的纪实摄影一下子把麦客研究推到了顶峰。图片中，麦客们恓惶、无助却又坚韧不拔的形象触动了很多人的心弦。邵振国的麦客来自甘肃庄浪，故事发生在陕西千阳。贫困的生活折磨着吴河东一家，为了凑够给儿子娶媳妇的彩礼钱，老伴吐血，老吴做贼，然而各种尝试始终没能让他们摆脱贫困；侯登科的麦客来自陇东和宁夏西海固地区，他们走出大山，千里奔波，到富庶的关中平原看世界，逛世界，一袋行李，一把镰刀，一顶草帽，一条身子，一代一代，年复一年，扒货车，蹲街头，睡房檐，喝凉水，求吃要喝，艰苦备尝。

　　小说是虚构的，专注于个体人物的命运，但也有其原型；侯登科的图片直接观照群体，将麦客活生生地、原原本本地呈现，也就更加真实震撼。邵振国、侯登科之后，很多学者写过论文，一些即将毕业的研究生也做过一系列课题，但大多闭门造车，脱离不开侯登科的文字。原因，一是没能走出书斋,没有真正脚踏实地地深入生活,二是文字性史料留存太少,等同雪泥鸿爪,凤毛麟角。侯登科将其归咎于历代史家治史偏颇,酷爱皇家,漠视百姓,不能说不对。可反过来想,那些麦客的子孙亲朋,也不乏深研文墨之人,为何就不写上几笔?其实,根本原因就是这个事情太过庸常,以至于没人把它当一回事。

割麦,本是农人每年必做的活计,是每一个农人都难以逃避的重要生产活动,普通得犹如一日三餐。谁不知道五黄六月要收麦?一到那时节谁能不去收麦?给人割麦,雇人割麦,都是稀松平常的事儿。如同日月星辰,自古如此。日晒、雨淋、困倦、苦痛乃至煎熬,那都是文人骚客的主观体验,对农人来说,那算个啥?写成文字,说什么?说苦,世代如此,农民本性,那是矫情。说不苦,纯属屁话!烈日当头,脱皮抽筋,任谁也产生不了这样的感受。生活本就是一本大书,要看,就亲自来体会,写之,何用?如果没有邵振国、侯登科这两个文化人,恐怕传统麦客的故事将永远淹没在历史深处。同情也好,猎奇也罢,鼓噪了一阵子,如今,麦客研究也没能研究出什么更深的学问,只能偃旗息鼓,无人问津了。

麦客成为文化界的议题,有两个高潮。一是老侯的摄影散文集出版,让人开始关注那群人;另一个就是一部日本电视纪录片的播映,引发更高层次的影响,它让人开始思考改革给麦客带来的阵痛。现在,我试图追寻新旧麦客的踪迹,寻找他们背后的故事,该从何处下手?旧有的窠臼始终是我最大的苦恼。可是,麦客之路本就如此,即使走进甘肃,走进宁夏,一如关于麦客的历史文献,现实永远大于历史,又永远没有历史更有滋味,似乎找不到什么更多的新东西让人开掘。好在当初,电视片的策划者根据老侯的线索,选择了一群具体的人,或者说选择了几个具体的人物。鬼使神差,纯属巧合,这个选择恰恰显示出策划人独有的历史见地和冥冥之中命运的奇异和吊诡。通过这群人物,往上,可以洞穿这些麦客祖辈的脉络,往下,竟然与我着重追寻的联合收割机起源发展正好对接,我不能不,也不得不顺手牵羊,就地取材。

所以，关于传统麦客，我依然选择那部纪录片的拍摄对象。

从2002年至今，都二十多年了，宁夏回族自治区泾源县黄花乡羊槽村的马万全、马保成、马喜成、马五七等人依然口口声声念叨拍电视的刘庆云。马喜成的儿子马世红拿出刘庆云寄给他们的照片给我看，那是日本导演、摄影师同他们的合影，他们以为我是刘庆云的同事。据说，刘庆云是一个资深电视制作人，早年毕业于北京广播学院，曾任职中央人民广播电台，后专门制作电视纪录片。网上有一篇《时代周报》的采访稿，是关于他策划拍摄麦客电视片的专访，片名叫《麦客——中国：铁与镰刀的冲突》。正是这部电视片，让马万全们走进荧屏，为国人所知。

那时候，刘庆云的主要职责就是策划节目，选题采访。他知道麦客，也是因为邵振国的小说，而拍摄麦客则源于一个偶然的发现。1999年，去河南拍摄耍猴人，在高速公路上看到数百辆联合收割机浩浩荡荡南下河南，不由自主地就把吴河东、吴顺昌父子与收割机联系了起来，他意识到"中

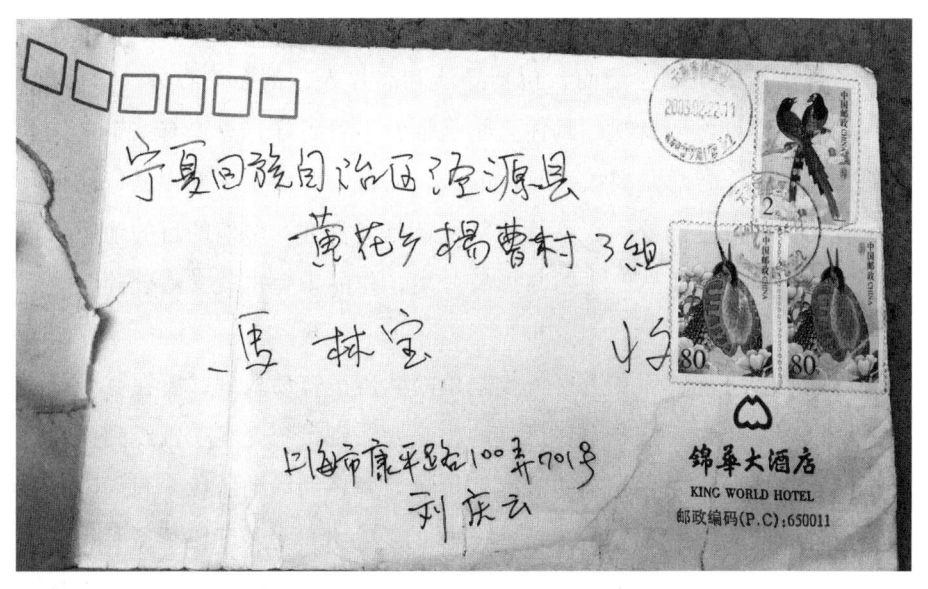

对羊槽村的麦客们来说，刘庆云寄来的照片连同信封是他们与外界沟通的明证，是最值得珍藏的宝贝。马林宝即马五七

国,正在发生翻天覆地的变化,从一把镰刀到联合收割机,见证了一部分农民先富起来,同时,仍然手握镰刀的人和先富之人的差距,也映照出中国贫富差距的某一方面。""初衷是一种震撼,农村的变化实在太大了。我希望把中国最新的变化表现出来。"

这样的想法只是一个念头,与拍摄电视片尚有很远的距离。

后来,在北京西单图书大厦,他看到了侯登科的摄影集《麦客》,2000年,浙江摄影出版社的精装版本。那一刻,他找到了传统麦客的形象,生动真切,朴实无华。除去群像和大场景,许多作品都是精彩肖像:空阔的天穹下,背着尿素袋子在行走;蝼蚁般攀爬火车的人群;街道边睡着的男人;病倒的麦客;麦田里肆意展示着劳动技巧,扭动的身姿,蹙起的眉头,宽厚的笑容……一个个貌似贫困,却又无不绽放着摄人心魄的精神力量。犹如吴河东父子,他们淳朴坚毅,忍辱负重,自然亲切。看着那些图片,你禁不住会想起自己的父辈,想起自己尚在农村劳作的亲戚朋友,进而,你就想去认识他们,观照他们。那一刻,新旧对比,麦客与收割机紧紧交织,电视片的画面甚至人物在脑海里一一呈现。凭借这本画册,日本方面批准了刘庆云的策划,然而,包括导演和制片人,都在关心另一个问题,即:镜头对准谁?要反映的具体人物是谁?不管怎样,总得有一个具体人物吧?艺术创作,总是要关注具体的人,而且,既然是一部作品,就得有一个时间、地点上的统一,不管收割机还是老麦客,他们的目的地应该完全一致——河南!不然,主题与形象分离,作品未免也就支离破碎,缺乏说服力。

对刘庆云来说,那支上百台收割机的队伍很容易找到,要在其中确定一两个跟踪对象也不是难事,最难的,是要找到传统麦客中曾经到河南赶过场的人。按照侯登科先生的观察,传统老麦客的活动区域一般局限于陕西关中,西安是个界限,"甘、宁两省区的麦客大部分散于附近区县,再掉头回割,少部分继续东进。陕西西北路省内的旬邑、淳化、彬县、陇县麦客至此不再东去。陕南丹凤、商县、蓝田出秦岭而来的不再西行。"那些少

部分继续东进的麦客最远也就到达潼关,再东去河南,那就是意外了:

  ……潼关自古出金,那些年"全民办矿",农民"家境好,出手阔,麦价高"。……
  ……迎面碰上两个刚从三轮车上跳下的麦客,一打问,叫苦不迭:昨个说好三十块一亩,就在城东不远,"管吃管喝管来回"。上了汽车不由人,一下拉到予灵镇,出了省。拼命割到后半夜,天明算账吃的喝的抽的(烟)路费全在内!饭钱算了二十块,烟酒(啤酒)算了十三块,路费八块,说是"只管",钱要算!回来路费不给,还想打人,"三亩地给了五十块钱,金子把人心黑了。"
  平凉麦客自有说法,"谁让你们去河南?一个地方一个章法,没白割就不错了。"……

  刘庆云需要找到那些到过河南的麦客。
  按照他的感觉,麦客大多来自甘肃,所以,他首先赶赴甘肃寻访,甚至约见侯登科,一同前往。一村村,一户户,那些被访的麦客们全都摇头:我们赶场,只去关中。
  希望,泡沫般一个个破灭。
  2002年春,刘庆云待在北京,承受着巨大的精神压力:这个题材很是诱人,眼下,拍摄项目已经正式立项,投资计划为150万人民币。要知道,那一时期,其他同类片子每集的经费只有4.5万元。如此一笔投入,没有合适的拍摄对象,最终的片子不尽如人意,这叫刘庆云如何收场?
  已经到了4月,再有一个月中国北方的麦子可就开镰收割了,开机的日子即将到来,刘庆云着了急。再次翻开摄影集,仔细体味老麦客的人生境遇,那些黑白影像,浓酽,厚重,每一个人物、每一群受苦人都不事雕饰,自然纯朴。遗憾的是,刘庆云走偏了道:他一直沉浸于侯登科的图片,忽略了那些简洁质朴的文字。万般无奈的刘庆云拿起老侯的书开始阅读,不期然，眼前一亮：1998年12月，侯登科前往宁夏，回访了许多他曾拍摄过的麦客，回访的记述全都写在最后一章《麦客的家乡》里。他来到泾源县黄花乡的羊槽村，进村遇到的第一个麦客就是马炳智，马炳智告诉侯登科，今年（1998年）去了河南巩县、偃师，泾源这几年的麦客都上河南，价钱大，一亩地六十、八十不等，好的时候上一百。侯登科要见的马喜成已经七十岁，一早吃完饭上山割柴了。这些文字让刘庆云激动得发抖，这就是那根最后的稻草呀！赶紧联系广电总局，飞银川，再联系宁夏外事办公室新闻处，一行人马急匆匆赶往宁夏最南端——六盘山腹心地带的泾源县。

泾源县是个特殊的存在，尽管属于宁夏西海固地区，境内却遍布高山密林，气候宜人，但山区闭塞，条件有限，并不属于富庶之地。出县城往东，上山，一路攀爬，逶迤而行，漫山遍野，沟壑纵横，植被多是灌木。四月将尽，依然料峭，尚没有多少春意。眼前的河谷很是开阔，似乎是几条山谷的汇合处，右拐，东南方直插下去，就是目的地——羊槽村。

左手山坡，右手河槽，黄泥土屋，连成一片，低矮，一排排随山势延展。窄小的门，乌洞洞的窗，黛黑的屋瓦让村庄更显突兀，愈发宁静。

裹紧身上的衣服，刘庆云进门便问：有去河南割麦的吗？

有，有，有。

刘庆云拿出画册，指着上面的图片，叫人辨认那个手握镰刀、抬头远望的老汉，都说是村南的马喜成。真是无巧不成书，侯登科要找的马喜成竟然就是他！问了地址方位，几个人紧着步子过去。作为外地人，他们如此唐突地出现，在村里引起了不小的轰动。村民们一个个瞪着眼睛，矜持地跟在刘庆云一伙屁股后头。

关于羊槽村民的来历，侯登科在其书中有明确记述：一是开篇回忆儿时的记忆："童年记忆中的麦客用镰刀片子剃头，头剃光，卷卷的胡子却留着。从曾祖母口中我知道了许多关于麦客的事，她小时候见到的麦客是留长辫子的，她出世之前的麦客因了'白头反了'，被镰'片'（砍）了许多人，麦子全荒在地里，尸首烂在路上……"他的曾祖母生于光绪末年，距离同治末年也就三十年左右。二是最后那章《麦客的家乡》,关于羊槽村,"清末陕西回民大起义,渭南渭河北大荔县一带为躲避清兵绞杀的回民马、余、吴、金四姓人家携家带口逃至六盘山脚下,数代生息繁衍,如今已是四百余户千八人口。"

一个南北狭长的院子,没有院墙,敞着篱笆门。或许人们嚷嚷的声音惊动了屋里人,马喜成的儿子出门来,问:做啥子?刘庆云说:记者,我们是记者。一旁跟着的宁夏外事办新闻处人员赶紧介绍,说是电视台的,来找去过河南的麦客,要拍电视。那个日本摄像师从来没有见过如此简陋寒酸的院子,趁别人说话交流的机会,把这个院子前前后后、角角落落拍了个遍。

把镰刀割下或捡拾来的麦子赶紧扔到尚未割倒的麦子上

信 用

羊槽村全是回民。

查阅泾源相关资料，2020年该县人口11.5万余人，回民就有92927人，占全县总人口的80.7%。

回民遍布中华大地，几乎哪个省份都有他们的影子。最集中的地方，除宁夏回族自治区以外，甘肃、青海也是重要地区。由泾源县往南往西，隆德、庄浪、张家川、天水、通渭、清水、甘谷等等许多地方都是回民聚居地。比如天水，2021年少数民族人口24.8万，回民就有24.3万，其密度可见一斑。那些来来往往的传统麦客大多出自这些区域。这些麦客被侯登科称为正规"野战兵团"，而陕西本地，如陕南商县、丹凤、蓝田以及西北方向陇县、千阳、永寿、彬县、淳化、旬邑、长武、铜川等地的麦客只能算作小打小闹的地方游击队。

中国大部分地区处于温带，属季风气候，尤其黄河流域，四季分明，从东到西，海拔依次抬升。在陕西东南角，黄河大峡谷南端，北山和秦巴山区形成的夹角围出了一个月牙形地带，那就是关中平原。再往西，陇山叠翠，却硬硬地挡住了东来的季风，至此就成了典型的西部。缺水，由苍苍茫茫的黄土过渡到寸草不生的戈壁荒漠。如你乘坐高铁穿越六盘山，一过天水，定然满目萧瑟，走老远，两边山脊都鲜见一棵树。作为胡焕庸线①上的关键一段，这一区域，不论自然还是人文，不论远古还是当今，总是时不时灵光乍现，诞生些让人津津乐道、神秘莫测的人与事，比如，仰韶先祖，秦人东迁，统一六国……

　　渭河谷地的湿润与肥沃使得小麦很早就替代了粟黍，成为人们赖以生存的主要粮食作物。成熟时节，麦香四溢，那种温润绵长的香气，犹如手心里摩挲着的一块古玉，让人爱不释手。农耕时代，人们对土地往往萌生极致的感情，大片大片的荒野山林被开垦出来，继而种下各种养命的果蔬谷物。生业的多样性、生存环境的好坏让土地成为轮番交易的重要生产资料，有的人得到了，有的人失去了，血泪、无奈、愤懑、欢愉，始终与土地和人类的命运紧紧交织。人类自私的天性和对财富的不断攫取使土地集中成为历史发展的必然趋势。再多的土地，不管归谁所有，终究需要人来耕种。种不过来就要雇人，天经地义。雇工是土地投资人经营土地的一种方式，当然，出租土地也不失为一种普遍、合理的选择。雇工，有长期，也有短期，至于一季农活，临时雇几个帮手更是家常便饭。对于生活艰困、远在山区的百姓来说，长期出门不现实，临时短工最合适，所以，赶场割麦就逐渐成为陇山周边回汉百姓一年一度"逛世界"的固定营生。雇主管饭，吃个肚皮圆，弄好了，还能为困顿的家庭赚取一笔生活费。

　　关中麦客之所以为人关注，在于他们每年一次固定不变、长途跋涉、来回迁徙的特性，这种特性被文人墨客用艺术的手法进行包装，满足了读者观众的好奇心。局外人总是充满浪漫，将之称为"候鸟"，多么诗情画意的比喻！其实，这只是一种一厢情愿、唯美主义的自我表达罢了。

　　关于关中麦客的赶场路线，侯登科先生这样表述：

　　　　每到关中麦黄之际，南最远有甘肃康县、成县、徽县等地麦客沿

---

①胡焕庸线：在中国地图上，自黑龙江黑河至云南腾冲的一条假想连接线。地理学家胡焕庸1935年提出，用来划分我国的人口密度，也适用于划分气候、降雨、植被等变化状况。

宝成铁路北上，与西沿宝（鸡）兰（州）铁路而来的西和、礼县、武都、天水、甘谷、陇西、定西、渭源、秦安等地麦客汇流于陇海铁路东进，集结或分流于"八百里秦川"的中间地带；西北方有甘肃灵台、庄浪、张家川、庆阳、镇原、泾川、平凉、环县以及宁夏泾源、隆德、彭阳、固原、海原、同心等地麦客，或沿银（川）平（凉）公路辗转宝鸡，或沿西（安）兰（州）公路以及各支线公路南下咸阳、西安，与陕西长武、淳化、旬邑等地的"麦客自行车队"交织并行，形成整体覆盖关中平原的态势……

可是，承续千百年的自由赶场在1958年后，变成了一个集体行动。生产队选拔思想进步、身强体壮的好劳力组成夏收支援队，胸怀全球，心向世界，走出大山，与当地的生产队进行接洽，三十多岁的马喜成就是其中一员。干完活，当地干部给他们开具证明，割了多少亩，每亩几块，一共多钱。马喜成们回到羊槽，将条子和钱款一并交给生产队。生产队每人每天给记十个工分，年底，每个工分值多少钱就只有天知道了。即使这样，这种具有利益因素的支援队也在"文革"期间被那把无形的镰刀当作资本主义尾巴割掉了。

农民吃饭全靠自己，停止劳作就意味着贫困和饥馑。

1980年，中央出台七十五号文件，正式在全国推行家庭联产承包责任制，羊槽人也和别处的农民一样重新分到土地，生产生活再次拥有了自主权。他们在自己的土地里种下麦子的那一刻，有人忽地想起了赶场。大家相互议论，揣测估摸关中的形势，有的人则付诸行动，开始打听陕西人种麦的情形。马喜成已经五十多岁，人生历程走过了一半；马万全二十出头，还没有体验过赶场的艰辛。二十多年的间隔，整整一代人的更替，传统麦客千百年的赶场历史即将重新登场，迎来它的黄金时刻。所幸的是，黄金时代最为火爆的场景和他们与收割机的第一次冲突恰恰被侯登科先生遇到，且用手中的相机记录下来，这是侯先生的幸运，也是麦客们的幸运。

一个人总是随大流，难免就是常人。正如英国作家奈保尔《大河湾》开篇所言：那些无足轻重的人，那些听任自己变得无足轻重的人，在这个世界上没有位置。

　　对麦客来说，河南似乎是个危险的地方。他们不到河南的惯俗有多种原因，但关键还是距离远，交通不便。割麦的劳动强度和生活的艰辛不允许他们长时间在外停留，何况，自家田地里长着的麦子还等着他们回去收割呢。羊槽村的麦客前往河南是从80年代末开始的，交通为他们提供了难以想象的便利。面对关中的千军万马，他们径直赶到河南洛阳一带，那里的富庶也让他们赢得了更为满意的酬劳。如果说，麦客由徒步跋涉改为扒火车是出行方式的根本性变化，那么，超越关中直奔河南就是赶场的一个历史性变革，这注定了羊槽人与其他麦客的不同。

　　每年一过5月20日，羊槽村的麦客们便开始骚动不安，急急忙忙结伙出发。

　　刘庆云约定的马万全、马宝成、马喜成三家也着了急。老百姓的精神世界是单纯的，他们觉得，人家约定到时候来拍电视，要是随便走了，误了人家的大事那就不对了，这是一个信用问题。马世红找出刘庆云留下的电话号码打过去，说村里已经有人走了，河南路远，麦子熟得早些，你不来，我们就不等了。这个电话给刘庆云打了个措手不及，这个时候，他正带着摄影师跟随河北藁城县（现属石家庄）的铁麦客——联合收割机行进在通往河南的国道上。此时，上百辆收割机浩浩荡荡，昼夜兼程，刚刚跨进河南地界。他们一会儿坐进驾驶室，一会儿插入队伍，不断寻找角度，拍摄收割机行进的镜头。这支队伍要用两天两夜的时间马不停蹄奔赴河南新蔡。

　　羊槽人的故事至为关键，万万不可或缺。刘庆云恳请马世红无论如何再等两天，容他调整原先的拍摄计划，对下一步做出合适的安排。他从北京调集自己熟识的摄影师接手收割机的跟踪拍摄，自己则带着原班人马挥师北上，赶赴宁夏。

　　再次走上通往羊槽村的山路，阴雨连绵。山间谷地生机勃发，贫瘠琐碎的田畴，亟待复苏的庄稼，星星点点、疙疙瘩瘩的树木都在狠劲地绿着。村子上空，炊烟丝丝缕缕不肯散去。满地泥泞，鲜有人影。马万全戴着白色的帽子，深红色毛衣，黑黢黢的脸，一说一笑，很是和善。院子很大，围着半人高的黄泥土墙，与西边紧邻的清真寺相比显得破败寒酸。一溜低矮的黄土房，喂羊，存放草料，堆放杂物；靠边一间是厨房，黄泥裹墙，乌黑的案板，简单的餐具，除此之外，再没有别的家什。他正给牛羊准备草料，安顿好老婆孩子就可以出门了。马宝成决意带二儿子赶场，这个儿子已经十九岁，从来没有出过远门，他要带他见见世面，看看外面的人怎么样生活、怎么样挣钱，以便接下来更好地规划孩子未来的人生。儿子傻傻地笑着，内心深处一片空白。这两家是刘庆云计划跟踪的重点，可是，人算不如天算，一到河南，雇主只要四个人，出门时相跟着，关键时刻可就四分五裂了。

让马宝成、马五七记忆犹新的是摄制组赠送给他们几家的靴子。我想，这一定是刘庆云们的良心发现。雨停了，明天就要出发。从一开始，羊槽人就没有提出过任何要求，好像配合他们拍摄是个天经地义的事儿。羊槽人卑微地活着，对外界任何一种精神层面的强势介入都没有招架之力。我始终认为，是羊槽人的淳朴、可爱、乐观、困厄、简朴、认命触动了摄制组。他们决定将穿过的雨靴赠送给这几家。十八年后，马宝成依然不曾忘记。我说，还在吗？叫我也瞅瞅。马宝成不屑地说：早不在了，和咱平常穿的没有两样。

天未亮，几家人背起行囊来到村口集中。羊槽村坐落在一道河沟里，此沟名曰胭脂川。胭脂河从西北不远发源，冲出这道川沟，流过羊槽，东拐，扎进崆峒山的腰窝，归入泾河。此刻，夜色朦胧，整个河川笼罩着一层薄雾。幽黑的天幕里，几个人影隐约晃动。偶尔一声说话或咳嗽打破黎明前的寂静。渐渐靠拢，彼此打个招呼，脸上洋溢着即将远行的兴奋和对未来莫名的不安与期许。肩上搭着编织袋，里面装着干粮、衣物和铺盖。绑口袋的绳子分成两股，成为两根背带，或者干脆直接用镰刀挑着。

不久，一束铮亮的光划破晨雾，那是一辆三轮车，一早要到平凉去拉菜。头天约好，一人三块，前往平凉。

崆峒山黑魆魆地挡在眼前，似乎是一道难以逾越的屏障。山岚横在腰间，静谧，安详，神秘。三轮车在细线般的山路上盘旋，几个人蜷缩在车斗里，孤独渺小，甚至还有一丝寒酸。自清朝同治时期至今一百多年，他们的祖先就一直行走在眼前的山间旮旯里，只是羊肠小道变成了今天的柏油马路，还有各种车辆可以搭乘。过往的岁月，祖先们背着尖底背篓，扎着裤腿，一步一步走，困了，歇，饿了，吃一撮炒面，睡麦场，躺屋檐，好些人走出去就再也没能回来。

对普通百姓来说，钱永远是幸福生活的代名词，越是出门在外就越会把钱看得更重。出发前就想好了各种省钱的办法，比如扒货车和杀价。那时候，诸如翻扑克、赌有无、买卖欺诈等等骗人的把戏风行一时，很多人上当受骗，懊悔不迭，内心羞愤，无法言说，这让山里人更加谨慎小心。面对山外的世界，他们提防有加，难免固执狡黠。走下三轮，不期然，街边就有许多和他们一样装扮的人，大家相跟着前往平凉汽车站，他们要从那里坐长途公共汽车前往西安。

连续过来几趟车，卖票人不断气地吆喝：西安，西安。

西安多钱？

三十五。

太贵，便宜些。

就是这价，哪个车都一样。

十五，只出十五，能行行，不行拉倒。

卖票人扭脸，不再言语。

眼看僵持不下，时间就这么白白耗着，刘庆云着急，索性悄悄同一个车主打招呼，让他们再转回来，将票价降到25块，其余不足由他补齐。

一会儿，汽车到来，车主漾着笑，站到车下，不言喘，却让出了门道。

麦客们杀价成功，一个个心满意足，欣然上车。

辑三

前奏曲

域里域外

传统麦客所背负的无疑是中国农民千百年来一成不变的耕作方式,是中国百姓一代代终其一生都难以摆脱的工具掣肘和精神枷锁。

甘肃、宁夏麦客嘴里的世界实在狭小,对他们来说,走出大山,脚下的关中就是新世界。

就像马宝成,他把"逛世界"看得如此紧要,几乎关乎后代子孙的前程与未来。"逛世界"就是提升孩子生存能力和生活质量不可或缺的一场人生历练。

那么,一个群体、一个民族、一个国家,谁来引导他放眼世界?

如果从同治十年算起,到2005年传统麦客渐趋消失,羊槽村的男人们在崆峒山深处到关中的黄土小路上来回奔波了整整一百三十四年,风雨雷电,日晒汗酸。那一刻,站在曾经的故园和麦田,他们赖以"存站"的仅仅就是手里的那把镰刀。好些人使用的镰刀,爷传父,父传子,子传孙,代代传承,不曾更换,剃头是它,收割是它,挣扎杀伐还是它。可又有谁想过,这一把把镰刀也会成为历史的遗迹,祖祖辈辈几千年割麦的镰刀也会有一天被新的工具所代替。

没有,他们绝对没有想过。不仅仅甘肃、宁夏的麦客,即使所有中国人,农村的,城里的,北方的,南方的,东海之滨,西部边陲,除却那些研究制造农机的专业人士,没人能够想到,会有什么更好的东西可以在一夜之间取代镰刀,将满地的麦子和稻谷轻轻松松地收回家去。

那个时代，假若真正有人能够想到，那也一定不会想到收割机的形象。即便专业人士，他们也面临一个难以破解的谜题——收割机如何能够遍布中国大地，完全替代使用了几千年的那把镰刀？毫无疑问，我们尝试过。新中国成立初期，我们不遗余力地推进农村劳动工具的革新，却一次次以失败告终，抑或踏步逡巡，无奈迷茫。镰刀，收割机，同为铁制工具，一个小巧锋利，一个形同巨兽，如果拔高到学术高度，它们的名字应该叫作生产力。生产力的变革、更迭是需要一些类似润滑剂的东西推进演化，而我们的思维，我们的眼界，我们的想象力总是为自己编织的意识形态所左右，这种意识形态打造的紧箍咒犹如悟空画下的圆圈，让国人的行动受到极大局限，这个局限就是润滑剂的品质，名字叫作生产关系，它更为复杂、更加值得人们玩味。

1861年开春，在地球的另一边，与大清帝国遥遥相对的那个国家——美国，经济快速发展，平等自由的理念同时也在北部自由州雨后春笋般噌噌作响，迅猛生长。那个时节，蓄奴制的存废问题如同一锅煮沸的开水，在南北各州之间闹得沸沸扬扬，不可开交。1860年底，林肯当选总统，点燃了美国内战的导火索，联邦军队和所谓的南部叛军战斗了整整四年，双方伤亡惨重。但是，如果仔细研究美国南北战争，你定会注意到一个很有意思的现象：不管战斗结果如何，每一次作战，每一次兵力的调动，北方联军总是优先考虑给养运输，它始终与部队紧紧相随，务必确保及时供应。而南方军队总是给养不足，动辄战马饲料告罄，兵将口粮减少。举个例子，1863年10月，南军将联邦军围困在查塔努加，联邦军增援部队长途跋涉，道路难行，很有些鞭长莫及的奈何感。按照常理，南方军定然胜利在望，可偏偏在这个节骨眼上，因为饥饿，他们数千匹战马死亡，士兵口粮也减少到原先的四分之一。北方军越过泥泞狭窄的山路，避开南军炮火射程，建立了一条奇妙的供应线，那些被围困的士兵给这条供应线起了个绰号，叫作"饼干线"。

为什么南军物资匮乏，而政府军如此阔绰！

美国南部盛产烟叶、棉花，北部以小麦、玉米为主。按说，大量青壮年劳力陷入战争，粮食生产应该受到很大影响，尤其收获季节，一刀一镰收割大地，对留在家乡的妇幼老弱来说，无疑是一次体力乃至精神上的煎熬和折磨，何来什么生产能力！可是，事情没有那么简单。根据资料，美国战前1849年到1859年的十年间，小麦产量增长73%，即使战争期间，其产量也都分别超过1859年的全国纪录，玉米亦然。不仅如此，当时西欧谷物歉收，美国小麦、猪肉、牛肉出口量竟也增长了一倍。为什么？

美国普林斯顿大学教授詹姆斯·麦克弗森在《火的考验》一书中说，"尽管内战期间，美国大约有三分之一的农业正规劳动力应征入伍，但美国仍然在增加出口方面取得了巨大的成就。北部在农业生产中大量使用机械耕作才使这一成就成为可能。"

詹姆斯·麦克弗森进一步阐述了机械耕作的效应，他说，南北战争爆发前四十年，美国粮食总产量翻了四番，农业劳动力却下降了20%，城市人口增长比农村快三倍，粮食产量增加的原因是农业技术的改革。美国农业机械的发展始于19世纪10年代，最先出现的是铁铸犁板，二十年后，弗吉尼亚州出现了马拉收割机。切记，这是1830年的事情。据说，使用这种工具，两个男人加一匹马，每天的收割量相当于拿着小镰刀的十二个男人。三年后，缅因州的约翰和希兰·皮茨成功发明马拉脱粒机和扬谷机。1842年，伴着隆隆的礼炮声，大清帝国与英国签署《南京条约》的时候，美国威斯康星州拉辛市一个名叫凯斯的人，制造了一架木制打谷机，工作量竟然是人工的十倍。这些笨拙奇异的机器出尽洋相，围观的人们总是说一些风凉话，可发明人并不在乎，他根据各种意见不断改进。十七年后，一个名叫麦考米克的人在他的家乡建立了自己的收割机生产公司。19世纪50年代，美国北部各州农民克服了传统保守观念，数以千计的农业机具在那里成功普及。

詹姆斯·麦克弗森引用了一段目击者的记述："机械如此完美，似乎不太需要人力了。……在过去的几周内，我们曾看到一位健壮的妇女，她的儿子在军队里，她赶着她的牲口割草。她悠闲地坐在割草机上，轻松地一天割七英亩，这种情形标志着把机器运用于生产的一场伟大的革命。"

麦考米克和凯斯没有想到，他们制作生产的那些机器有力地支持了北方部队，丰收的庄稼给前线提供了足够的给养。"19世纪50年代是美国迅速实现农田机械化的十年，收割机和割草机的产量增至三倍。装在许多收割机上的自动耙地机象征着节省劳力的进一步发展，收割机、割草机及其他农具的使用，使妇女和儿童能够弥补由于男人在前线打仗而造成的人手不足。"

几乎同一个时间节点，1856年的初夏，关中大地麦浪滚滚，清香四溢。陕西巡抚吴振棫到田间地头巡视调研，察看收成。他平生第一次见到了当地农民雇用的甘肃麦客，禁不住写了一首《麦客行》：

连畦被陇麦欲黄，麦客麦客来河湟。从朝割麦逮曛黑，无田翻比田夫忙。一村复一村，一县复一县，百里千里两脚遍。姓名乡贯谁细辨？但喜今来佣值贱，佣值贱，奈何人日受钱百？村蔬甚肥村酒白，持以供客客意适。儿能腰镰妇亦健，自有筋力胡爱惜？

诗前有序：

客十九籍甘肃，麦将熟，结队而至，肩一袱，手一镰，佣为人刈麦。自同州而西安，而凤翔、汉中，遂取道阶成而归。岁既久，至者益众，官吏惧有意外之扰，颇逻察之，不能禁也。盖秦人呼为"麦客"。

《麦客行》描述了传统麦客的生存状态，表达了对雇用麦客的疑惑与不解，但其序言最后"官吏惧有意外之扰，颇逻察之，不能禁也"多少让人有些费解。仔细一品，它给我们传递的无疑是那一刻吴振棫们的所思所想：

他们普遍担心麦客发生什么意外之扰,欲禁又不能,不得不派出衙役悉心巡察看守。同一时间,不同地点,一个汗流浃背,镰刀飞舞,一个新的农机在田地里来回奔忙,尘土飞扬。

千百年来,中国农田里劳作的一直就是奴隶般的雇工。那些拥有土地的地主,如果不出租土地或者不用雇工几乎无法实施生产作业。麦客们有的是苦撑,有的是对自身命运的天然认同。受苦人的本钱就是特别能受苦,勤劳、吃苦是他们获得劳动成果、赢得他人赞许的精神法宝。我们始终如一地坚信,小麦只能用镰刀一镰一镰地去收割,吃进嘴里的一粒粒麦子,全靠一身一身的汗水来换取。"锄禾日当午,汗滴禾下土。谁知盘中餐,粒粒皆辛苦。"这首人人耳熟能详的诗歌近乎等同于孩童的摇篮曲,它在教化孩子节约粮食的同时,又强势地胁迫我们必须认同劳动艰辛的理念。直到今天,我们也不曾怀疑甚至仍然强势地认同这个理念,而对自觉地解放自身尚没有寄予一丝一毫的展望和梦想。曾经,一旦有人畅想耕地不用牛,收麦坐地头,无疑会招来一顿嘲笑与呵斥:这简直就是异想天开,发神经,典型的懒惰思想!懒惰,贪图享受,背离传统道德价值,甚至逾越人伦等级底线,不仅要遭到耻笑和唾弃,20世纪六七十年代,它甚至是无产阶级与资产阶级、资本主义与社会主义两个阶级、两条道路的斗争在农业生产上的具体反映,必须受到人民群众的无情批判和彻底扫除。

自私与懒惰是人类的天性。正是为了满足这样的天性,人们才会产生丰富的联想,进而付诸行动,想方设法对现实做出改变,这就是获得物质乃至发明创造的初始动力。问题是,我们应当如何看待人类的天性,是否尊重人类的联想与创造!

要知道,异想天开是人类解放自己的思想基础,自由创造则是人类摆脱束缚、实现自我释放的天然之路。

劳动工具的创新取决于人类思想观念的变革,取决于生产关系的变革。

进入20世纪,美国人开始大踏步推广农业机具。

坟地或地边角落等收割机开不到的地方，尚需使用镰刀

1902年，麦考米克的儿子整合市场资源，成立万国农具公司，专门生产收获机、牧草机等等各种大型农机具，还创造了一套影响世界、传承至今的营销方式。三年后，他们批量制造拖拉机，并将其创造的营销手段伸向更远的地方。那时节，俄国人正在西伯利亚开采矿藏，为了保证粮食供应，他们在西伯利亚屯扎大量军队，开发农业。美国人跨越太平洋，盯住了广袤的西伯利亚。1909年，万国农具公司在海参崴设立分支机构，把他们发明的机器卖到了俄国，同时，派出专家到中国东北调查市场，第四年，便在哈尔滨发展了一家农机代理商。1915年，哈尔滨从海参崴分公司买回了五台"火犁"（即拖拉机）和其他农具，开始了中国历史上最早的机械化耕作。1921年，万国农具公司在哈尔滨设立自己的分公司，据统计，到抗战前的1936年，该公司在东北、内蒙古地区一共销售"火犁"二百一十七台，收割机、播种机、割草机五百五十五台。

　　中国东北一向地广人稀。1947年以后，我国着手开发北大荒，建立国有农场。曾被印上中国第三套一元人民币的新中国第一位女拖拉机手梁军，就是在那里学习驾驶，成为北大荒最初的开拓者。据说，她起初驾驶的"火犁"就是十多年前万国农具公司售出的"法尔毛"，后来换成了加拿大的"梅西哈里斯"。

　　至于内地，农业机械几乎为零，如若还有一丝痕迹，那也仅仅局限于学术层面。据有关资料，抗战爆发前，万国农具公司为了打开中国市场，曾向中央大学和金陵大学农学院赠送了很多新式农具和工厂设备。1940年以后，这两所学校逐步成立农业工程系，开始农业机械的教学与研究。1944年，中美两国政府农业主管部门与万国农具公司协商，共同签署了一个合作协约，名曰"向中国农业导入农业工程的教育计划"。根据这个协约，中国派遣二十名研究生赴美，利用万国农具公司提供的奖学金学习农业工程，为期三年，同时，美国向中国的三所院校及研究所提供农业工程研究教学所需的样机、资料、实验设备以及试制设备。

　　曾经的中国农业机械化科学研究院副院长、农业工程学家陶鼎来就是这批研究生中的一员。他们从1945年5月开始,在美国明尼苏达大学农业工程系攻读两年,获农业工程硕士学位后,又在农场、工厂实习一年。那个时候,陶鼎来深切地体会到美国农业生产力的发达,一个农民一年生产的粮食、棉花、肉类竟然相当于中国农民的数百倍,而中国人却只知道美国有飞机和小卧车,而不知道那里还有强大的农业机械。回国后,陶鼎来没有坐在实验室,而是走进农场,亲身参加农业生产实践,在华东农林水利部的棉垦训练班担任了一名农业机械教师。1950年,华东农林水利部决定在江苏、山东、安徽建立大型机械化国营农场,陶鼎来自愿报名,将江苏灌云县的一个地方小农场改建为国营东辛机械化农场。在那里,他们大片开垦土地,改良盐碱地,修建规范化的灌溉排水沟渠,使其成为我国在华东地区建设的第一批机械化农场。

陶鼎来满腔热忱,融入新中国建设,到苏联考察国营农场、拖拉机站、集体农庄和农业机械化研究机构,参与制订国家十二年农业机械化科学发展规划,毕生服务于中国的农业机械化事业。

那个时候,中国尚不能制造自己的机器,全部大型机械均需从国外进口。1949年,山西省最早的国营机耕农场在介休义安一带的汾河荒滩上创办,配备的机器均来自苏联:纳齐52型履带拖拉机两台、万能22型轮式拖拉机两台,外加C4型"康拜因"(英语combine联合收割机音译)一台。可以说,20世纪60年代中期,中国拖拉机制造业正式起步之前,中华大地上轰鸣着的拖拉机全部都是进口货。《中国农业机械化大事记》记载,到1957年,全国已经进口拖拉机一万六千七百五十台。《山西农业机械化志》说,截至20世纪60年代初期,山西省共引进十个国家二十六种型号的大中型拖拉机九百九十台、手扶拖拉机五百零八台。可是,就在这种如火如荼、蒸蒸日上的氛围里,陶鼎来提出了一种不同的看法。1957年,随同王震将军考察日本的农业机械后,他提出,与从苏联成批引进大中型农业机械相比,日本的小型机械更适合我国农业生产精耕细作的要求。

然而,这一思路没有得到相关部门的回应。

有不同的声音很正常，但宏观地看，不管什么样的意见，事物的发展总是要受到各种各样主客观条件的限制，而决策者的认知似乎更为关键。站在那个前所未有的历史节点，中国农业机具的更新换代依然路长道远。

客观说，新中国成立之前，我们就已经开始了局部探索。

抗战年代，国民党封锁边区，军民经济困难，延安提出自己动手，丰衣足食，号召开展大生产运动，陕北南泥湾已经成为一座耀眼的丰碑，嗣后，北大荒黑土地的开垦更是一项伟大的壮举。二者相隔十年，使用的劳力和工具却有天壤之别：一个高举锄头，一个驾驭"火犁"。说起早期垦荒史，还有一段奇异的故事鲜为人知，它事关中国农业机械化，甚至可以说是新中国农业机械化的开端。这个故事的主人公一度被国人称为"中国农业机械化的启蒙者和奠基人"。

此人高鼻深眼，大高个，胖身材，原名威廉·辛顿，中文名字韩丁，美国人氏。在中国人的记忆里，他最出名的故事就是参加山西长治张庄的土改运动，1966年出版了那部为中国人所熟知的纪实文学作品《翻身——中国一个村庄的革命纪实》。不过，他真正的身份只是一个农场主的儿子，一个热血青年，在他人生的后半段，活脱脱一个典型的农场主，今天，我称他为"国际麦客"。

韩丁与中国的结缘始于1945年，那年他二十六岁。受埃德加·斯诺《西行漫记》的影响，他以美国战争情报分析员的身份来到中国，在美国战时新闻处工作。当时，毛泽东正在重庆谈判，经常邀请"同情中国进步运动"的美国青年士兵到驻地座谈，了解美国国内情况，韩丁就是其中一员。那一时期，身在重庆的美国青年都知道"北方还有一个中国，也在打法西斯，"那里叫作延安，简直就是一个"神话"般的存在，而重庆那条被国民党特务日夜监视的"阴暗"小巷里的"共产党总部"同样令人神往。

显然，韩丁关于美国农业、农业工会、农民生活以及政府与大企业关系的谈话给毛泽东留下了深刻印象。即将返回延安的时候，毛泽东又一次与韩丁会面，聊了许久。与毛泽东、周恩来及其译员龚澎等人的结识无疑在韩丁内心注入了火热的革命激情，让他在未来的日子里对中国念念不忘。

1947年初，联合国善后救济总署送给中国大批救济物资，设在邯郸的晋冀鲁豫边区政府接收了其中一批，包括药品、食物（罐头、奶粉）、旧衣服、皮鞋等，另外还有部分汽车和三十二台十五马力拖拉机。边区政府成立的相应办事机构设在临清，于是，这些物资装上木船沿着运河、滏阳河一路由天津运送进来，在当地"军调小组"①的监督下进行使用。韩丁就是这批机器的随行教员。

拖拉机是用来耕地的，中共必须在自己的根据地内寻找一片平坦开阔的土地，才能发挥这些机器的作用，而临清附近的冀县正好具备这样的条件。那里有一个衡水湖，绕着衡水湖是一眼望不到边的湿地滩涂。开垦这片滩涂地，就可以为战争提供大量粮食补给，于是，韩丁将联合国提供的"福特-福格森"液压式拖拉机开到了这里。

中共太行区党委和冀鲁豫边区从太行、太岳、冀南、冀鲁豫四个地区选派了一批学员，跟着韩丁学习拖拉机驾驶，他们垦荒的地方位于衡水湖西北角——冀县与衡水之间的一片"千顷洼"。这片"千顷洼"就是后来的冀衡农场，也是河北省第一家由人民政府建立起来的国营机械农场。然而，随着国民党对解放区的重点进攻，"调处"工作很快终结，救援物资也随之减少，接着相关人员陆续撤离，到1947年9月，汽油、柴油、机器备件全部断供，拖拉机停开。韩丁很不理解救济署的这番操作，多次协调无果，最后决裂，决心就此留在中国，留在解放区，投入到中国人民伟大的解放斗争中去。他的表态赢得了学员们的一片掌声。随即，拖拉机运往邯郸，交给边区政府农林厅保存起来，韩丁自己则依依不舍地离开"千顷洼"，一路走进太行山，最后来到了长治张庄。1948年底，中共摧枯拉朽夺取了中

---

①军调小组：1946年1月，根据停战协定，国共两党和美国三方成立军事调处执行部，下设三十六个执行小组，分赴各地"调处"军事冲突，1947年春结束。

国北部所有土地，淮海战役炮声隆隆，国民党据守长江天险，试图划江而治。衡水湖畔又恢复了原来的生机，开始正式筹建冀衡农场，"千顷洼"重新轰鸣起来。韩丁修好拖拉机，再次着手训练驾驶员。条件异常艰苦，吃饭、住宿、办公、教学全都在一个农家大院里。有学员清楚地记得，数九寒天，滴水成冰，韩丁把一台福特15马力拖拉机摆在大院当中，拆下一个零件，举在手里，比画着讲解它的原理、构造和功能，直到把拖拉机大卸八块，拆得七零八落，最后，又指导学员们一件一件重新组装回去，再次变成一台福特。韩丁特别能吃苦，从来没有星期天，下着小雪也不停课。他讲课主要用英语，每讲一句或一个小段落，翻译就得跟着翻一句，翻一个段落。有一次，译员翻译单词"governor"，发音很像汉语"县政府"，学员们一听，先是哈哈大笑，接着鹦鹉学舌，很是有趣。韩丁感觉不对劲，赶紧问清原委，和翻译商量半天，最后，根据那个零件的功用，重新将其翻译为"调速器"，这个称呼一直沿用至今。

冰雪融化，春暖花开。培训班结束，"千顷洼"里排列了三十二台机车，七十多名学员两人一台，昼夜不停，轰轰隆隆的吼叫响彻荒原。那一年，他们开垦了17000多亩土地，丰收的小麦全都储存在自制的粮仓里。那些粮仓，圆圆的，高高的，炮楼一样，一个一个矗立在场院里，让人倍感骄傲。可以说，这是新中国第一次使用机械耕种的小麦。

韩丁俨然成为一名中国共产党的坚定支持者，他将自己完全交给组织，成为一颗永不生锈的螺丝钉，哪里需要哪里去。1950年初夏，"国际麦客"韩丁第三次来到冀衡农场。这一次，他的身份是北京双桥农场的教员，带着"康拜因"训练班的学员前来实习。熟悉的地方，不熟悉的"康拜因"。冀衡农场进口的康拜因全是苏联制造，运来的时候是拆分装箱的。没人懂俄文，韩丁和学员们打开包装，看着一堆大大小小的零部件，大眼瞪小眼，一筹莫展，最后，只能对照说明书上的示意图，照猫画虎，摸索着组装起来。

隔年，朝鲜战争打得异常惨烈，国内关于抗美援朝的宣传让普通老百姓恨透了美帝国主义。按照国人逻辑，美帝国主义是个坏东西，那么，只要是美国人，一定就不是好东西。这年5月，韩丁和苏联农机专家邱尔尼柯夫到河南黄泛区国营农场指导"康拜因"收割作业。听说割麦打场不用人，开车的都是外国人，远近几十里的老百姓都来看稀罕。韩丁高大健壮，引人注目，可一听说是美国人，就连农场的职工也都唯恐避之不及。结果，那位来自苏联"老大哥"的邱尔尼可夫成为人见人爱的明星，就连全农场唯一的一辆吉普车也成了他的专车。韩丁孤单地住在草房子里，睡折叠行军床，戴破草帽，穿破皮鞋，裹旧工作服。扣子丢了，用一个螺丝帽代替。一个人独来独往，冷冷清清，从驻地到田头，两条腿来回跑，但他毫无怨言，机车出了毛病，爬上爬下，自己取工具零件，自己再去安装，似乎对人们的冷落无所感知。麦收队长吴显明是韩丁早先训练班的学员，他把场里配备的自行车让给韩丁，可不到半天，韩丁回来了，说，这个不行，这个不行。原来，韩丁近两米高的大个子把车圈给压扁了。据说，收麦的时候，韩丁把一根麦芒吸进了气管，怎么也弄不出来，他说，如果北京治不好，就回美国去。

1953年，韩丁回到美国，周恩来将他称为"同中国人民患难与共的老朋友"。再后来，他参与创建美中人民友好协会，并担任第一任主席，受聘为联合国粮农组织中国项目专家和中国农业部高级顾问。20世纪70年代后期访问中国，他对中国左右摇摆、踌躇蹒跚的农业机械化提出了颇为中肯的看法。这是后话。

畸　舞

劳动工具的演化艰难又缓慢。

石器时代，我们的祖先使用石镰、石刀、石磨盘、石磨棒，仰韶时期的淮河北岸，人类开始用杵臼为稻米脱壳。商周时期，制造工具的材料变为青铜，战国有了铁制品，再跨越两千多年，到20世纪中期，农具在材料、形体、结构等方面几乎没有多大变化。我的青少年时期，每年三夏，龙口夺食，收获麦子的工具还是祖、祖、祖爷爷们使用过的那几样：

镰刀，一张刀片安装在木把上，用以割倒小麦、谷子、糜黍、豆子等作物。

绳子，捆扎茎秆，便于运输。好绳子是指头粗的麻绳，俗称葛把绳或葛把牌子绳，一头拴着一拃多长、寸把宽的木牌子，头尖底方，状若各家各户神祇前面供奉的牌位。隔三五米铺一条，堆上麦子，收起绳子，一头穿过牌子上的小孔，抬脚一蹬，用力猛拉，紧紧地捆了。差些的绳子大多用棉秆表皮拧成，棕黑色，不甚结实，常常泡在麦场的蓄水池里，一干，僵硬，不好用。

碌碡，像一个睡倒在地的腰鼓，用老大的石头凿刻而成。先是套着牲口拉，后来是拖拉机，在摊开的麦子上转圈，将麦粒碾轧下来。

木杈，用以挑起晾晒的秸秆。一般通过修剪幼年桑树，使其长出三根平行的枝条，长到一定粗细和高度，砍伐，火烤，整形。碾完的麦秸呈扁平状，泛着白色耀眼的光，用木杈挑起，将里面夹杂的麦粒抖落，再放一边接着晾晒，晒透了，再又挑回来碾打。

木锨，扬场用，一般用桐木薄板制成，长方形木片安装在长长的木把上，很轻。刮风的时候，站在上风口，将混杂着麦芒、麦秸、碎石、土圪塔等杂物的麦粒抛向空中。抛的同时，木锨瞬间往回倾斜，麦子就像飞过天空的彗星，唰地蹿上天空。那些较轻的尘土和杂物随风而去，纯净的麦子经过一个抛物线，又回落到原先的麦堆里。

推板，梯形的木架，底端钉一块长条形木板，可以推起晾晒好的粮食。

口袋，粗棉布织成，长条状，俗称毛褡，一米多高，直径盈尺，便于揽抱肩扛，再后来就被化肥袋子替代了。

簸箕，草编、铁皮，都有，尤以草编为美。什么草，不知道，白色，筷子粗细，一根根均匀布排，细绳绑扎。乍看，像是仙女舒展的胳膊，又像刚刚出水的袖珍莲藕。将麦子搓起，簸净，倒进口袋里。

运输工具很多，有扁担、大车、平车、拖拉机等等。

用这些工具忙活个把月，打麦场方能渐渐安静下来。遇到连阴天，所有人都很揪心，生怕时间一长，麦子泡进雨水发了芽，那样，人人盼望的白面馍馍可就全都泡了汤。

速度对于麦收至关重要。拖拉机的出现明显加快了人们碾场的步伐，牲口一天只能碾一遍，而拖拉机不仅拉运，还可以在场上碾打好几遍。

说来好笑，20世纪70年代中后期，我们刘村招了"鬼"。第二生产队拉回来的麦子还没顾上碾打，天刚黑，海科叔在西边不远处已经割完的麦茬地里浇水，看见远处麦场上忽地一闪，像是点着了一盏马灯，接着，那马灯越来越大，轰地就成了球儿，再接着，整个麦垛燃烧起来，黑乎乎的浓烟蹿上天空，遮盖了半个村庄。人们惊恐万状，呼喊着，奔跑着，可面对干燥的麦子和熊熊烈火，只能望而相叹，捶胸顿足。再后来，全村五个生产队的麦秸垛竟然轮流起火。那些麦秸，一是生产队喂牲口的草料，二是可以卖到县造纸厂作原料。也怪，刘村不着火的时候，南边，隔着一条小溪，远处高崖上的县造纸厂草料垛就着火，两个地方轮着来。县公安局派

2022年6月，山西襄汾陕家坡。手工割麦的一场表演

了专案组,长期住在村里破案。我们小学生满脑子阶级斗争,幻想着像电影或者小人书里的故事那样,也能发现敌情,直接参与抓捕坏蛋的战斗。一次,我们给猪拔草,在二队麦场旁边的大路上,捡到一把烧过的麦秸,捆扎有形,尺把长。同学很是警惕,怀疑它就是敌人点燃麦垛的引火材料,神秘兮兮包裹了,匆匆赶回学校交给了老师。

后来,一到麦收季节,各村普遍建立防火制度,严加防范。麦场四周挖了蓄水坑,各家各户都要献出一口水缸,大大小小,粗粗细细,黄的黑的,有釉的,没釉的,全都灌满水,上面还搭个破麻袋片子,围绕麦场,零零散散,摆得到处都是。树上、墙上贴满防火抢收的标语,红的、绿的、蓝的、粉的,斜着的、竖着的,一条一条,五颜六色。所有打麦场入口都用木头搭起一座高高的"炮楼",民兵昼夜把守瞭望,巡逻值班。可所有这些都没能镇住"阶级敌人"暗中破坏,那火还是要着。案子破不了,侦查员却被一队茂德家的狗咬烂了裤子,于是,全村兴起一场灭狗运动。一时之间,群狗哀鸣,人心悲切。

历史地看,仅仅就是材质的变化,也会一次次提高人类的劳动效率,使农业生产焕发新的活力。

工具,每一次新的科技含量的添加,都会给人类带来翻天覆地的变化。

土地不会骗人。通过增加肥力,或者更加有效地利用传统耕作方法,比如垦荒,无疑可以提高总产值,但其自然产出却有一个极限。要最大限度地提高单产,就必须推进生产力,提高工具和作业的科技含量。农业文明乃至整个人类文明,很大程度上就是对人自身的解放,是对人类天性的认同与尊重。人类历史就是不断改进劳动工具的历史,每一次工具的突变都会极大地推进人类文明的进程。相反,一旦劳动工具不再更新,甚至仅仅将人当作工具,那么,这个社会也就停止了前进的步伐。

我们也想让自己轻松些,可实在囿于想象、能力和认知,只能死守着眼前的几亩地苦苦煎熬。

抗战终止了中国刚刚起步的农业机械化的脚步，而中共取得政权着手创办或接受日军、国民党留下来的农场，重启机械化耕作，只能是十多年之后的事情了。

1950年5月18日，全国政协会议期间，政务院在中南海院举办了一个新式农具展览，展出东北新式农具十四件、华北马拉农具二十一件，苏联马拉农具十八件，主要供党和国家领导人、中央人民政府所属各单位首长、全国政协委员参观，意在增强高级干部革新农业器具，推进粮食增产的意识和决心。次年1月，首任农业部长、67岁的李书城老先生在全国农具工作会议上讲话，阐述了当时改革农具的必要性和紧迫性，他说：中国人民的财富，十之八九依靠着农业，而农具又为农业生产的重要手段之一，但是几千年来，中国的农民就一直被落后的生产工具束缚着，在很多偏僻地方尚在使用极其落后的农具……农具缺乏已成为今日农村中亟待解决的问题，据估计全国旧农具尚较战前缺乏20%以上。加以土地改革后农民生产情绪提高，耕地面积扩大，因此，在组织起来，提高技术和增加单位面积产量的号召下，改进和补充农具就成为当前发展生产的重要环节之一。

那时，改良农具，一是使用新式农具，二是解决动力问题，把人从繁重劳作中解放出来。

1954年，中国轰轰烈烈推广新式畜力农具，尤其淮河以北平原地区重点推广双轮双铧犁和双轮单铧犁，农村普遍使用这些犁就可以开垦出更多的土地进行耕种。各行各业纷纷行动起来，全国十五个省市的二十五个工厂统一生产计划，统一产品规格，一起实施这些犁的制造、供应和推广。《人民日报》发表社论称，这是我国当前和今后相当长的时期内改革农业技术，提高农业生产和促进合作化运动的一个根本性措施。它是一项经济工作，也是一项政治工作，在某些地区还是一项全新的工作。翌年，全国"第一个五年计划"出台，对此提出新的、更加具体的规划：在5年之内向农民推广180万部双轮双铧犁和50万部新式步犁，积极改进山地犁和水田犁。同时，国家特意将各种犁的全国平均零售价普遍降低了40%。第三年1

2022年6月，演示麻绳捆扎麦子

月，公布《全国农业发展纲要（草案）》，再次强调要在三到五年内推广双轮双铧犁600万部。

就动力而言，要把人从牛马状态中解放出来，当下唯一的出路就是依靠牲畜，更多地使用牛马驴骡。人类役使耕牛的历史极其久远，而马匹作为作战的重要力量，直到国共内战结束以后才逐渐变为农村的主要畜力。1952年，山西洪洞南尹壁村，刘洪玉创办的初级社创造了棉花生产新纪录，获得"全省一等丰产模范村"称号。刘洪玉出席各级劳模大会，省里奖现金240元，县上的奖品就是一匹马。喜欢戏剧的读者或许知道一部豫剧老电影《人欢马叫》，1965年拍摄。主人公宽他爹深更半夜到饲养院照看生产队的牲口，和老伴一起回忆旧社会南山开荒：我的手，里里外外裂口子，你的手，肿成了发面馍，四只眼相对把泪落。宽他娘唱：咱要是有头小毛驴多好呀。从二十岁盼到四十多，夜夜做的牲口梦，年年干的牛马活，半辈子连一根牲口毛也没摸着。豫剧名家常香玉将那个年代中国农民对牲口的盼望表现得准确到位，生动形象。

新中国成立，一穷二白，百废待兴。我们在农业生产上的差距和落后显而易见。1950年，当韩丁先生带着"康拜因"学员第三次来到冀衡农场的时候，远在西部边陲的新疆军区后勤部队从苏联引进一批马拉摇臂割麦机给生产部门使用。可以想象，这批割麦机对部队来说应该是极为先进的生产装备了。可是，让我们读一读肖洛霍夫的名著《静静的顿河》，书中多次写到顿河岸边哥萨克割麦的情景。该书第一部时代背景是第一次世界大战之前的1913年，主人公葛利高里与哥哥收麦子。"星期五出发割麦子去了。三匹马拉着收割机，潘苔莱·普罗珂菲耶维奇在大车上做木匠活儿，准备装运麦子的车盘架。""……葛利高里一只落满了黑土的脚踩在收割机横梁上，把收割机割下的一铺铺的麦子拨下来。被马蝇咬得浑身是血的马摇着尾巴，胡乱地拉着套索。""……收割机的叶片沙沙地响着，到处是一铺铺割倒的麦子。"

那个年代，我们以苏联"老大哥"为榜样建设社会主义。苏联的集体农庄就是中国农村奋斗发展的方向，或者说，集体农庄加机械化就是中国农村的社会主义。1952年5月，我们组织了一个庞大的中国农民访苏代表团，据说有两百多人，其中就有山西长治西沟村的劳模李顺达、川底村五一合作社的郭玉恩，4月17日启程，8月25日回来。华北分团参观乌克兰基辅周边的集体农庄，感受了黑海岸畔敖德萨的麦收季节：那里到处是联合收割机，从收割、脱粒到烘干，全部都是自动化作业。李顺达回来，在山西省、市、县党政机关、工厂、学校、农村做报告，报刊连篇累牍做宣传。他说，在苏联见得最多的就是机器，那里耕种庄稼的机器就有百十种，什么联合收割机、打谷机、玉米脱粒机、播种机，做农活又快又省力。

受此鼓舞，长治地委、专署捷足先登，将张庄村东南方向的王村、南垂、关村、捉马四个大村联合起来，成立了中苏友好集体农庄，集中大片土地实行机械化耕种，"建设耕地不用牛、点灯不用油，吃面包、喝牛奶的美好生活兰（蓝）图"。

当时，中国的农业机械化主要体现在大型农场。1956年，《全国农业发展纲要（草案）》要求在十二年内国营农场的耕地面积由1955年的1300亩增加到1亿亩左右。许多部队铸剑为犁，兴办农场，中国所有拖拉机全都集中在类似北大荒、冀衡、黄泛区等各大国营农场里。我们前面讲述的传统老麦客，羊槽的，或者说整个西部的麦客们扑进关中大地，唯一不去的地方就是当年的沙苑，即渭南、大荔之间的那片渭河滩涂。因为，20世纪60年代初期，黄河三门峡大坝截流改建，渭南、大荔一带渭河沿岸大量移民搬迁后，那些未能淹没的土地全都变成了军队或有关单位圈地开发的国有机械农场。

山西长治率先创办集体农庄，实行机械化耕种，无疑是一个崭新的创举。

基层有典型，高层有思路。1953年10月，秋高气爽，北京召开全国农业工作会议。会议通过的《关于建立农业拖拉机站的意见》首次提出在全国试办十处农业机器站，其中三处，即黑龙江桦川、北京南苑、长治王村。

王村就是长治创办的中苏友好集体农庄政治部的驻扎地。

王村拖拉机站属国有企业,驻扎在一个天主堂院子里,国家配备了七台机车:匈牙利 GS35 马力三台、SV55 马力两台,苏联纳奇 54 马力一台,万能一台,工作人员每人每月发放工资十八块。很快,三十名青年农民参加了为期四十天的培训,成为长治第一代拖拉机驾驶员。这便是中国国营拖拉机站的开端,也是中国农村正式推广拖拉机的开端。作为国有企业,按照当时的说法,拖拉机站是指导和帮助农民实行集体化,进一步发展生产的有力杠杆。

有了这样的实践,山西省委随即向中央提出,动摇互助组的土地私有制,兴办农业生产合作社。华北局也建议,农业集体化必须以国家工业化和使用机器耕种以及土地国有为条件。没有这些条件,便无法改变小农的分散性、落后性,进而达到农业集体化。然而,所有制的变化与工具变革并没有必然联系,或者说,土地所有制、分配方式与劳动工具没有绝对关系。大机器就一定要与大农场匹配吗?我们急于求成,四年后的1957年底,全国国营拖拉机站已经发展到352个,进口拖拉机达到一万六千七百五十台。352个拖拉机站均模仿苏联办站模式,主要任务就是为周边合作社代耕土地,按照国家制定的指导价格收取代耕费。

或许正是因为有了拖拉机站的支撑,1956年7月,国务院将双轮双铧犁生产计划由350万部缩减为165万部,11月的八届二中全会上,周恩来总理指出,1956年生产是有成绩的,指标一般恰当,也有安排不恰当的,双轮双铧犁就多了。于是,1957年,双轮双铧犁基本停产,发展拖拉机、实现农业机械化成为我们共同的梦想。

我的家乡山西襄汾,1954年由汾城和襄陵两个县合并而成。

汾河由北而南将县域分成东西两瓣,县城设在汾河东岸同蒲铁路线上的一个小村庄——史村。1956年2月,新春伊始,襄汾开始筹建国营拖拉机站。拖拉机是个新生事物,是那个时代一般人难以企及的"高科技"产品。按照上级要求,县上选择一位县委常委担任站长,以视对拖拉机的高度重视。

或许从一开始就有考虑,史村仅是铁路边的一个小村庄,再往东就是陡然抬升的丘陵地带,没有合适的地方容纳这个新生事物,要建拖拉机站只能到汾河西边去,原先的汾城、襄陵两个县政府全都驻扎在那一边。3月份,二十三岁的李玉祥开着由临汾国营小贾拖拉机站调拨的波兰C-45拖拉机回到襄汾,他的最终目的地是汾河西岸。这台拖拉机具有标志性、史诗性意义,象征着崭新的襄汾开天辟地拥有了历史上第一台拖拉机。李玉祥上一年刚刚参加完省里组织的为期半年的拖拉机驾驶培训班,小伙子满腔热忱,拉着配套的四铧犁、苏联小麦棉花播种机,兴致勃勃地来到史村,突突突赶到汾河岸边,忽然发现那里的渡口根本无法通过这个庞然大物,于是,领导决定,原路返回,绕道临汾过河,由襄陵而汾城,将机车开到了县城对岸的陈郭村。在那里,领导们事先看好了一座院子,可以临时存放这个宝贝疙瘩。陈郭村与史村隔河相望,将拖拉机停放在那里,或许体现了领导们心理上的一种守望情节。尽管看不见它,毕竟近在咫尺,拖拉机的气息和光泽足以与对岸的县委县政府同呼吸,共命运,心连心。

那个院子是陈郭村的一座大庙,今天,它已经形消影灭。

一传十,十传百,消息很快传遍周边村庄,老农民们谁也没见过拖拉机是什么东西,耕地不用牛,用什么?就用这一堆铁疙瘩?一时间,整个大庙人山人海,如同一年一度的庙会,全都是前来观看"稀乎景"的老百姓。平心而论,这个大庙并不是最佳的建站地点,出入的大门、院子都很狭窄,最重要的一个问题就是人脉,毕竟,陈郭村并非一个区域的经济、文化中心,作为一个极其普通的村庄,在这里建一个县级拖拉机站,身份上着实有些不相称。筹备小组紧急考察,最终还是选中原来的汾城县政府大院,于是,襄汾县历史上第一个国营拖拉机站就在那里诞生了。发展的速度很快,不到一年,就有了十三台机车。要知道,那个时候,中国还不能生产拖拉机,站里的机器全都是从波兰、匈牙利、罗马尼亚、捷克斯洛伐克等东欧友好国家进口的。

拖拉机站经营了两年多，问题不少。不仅仅襄汾，几乎全国所有拖拉机站都出现了同样的问题：机车使用效率较低，生产开支成本大，山西各站核算一年账目，收支相抵，基本上年年亏损，1957年全省亏损达到23.5万元。此种情形下的1958年1月20日，时令正逢大寒，在北京召开的全国拖拉机站站长会议，先讨论拖拉机站赔钱状况，后讨论把拖拉机租给或卖给农业社的经验和办法，接着，农业部长廖鲁言讲话，提出了今后办站的新思路，即：国有国营，国有社营，国社合营，社有社营。《襄汾县农机志》记述了这一指导思想在襄汾县的落实情况："1958年8月25日，永固、赵康、南王三个乡的八个高级农业社合并为该县第一个人民公社——红旗人民公社。到9月3日，全县115个高级农业社合并为九个人民公社，下设八十个管理区。在'人民公社化'运动的迅猛发展形势下，中共襄汾县委决定，把国营拖拉机站全部机具下放到人民公社经营。"有意思的是，之后两年，各公社省吃俭用，费尽心力建起了自己的拖拉机站，可到1961年，因为技术、维修等问题，各地又将公社拖拉机作价收回，再次成立国营站。此后，国营站维持十年，1970年再次下放，永远退出了中国农村机械化的舞台。

张锁柱是襄汾县农机部门的老人手，八十多岁，长脸盘，高个儿，浓密绵长的眉毛像是眼眶上的两个帘子，说话慢条斯理，做事有礼有节，脸上始终洋溢着看淡人生、宠辱不惊的笑意。他住在永固村中心一条深长狭窄的巷子里，房屋、院落与别家无二。老伴摔了一跤，躺在床上不能动弹，他得一步不离地伺候看守。听说要他讲述过去的历史，老汉异常激动，兴致所至，侃侃而谈。

1972年，张锁柱到丰盈公社当农机管理员，去的时候，那里还没有社办拖拉机站。因为穷，襄汾县二十一个公社从1958年开始，拉拉杂杂，直到1974年，最后四个公社才建起自己的拖拉机站。那年，丰盈拖拉机站仅是一个空架子，啥都没有。县上给张锁柱配备了一张桌子，一把椅子，公社让出一间房子，开始办公。管什么？管各大队的拖拉机，管驾驶员的安全、生产、代耕、播种。光杆司令，插旗招兵，把几个大队仅有的几台机车统一管起来，就算建起了拖拉机站。第二年，国家给了8万块钱，买了一台铁牛55拖拉机，这才有了自己直属的机具。哪个村来找，就到哪个村干活。很多时候，管理员会说，拖拉机不在，到某某村干活去了。有临时找来的，就说，我们和哪个村都订好了，去不了你们村。轮不上，请不到，回去就找关系，托人来说情。到村里干活，耕一亩地多少钱，耕多深、多浅，都有规定。耕二十厘米、三十厘米，都有不同的收款标准，基本上一亩一块钱左右。1965年国家规定八毛到一块，亏损部分国家来补贴，这个标准是在20世纪60年代初期形成的。作业时，油耗定额，签订代耕合同，统计验收，耕了多少、多深，都要专门统计丈量。拖拉机有三包奖励措施，包任务，包质量，包成本，还有"三带""三不"制度。三带就是：带铁锹，拖拉机耕不到的地方，驾驶员要亲自挖翻；带尺子，耕地深度、播种

老伴卧床不起，意识丧失，张锁柱身心俱疲，却不失当年的积极乐观

深度要亲自检查；带意见本，让群众提意见。三不就是：不吃特殊饭，不抽招待烟，不耕欺骗田。谁去验收？说老实话，二十厘米，村里人招待得好，就算是十五厘米，少掏钱；招待不好，二十就是二十，就贵一点。村里人都知道这个道理，就把人家司机招待好一点，少算一点。干活的不收钱，我给你干二十亩，二十厘米深，验收单一开，队长盖章，交给会计，会计收钱，欠款的相当多。国家经营时，穷，资金不足，不能大量购买农机，就鼓励各公社购买。自己有钱就自己买，可又没好司机，不会修理，没有配件，咣里咣当坏了，干不成，就又收回来，办国营站。折腾来，折腾去，国家受损失。

1972年，张锁柱一个人、一张桌、一张床、一块牌子、一枚公章建起"五个一"式的农机管理站，主要是贯彻落实1971年全国第二次农业机械化会议精神。那次会议提出，到1980年，农、林、牧、副、渔等主要作业的机械化水平要达到70%以上，基本实现农业机械化。实现这个时间表的关键措施还是国家拿钱、农机降价。新一轮努力即将披挂上阵，会上，全国各地的代表普遍决心，要跳出等、靠、要的圈子，独立自主，自力更生，大批资本主义，大批"修正主义"，狠抓两条道路的斗争，1980年实现农业机械化大有希望。可是，几年过去，人们依然迷茫，弄不清楚农业机械化究竟长什么样子。1976年8月，中国农业机械学会组成十五人的考察组飞往美国，第二年，又飞往加拿大，要看看这两个资本主义国家的农业机械化。他们是带着问题走下飞机的，比如，为什么美国只用总劳力的5%就解决了全国的吃饭问题，并且还有大量的农畜产品出口？机械化能不能适应我们精耕细作、高产稳产的要求？美国的农业机械化有哪些东西可以为我所用？他们走访了十个州，访问了多家农场、牧场、制造厂、大学和研究中心，感受了美国工业市场的力量，体验了美国机械的配套成龙，看到了美国科学研究在农业机械化中的优先地位，总结出了美国农业机械化的几个特点，如：专业化、社会化、机械化相互促进；机械化促进种植业、畜牧业；有利于精耕细作、稳产高产。

那年,"国际麦客"韩丁五十八岁,是个名副其实的农场主。

1971年5月,阔别十八年,韩丁重新踏上中国土地,向周恩来总理赠送大作《翻身》,重访第二故乡——长治张庄。四年后的1975年,韩丁将张庄村的党支部书记王金红约到北京,畅谈张庄的农业机械化问题:你们一个劳动力,平均一天生产8公斤粮食,而我一个人经营一千多亩土地,一年只劳动一百五十天,产粮25万公斤,平均一天生产5000公斤,不是我有三头六臂,而是走农业机械化道路的结果。在我的农场里,耕种、除草、收割,直到储藏,一系列工序都实现了机械操作,不单省力,最主要的是提高了劳动效率。王金红很是感慨,说,第一次见韩丁,只是受到了农业机械化的启蒙,北京那个夜晚,才让他真正开始了农业机械化的研究实践。因了这样的缘由,中国考察组自然不会错过韩丁的农场。

农场位于宾夕法尼亚州伯克斯县,一共有1600多亩地,其中玉米1500亩,每亩3300株,1976年总产量140多万斤。韩丁的农场由两大片山坡组成,一片660亩,是他母亲十多年前购置的,一片960亩,是当年租种别人的,租金每亩1.3美元。呵,韩丁,这个国际友人,究竟应该怎样界定他的身份?地主?可他没有剥削对象,自己耕种自己的土地,更没有任何雇工。雇农?更不是,他并非替人耕种。租种地主土地,每亩1.3美元的租金,这是被剥削吗?韩丁说,他的土地租金远远低于美国一般租金6.6美元,他占着天大的便宜!再看韩丁的劳动,他只种植玉米,眼下有两台拖拉机,一台玉米播种机,一台联合收割机,一台喷雾机,一套烘干设备。他采用免耕法,也就是不随便翻耕土地,以保持土壤的团粒结构,防止水土流失;所有玉米秸秆普遍还田,增加肥力;他大量使用化学药物除草、灭虫,更重要的是,所有工作均是老头一人承担,春天播种,秋天收获,中间五个多月,写作、演讲,参加各种社会活动。考察团赶紧为老头算账,发现老头1976年全家五口人的总收入应为4万美元,却承担着9万元的贷款,这其中的7万就是购买农业机械的债款。考察组终于发现了资本主义"邪恶"的隐秘所在。为了机械化竟然背着如此沉重的债务,这让老头一家怎么活?

万恶的资本主义呀!

韩丁不以为然,高兴地说,美国农民没有不欠债的,同别人比起来,9万元,不算多。考察组感叹:这毕竟是沉重的负担呀!

尽管如此,考察组的工作报告还是难以掩饰他们的兴奋之情:

> 为什么美国只用全国总劳动力的5%就解决了全国的吃饭问题呢?一个根本的原因就是实现了农业生产的机械化和现代化,劳动生产率高。完全证实了农业的根本出路在于机械化……

可是,综合两次考察,考察组将相关报告和见闻编印成册,写了一个前言,介绍了美国、加拿大农业的先进性,最后一段说了这样几句话:

> 社会主义制度比资本主义制度,具有无可比拟的巨大优越性。社会主义制度为我国农业机械化的迅速发展开辟了广阔的前景。我们必须高举毛主席的伟大旗帜,坚持独立自主、自力更生的方针,充分发挥社会主义制度的优越性,走我国自己农业机械化的道路……

或许考察组的到访让韩丁感受到了中国人民发展农业机械化的迫切心情,他决定详细考察一下中国国情,以便伸出援手,助其一臂之力。1977年,考察组飞往加拿大的同时,韩丁又一次来到中国,山西、北京、东北三省,一番走访,最后座谈,老头谈了他对中国农业机械化的看法。他说,中国政府提出到1980年基本上实现农业机械化,可是,实现机械化的标准是什么?有人说田间作业、农田基本建设、农业运输、农副产品加工等等主要项目机械化程度达到70%;还有人说,到1980年每亩地平均占有拖拉机马力相当于美国1940年的水平,这两个标准,我都不同意。各国使用机具可以有所不同,但衡量的标准应该是统一的,这就是劳动生产率的高低,看每个劳动生产力一天能生产多少粮食。山西张庄是10斤,北京郊区小海字大队30斤，绥化秦家公社45斤，友谊农场60斤，四十四连1965年是300斤，尽管数字不一定准，但说明劳动生产率很低。我劳动一天可以生产一万斤粮食，这在美国并不算先进水平，有的可以达到两万斤。不管怎么说，中国农业机械化还有一段漫长的道路要走。

老头对中国真的充满感情，拳拳之心溢于言表。

这一次，他依然没有忘记张庄。亲自带着王金红拜见山西省委主要领导，恳求对张庄农业机械化给予支持和帮助。山西省委没有辜负韩丁的期望，第二年便组织专家组前往考察，确定在张庄搞一个500亩的机械化作业试验田，省科委拨付试验费15万元，购置一系列配套机械，基本实现耕耙、播种、收割、加工等机械化作业。据说，当年实现亩产600公斤，按照韩丁的计算方法，每人每天生产粮食200公斤，年创产值4500多元，粮食生产成本由过去每斤7分钱降低到4分。王金红怀着无比激动的心情给大洋彼岸的韩丁写信，报告这一丰收喜讯。

1979年6月4日，韩丁回信：

亲爱的金红：

　　我非常高兴地收到了你的来信，尤其高兴的是知道你们已制定了使用机械提高500亩玉米产量的计划。

　　另外使我高兴的是，我听说你们的烘干机搞的不错。你们还是用竹子搞成的吗？烘干一斗玉米要烧多少煤，你们用仪器所测出烘干的潮湿度百分比是多少？

　　离我很近的一位农民成功地制造了一个太阳能玉米烘干机。我将为你们设法弄到这种计划与图纸。那个农民说：太阳烘干慢是慢些，但代价便宜。本来，我们也无需过分匆忙，因此稍慢点儿倒也并不碍事。在这件事上，需要并不复杂，能有一个收集热量的宽绰地方就行了，也就是说，需要有玻璃或透明塑料下边的热气和一部能把热气吹入玉米的鼓风机。所以，主要的费用不过是带动鼓风机的动力。

另外，我高兴地获悉，省机械研究所真的把我们要求的那个机器借给了你们，并很快运了回来，这真是够快的了：我曾担心，一旦我离开之后，会不会发生什么故障，致使借机器一事成为泡影，或者因为耽搁过久，机器到手时秋收已过。

你们从机械研究所得到的那个玉米收割机按美国今天的标准来讲是比较笨重的，实际上适合你们使用的应是福特公司或马赛佛古森公司所制造的那种排式玉米摘穗机。那些机械重量轻，在小块地里移动灵便，适合中国的情况。只可惜机体太大，卡玛（韩丁的女儿）也没法给你们送去。

你们现在既已有了玉米收割机，那么，玉米在送进烘干之前的脱粒一环便是一个问题，你们是怎么脱粒的？与你们一天所能摘取与烘干的玉米相比，你们的脱拉机是不是太小了些？我们这儿有一种不但能除去玉米的外皮，而且能在地里边走边脱粒的玉米收割机，其作用与康拜因相同，但结构却更简单，我看这才是你们需要的那种机器。

请把我的问候和好意带给张庄全村人。我非常关心那里的一切。我希望能同大家尽快见面，同时卡玛也愿意作为我的使者，她将给你们带去一些对你们有用的东西和你们用得着的农业机械方面的印刷材料。

比尔·韩丁
1979年6月4日

透过这封回信，我们可以大体感受到那个年代国内外农业机械化迥然不同的发展信息，甚至听到了彼此迈出的脚步声响。

1979年4月，离1980年还有八个月。全国农业机械厅（局）长会议在北京召开，副总理王任重有些焦虑，在会上连续自问自答："……到底我们中国这个农业要不要机械化呢，实践给我们回答，是需要机械化的，农民需不需要机器呢？为了发展生产，是需要机器的，问题是在不同的地方，需要用不同的机器。我们现在进一步提出农业现代化,现代化比机械化内容更广泛了。要考虑我们的农业现代化怎么搞法,在农业现代化的过程中,农业机械化又怎么搞法,不要单纯就机械化考虑机械化的问题,必须根据整个农业发展的需要考虑怎么搞机械化。"

这个表述让人一头雾水。

1980年,我们终究没能实现农业机械化。

下面列举一组数据,尽管枯燥,但它真实记录了这些年我们为了实现机械化所付出的真金白银,硬着头皮读一读,耐着性子想一想,或许您会有所感悟:

十三个年头,从1966年到1979年,国家共投入农机事业费20亿元,平均每年1.5亿;国家对全民所有制农机化事业单位的财政拨款由五六十年代的24.4亿增加到1980年的41.52亿;为鼓励农村集体购置农业机械,1975年以后,每年投入6亿到7亿元,农业贷款中的生产设备贷款平均每年大约9亿元;农业机械专项长期无息贷款,1978、1979、1980三年实际发放8个亿;为了减轻农村集体发展机械化的负担,国家降低农机产品价格、修理价格、油料价格,对农机生产、维修企业实行价格补贴,1966到1973年,农机产品降价五次,农用柴油降价三次。可是,到1980年前后,全国农业机械化水平仅达到20%。

月亮仍当空,村里人喜欢一大早收割麦子。凉爽,惬意

累得受不了了

韩丁同志的一系列意见，包括一些具体技术问题，如，是否间作套种、是否深耕以及农机具的配套、除草、信贷等等谈话内容通过简报和内部资料的形式在中国各级官员中阅读传播。今天，我们无法揣测当时人们的感受和想法，但是，有一点可以肯定，大家都希望从韩丁农场批判地学习借鉴一些先进的、有用的东西，可这些东西究竟是什么？根据随后的工作实践可以确定，最终吸收借鉴的还是我们奋斗多年始终坚持不懈的两个抓手：一是集中连片的规模化土地，二是从耕到收一连串的机器作业。

1978年，中国改革开放即将启动的一刹那，人们首先迎来的是思想的剧烈震荡。

1月4日，第三次全国农业机械化会议再次号召全国人民，在1980年基本上实现农业机械化。四个月后的5月11日，《光明日报》发表了那篇著名的特约评论员文章《实践是检验真理的唯一标准》，今天，文章中的一些话语依然让我们记忆犹新，振聋发聩：我们面临的许多新问题，需要我们去认识，去研究，躺在马列主义毛泽东思想的现成条文上，甚至拿现成的公式去限制、宰割、裁剪无限丰富的飞速发展的革命实践，这种态度是错误的。我们要有共产党人的责任心和胆略，要勇于研究生动的实际生活，研究现实的确切事实，研究新的实践中的新问题。

那个时候，人们尚不知道怎样去理解、贯彻这样的新思想，面对许多问题，尚不清楚如何去研究、去认识。邓小平提出，要派人出去看看，特别要看一看发达国家是怎样搞的。于是，这一年成为中共高层频繁出国的考察年，十二位副总理及副委员长以上职务的中央领导人先后二十次访问了五十多个国家，一度被媒体称为对外开放的"侦察兵"。七月份的中国农业代表团出访美国，二十六个成员中有两个来自山西，他们是中共昔阳县委第一副书记李喜慎、大寨党支部书记郭凤莲。历时四十天，他们参观了美国中西部十四个州的农业科研推广机构、大学农学院、农场牧场、种子公司、农畜产品加工厂以及农场主合作组织、农业展览会等一百零二个单位。郭凤莲回来，在县上给干部们做报告，言之所及，样样闻所未闻，见所未见，她的思想起了变化，观念开始动摇。

刘村，襄汾县城西北角一个不大不小的村庄，如今的城市建设正在逐渐"蚕食"着它，村南、村东大片大片的田地一天天被高楼和街道取代。我自小生长在这个地方，从没想过有一天县城会跨过汾河，将它曾经一望无边的土地无情吞噬。它现在已经成为名副其实的城乡接合部，中学、法院、公安局、消防队以及各种市场、车站由东到南再往西，呈直角把村子围了半边。我们村1958年成立大队，共有五个生产小队，那时，生产队的主要收入全靠地里的产出，大队曾经办过豆腐坊、榨油坊，剩余的料渣正好可以喂猪，也就办了一个养猪场。我们这些孩子经常利用闲暇时间给猪场拔草，每次能在会计那儿换得几分钱的零花钱。政策松的时候，生产队在沟沟坎坎开个砖瓦场就算是工业生产，可多数时候，这些营生也不能干。如同书本上讲授马克思的简单再生产，单纯简洁，每一个链条都固化为国家或集体垄断，生产队和老百姓只能指望地里收获的那点庄稼。平时的经济收入，就靠几个老头赶着牛车，兴致勃勃地往县城蔬菜公司运送黄瓜、茄子……一、四、五队土地相对平坦肥沃，光景就好些。三队多为旱地，日子苦，孩子们经常说着顺口溜：三队里，没吃的，搭上小锅炒鸡屎。可即使这样，我们四队最好的年份，一个工分也不到一块钱，自然，公共积累就更困难，拿什么买机器？据说，队里曾经有过一台手扶拖拉机，可后来，它的发动机被固定在村南大口井边的木头架子上，一根皮带连着抽水机,突突突地冒黑烟,成了抽水浇地的动力。第三次全国农业机械化会议的春风吹到刘村后,北门外大路边长了多年的上百棵老杨树遭了殃,统统被砍伐售卖,四队总算阔气了一次。当年,一个工分折算达到8毛钱,剩余款项终于买回一台30型拖拉机。有了拖拉机,也就标志着上级会议精神落到了实处,至于怎样为农业生产服务,没人管。没有可以开垦的荒地,现有的耕地又不能每年都去深翻,所以,平时在田地里劳作的依然是饲养院里养着的那批牲口,拖拉机的使命就是跑运输,赚取外快。所谓运输,就是到西边乡宁县拉炭,跑一趟拉三吨,然后送到烧砖场里。机械没什么大用,田地里的大劳力还是牲口,牲口之金贵远远胜过拖拉机。

1979年,海珠叔当了队长,海珠是海科叔的大哥。

那年,饲养院的两头黑驴被贼偷了,急得海珠叔一个晚上都没睡成觉。饲养院在村子最南边,一大片老枣树掩映着。站在枣树林外边的地头上,掠过大片庄稼地和宽阔的河床,远处高崖上就是襄汾县造纸厂,那里,一垛一垛的麦秸像是巨大的面包被湛蓝辽阔的天空剪切着,纸厂南边就是陈郭村。海珠叔带着几个年轻人,沿着路上的粪便和足迹出南门,过涧滩,顺着到陈郭的壕沟,一路往南,追到陈郭南边的下尉一带。两天一夜的努力,终于找到线索,向县公安局报案,遂将盗贼人赃俱获。

第三次全国农业机械化会议首先在山东参观了十七个机械化先进典型,山东省委在会上倡议,要以自力更生为主,干出一个农业机械化来。各地代表眼看耳听,压力倍增,急得火烧眉毛,全都思谋怎样加快推进本地机械化的步伐:国家投资,赔钱,撒了胡椒面。社队自己搞,没资金,两手空空,徒呼奈何?并不是所有的生产队都有那么多的杨树可以砍伐。

1979年,实现机械化的时间表到了最后时刻,从上到下都在寻找完成任务的捷径。作为农业部聘用的高级顾问,"国际麦客"韩丁同志此前倡议在张庄建立的500亩玉米生产机械化试验田取得了相当不错的成绩,张庄人高兴,农机部门的干部们也倍感骄傲。山西农业机械管理局的领导们认准了这条道路，他们要在全省物色更为合适的地方，继续创办新的更大规模的机械化试点。

就气候来说，办在太原以南的运城、临汾、晋中都可以，可从距离太原远近来说，还是晋中比较合适，于是，太谷县成功入围。太谷是个农业大县，除了东部丘陵山地外，主要产粮区都位于汾河原始冲积地带，一马平川，坦荡如砥，平展展的大地可以画最美最好的图画。于是，一个崭新的韩丁式玉米生产全机械化试点诞生了。

试点选在阳邑村。此村地势平坦，容易灌溉，而且历史悠久，两千多年前秦帝国就曾在此建立县邑，也就是说，最早的太谷县城就诞生在这个村。阳邑村很痛快，划出了1180亩土地，1979年1月着手耕种，当年秋季，玉米获得大丰收，平均亩产达到449.35公斤，比该村历史最高年还高38%，按韩丁的劳动生产率方法推算，每个职工平均日产玉米185.5公斤，每斤成本仅需0.046元，可喜可贺！可是，就是这样一个效果可观的试验基地，仅仅搞了一年就偃旗息鼓了。

这一年，山西出现一些新动向：美国凯斯公司通过香港益雅基公司向山西出售拖拉机和农机技术资料，并派人前来进行技术交流。4月份，中央将大寨县——昔阳列为全国农机化试验点之一，分配了二十多台外国试验样机，包括拖拉机和一些农具，主要任务是试验这些机器，研究先进技术，为北方山区发展农业机械化积累技术和经验。这一切对山西农业机械化工作将是多大的鼓舞呀！12月上旬，山西省农机局决定乘此东风，快马加鞭，召开农机系统工作会议，要求把全省农机系统团结起来，把公社农技站巩固起来，把全省现有农机的作用发挥起来，把先进集体和先进人物树立起来，雄心壮志，气势磅礴地加速实现山西农业机械化。然而，这样的运作似乎没能完全实现省委领导的意图，二十多天后，山西省再次召开全省农机工作会议，规格提升，省委书记亲临大会作指示，为山西的农机干部职工加油打气。

剃头的挑子一头热。在田地里下苦的老百姓压根没工夫去想这些事，他们最需要的是吃饱饭，有钱花。

1978年，安徽小岗村的十八位农民按下红手印，立了生死状，拉开了中国农村土地承包的序幕，这一事件已经载入史册。然而，鲜为人知的是，十个月前的开春时节，山西闻喜裴庄公社南郭三队的73亩棉花地就已经承包给了十九个妇女，那年，棉花亩产翻了两番，好几年没分过钱的三队居然给社员分了3400多块钱。这些大胆的社员想不到的是，一过元旦，上级就传达了中央十一届三中全会精神，全国各地"包工包产""包产到组"，甚至"包产到户"等等，各种土地承包呈现出燎原之势。

至于农业机械化问题，只能等等再说。家庭联产承包责任制是否需要机械化，农民会以什么样的方式选择机械化，一切都是混沌，甚至，那一刻，还没有人顾得上思考这样的问题。

实践是检验真理的唯一标准。想象可以左右现实，而现实永远比想象更生动，更丰富，甚至超越想象。

省委书记对全省农机战线的干部职工给予最大鼓舞的两个月后，山西北部山区的神池县依然冷风飕飕，但是，隐隐约约，春的气息已经在山间枝头悄然来临。

一个世代艰困的小山村——小寨公社前窑子大队发生了一件奇事。在公社拖拉机站当司机的三队社员王裕新买回了一台手扶拖拉机！小伙子四十岁，方圆脸，小眼睛，膀大腰圆，长着一双宽大的手掌，脸上时时浮现着似有似无的笑意。前窑子村只有二百多口人三个生产队，年前实行了土地承包，王裕新一家承包了队里六七十亩地。膝下两儿两女年龄还小，整天跟在老婆屁股后头要吃要喝。看着整片的土地，欣喜之余，王裕新愁上心头：这么多地，没有劳力，怎么耕种？也巧，那天，到利民寨干活，那里有一台破旧不用的手扶拖拉机。也只有王裕新，那一刻，他竟然打起了这台拖拉机的主意：要是把它买下来，修一修，准能成事。于是，试着问利民寨的干部，对方顺水推舟，将眼前的累赘让给了王裕新。

我的天！集体尚没有能力置办机器，你一个小小的老百姓竟然自己去买，这不是翻了天了！

可是，王裕新就这样做了。后来的《山西农业机械化志》称其为山西历史上第一个以个人身份购买农用机器的农民。王裕新的行为似乎拉开了一道大幕，可是，那一刻，还没有人能意识到它的价值。

张锁柱到丰盈当了农机管理员，就此一直在农机系统摸爬滚打。值得庆幸的是，他是一个喜欢舞文弄墨的人，随后几十年，襄汾县农机系统多数宣传文字均出自他的手笔。因为他的文字，我们得以阅读当年许许多多鲜活生动的故事。20世纪80年代后期，他竭力挖掘，在襄汾成功打造了一个王裕新式的典型人物。此人与他同村，如今也已八十多岁，在永固村口公路西侧开着一家农机配件商店，顺带养几只白山羊。此人名叫马云龙，外号马大胆。遥想六七十年代，马大胆威风凛凛，敢想敢做，在永固地盘跺一脚，汾河岸畔都要抖三抖。马大胆高个，黝黑，长方脸，阔嘴，高鼻，大耳朵，不大的眼睛明亮睿智，总是不容争辩地告诉你，他早已阅尽人间冷暖。满头银发粗壮有力，一根根直棱棱生长排列，怒发冲冠，无人能撼，极尽杀伐跋扈之气。他宽大的手掌扬起来像空中展翅飞过的老鸹，飘忽不定，自由迅捷。按照张锁柱研究，马云龙是新中国土地上独户投资购买大中型拖拉机的第一位农民。

马云龙1942年生。祖上推车挑担，历三月，自山东潍坊逃至晋南汾城地面。来此地后，地无一垄，房无一间。其父亲早年跟随英国传教士修理自行车，学会手艺，1956年公私合营进入手工业社，成为公家人。如此根正苗红，马云龙小小年纪便高人一等。偶得一国民党回乡军官指点，十三四岁，习读《三国演义》《本草纲目》一类旧典籍。20世纪60年代初期，任永固公社团委书记，1965年"四清"工作队推广"桃园经验"①，进驻永固医院清查账目，马云龙是工作组的外调人员。当时，药房的正痛片实物与账目相差近千元，工作组长要给司药人员定性为贪污，马云龙说，你不懂医药，医院卖药都是按颗卖，免不了有破损。一笸箩螺丝，都有损耗，12%不能用，这是常理。你先把损耗给人家抛了，剩下的再定性。话未落，组长桌子一拍：你小子坐哪个地方了？马云龙也不示弱，腾地站起，一脚把桌子蹬出老远：你说老子坐在哪个地方了？实事求是你知道吗？老子贪污啦？你厉害成这样！早就看你不顺眼，你来了，这个也想整，那个也想整，老子打你个孙子。说着就要扑上去，大伙赶紧拉住。事情上报，马云龙成了"现行反革命"，弄起来，抓鼻子，挠耳朵，乱七八糟细查一遍，贫下中农，团支书，没有任何历史问题，怎么办？毕竟殴打"四清"工作组组长，于理于法都不可原谅，最后，上级决定，取消马云龙工作积极分子称号，送学习班学习反省。1970年搞"三结合"，马云龙又成为永固公社革委会常委。那年，国营拖拉机站二次下放，永固公社成立社办拖拉机站，从各大队筹集资金33600元，派马云龙到赵康领回分配的拖拉机。去了，三台拖拉机，全是坏的，没法儿开。马云龙借了一辆车，把拖拉机拉回来，又找胶皮大车，把犁、耙等配套农具和工具箱弄回来，全都存放在永固棉花站。机器来了，原先拖拉机站的驾驶员也分了过来，一报到，要吃饭。没办法，马云龙回家去，没和老婆商量，把自家的锅灶、笼盖等等一套做饭家当全都搬到站里起了火，最后连姑姑家的小平车也都搭了进去。

据马云龙说，永固拖拉机站曾为全国先进，为此，他曾参加过一次全国农村渔业部的工作会议。离开拖拉机站的时候，他留下148000块钱的底

---

①桃园经验：1963年11月，以清工、清帐、清财、清库为内容的"四清"运动中，刘少奇夫人王光美在河北省抚宁县卢王庄公社桃园大队总结的工作经验。内容包括：扎根串连，访贫问苦，背靠背揭发，集中进行阶级教育，开展对敌斗争，进行组织建设，最终解决政治、经济、思想和组织上的"四不清"。

子，其中现金就有40000块。接着，他又领头搞机械厂，生产冷拔材料，给县制锁厂生产锁梁。叙述至此，我们大致弄清了马云龙的前半生。他是一个有独立思考能力、敢作敢为的人物。尽管算不上什么高级官员，可毕竟一方诸侯，多年没有正儿八经干过农活，这一点着实重要。也只有这样的经历，实行责任制后，他才可能表现出极端的热情，也只有这样的经历，他才会顶着风险不管不顾地去购买拖拉机，承包饲料厂。

1979年下半年，农民有了责任田，干活有了精神头。可是，要用集体的拖拉机翻耕犁耙，根本指望不上。就那么两台，要么坏了，要么轮不上你。让马云龙给人求情说好话，那根本不可能！马云龙走路，见一旁田里有拖拉机干活，那拖拉机明显不是集体的那两台。上去打问，对方回话，给他当头一棒，猛醒！竟是几家合伙购买。有活儿就下地，没活儿就跑运输拉沙子。马云龙心里波涛汹涌：咱就比别人差？这么些年，我马云龙从来都是敢为人先，做别人没做过的事，干别人干不了的事，他们买拖拉机，凭啥我就不能买？他们合伙买，我为啥不能独自买。这样的想法在心里翻搅了好长时间。

那时，马云龙还背着一身饥荒。他是家里的老大，二十岁当家，两个弟弟结婚盖房都是他操持，到分下责任田，他还背着7000块钱的债务，就在这种情况下，他动了买车的心思。他的一个亲戚在农机局上班，按辈分马云龙应该叫人家舅舅。马云龙找了过去，说想买拖拉机，舅舅说不行，私人不能买拖拉机，还搬出文件让他看，说，就是买了，也得上集体户口，也就是说，这拖拉机名义上是集体的，不然，等着人家批斗你。马云龙不高兴，凭啥？我出的钱，凭啥就不能光明正大说是我的。一直到第二年开春，他和老婆一块在地里除草。累！浑身不得劲，心里翻腾着拖拉机的事。忽的，头脑一热，锄头一扔，不干了。对妻子说，受不了了，你干吧。径直找见二弟，说要买拖拉机，身上没有一分钱，连盘缠也没有。弟弟疑惑，马云龙说，不怕，拖拉机比人强，能挣钱。弟弟给了他60块钱，他将这60块钱揣进怀里，集体户就集体户，找大队开证明，再到县上找舅舅，叫人家有关部门批手续，拿了手续，径直奔往侯马。

运城拖拉机厂专门生产"东方红"30型拖拉机，时价8700块。马云龙有个表弟在侯马信用社工作，他直奔侯马就是冲着这个关系，要在那里贷款，然后赶到运城。那天，马云龙激动至极，心砰砰直跳，这可是自己买车，开天辟地呀！激动，但很谨慎，在集体拖拉机站折腾了好几年，他能摸着拖拉机的脾气。可是，围着一排排崭新的拖拉机看来看去，摸摸这个，踢踢那个，上去操作半天，挑过来，挑过去，所有拖拉机全都一个模样，发动了，又全都是一个声音，就像在一堆姑娘里头挑媳妇，很快就花了眼。最后，没办法，一咬牙，定了，开上就往回走。走了二里地，觉得不行，好像哪儿不顺心，就又折返回去，说不要了，换一个。车里已经加满了油，也不要了，换一台，了却了心思。好也罢，赖也罢，总是尽了自己的心，就它了！这个时候，他觉得肚子饿得慌。自己买车，心劲大，一整天，竟没顾上吃口饭！路边有个饭店，进去，五毛钱，要了一碗羊汤、四个饼子，嚼着肉，品着血块的味道，又叫老板加了免费汤，再把饼子一股脑泡进去。饼子瞬间蓬松起来，满满一碗，马云龙呼噜呼噜刨进肚子，掏出烟，点了，深深吸一口，和吃羊汤一样舒服。上车，出发，一踩油门，突突突，朝北开去。

回到永固，已经是夜里十一点钟，大门口，院子里，家里，早已坐满了人。大家全都等着这个"二愣子"回来，看他是不是真的敢买拖拉机，看他一个人的能力究竟能买个什么样的拖拉机。

村里的老贫协代表，一位八十多岁的老汉，围着拖拉机转，摸了摸，眼里噙着泪，说，狗日的春儿，有本事！

春儿是马云龙的小名。

全村都没有，你自己买了个这！

马云龙说，叔，你上去坐坐。

老汉泪眼婆娑，看着春儿，摆手，呀呀，我可不敢上，坐坏了，可，可……赶紧又围着转起来。转了一圈儿过来后拉住马云龙的手，春儿，你有钱吗？给你百十块钱。马云龙赶紧回话，不用，不用。

天下不止一个马云龙！相关信息很快反馈给有关单位。1981年元旦，山西省政府发文强调：个人不得购买汽车和拖拉机。这个文件对那些试图购买拖拉机的农民来说不能不产生一定压力。改革本身就是一道难题，甚至是一场要命的革命。被一种意识形态长期束缚，要想真正解放思想，实事求是，团结一致向前看，何其艰难！还好，8月26日，省政府再次发文，改变先前说法，允许农村社员购买、经营汽车、拖拉机，就此，国营运输企业一统天下的局面被打破。千里之堤，毁于蚁穴。现实的浪潮，民众的意愿，终于摧垮了固有的思想堤坝。某种意义上，马云龙就是那只蚂蚁，他买回拖拉机的壮举无疑就是在这个堤坝上钻出的第一个洞穴。当年，襄汾县有十九户农民购买大中型拖拉机，五十五户购买了小型拖拉机。县农机局资料显示，1982年，全襄汾联户购买大中型拖拉机一百一十二台，小型一百九十五台，独户购买大中型拖拉机一百七十四台，小型九百一十七台，仅当年总投资就是1980年全县二十一个公社拖拉机站固定资产总值的两倍。当年9月初，县农机公司从北京调回五十台手扶拖拉机，许多社员冒着连阴雨前来购买，竟然在5天之内抢购一空。

买回拖拉机，马云龙与村里178家农户签订了耕种协议：误工受罚，质量不好返工，出苗不全赔损。再后来，不管有没有合同，进了地，挨着过，一亩地五毛钱，给不了也不去要。1981年，他收入一万多块，这对一个终年面朝黄土背朝天的农民来说，是过去从来不敢想象的事情。马云龙的精神榜样影响激励着周边很多人，好些曾在拖拉机站工作过的农民一个个走出来，购机，耙地，普遍重复马云龙的发财模式。后来，马云龙又买汽车，上山拉炭赚钱。乡亲们盖房，他去帮忙，贴人，贴车，贴油。马云龙总结了八个字：人尽财尽，财尽人死。两年折腾，他成了全县第一个"万元户"，成了个人致富的先进典型。县上鼓励群众发家致富，需要树立先富带后富的典型人物，借以宣传个体经济是社会主义经济的重要补充。各乡镇推荐挑选了一批能人和万元户，有买车的，有磨面的，有榨油的，

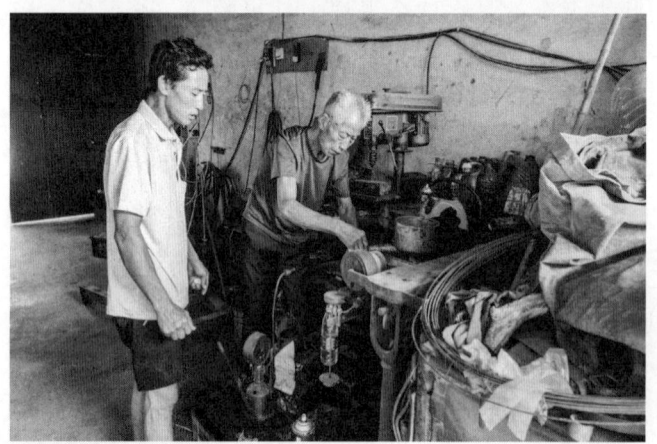

耄耋之年的马云龙心宽体健，和老伴守着自己的窝儿，干着力所能及的活儿，逍遥自在

有开代销店的，行业不同，是否真挣下一万块也没人清楚。五百多个致富代表聚集在县大礼堂，隆重表彰，这其中仅农机专业户就有142个。万元户们披红戴花，绕着街道招摇过市。当时的襄汾县城只有一条南北向主干大街，是城里最为繁华、最为热闹的街道，两边长着高大的槐树，树下人山人海，密密麻麻。那些万元户们一脸严肃，好像心里藏着什么秘密，抑或担心什么可怕的事情要发生。他们斜披着红色的彩带，胸前挂着耀眼的大红花。队伍最前面是几排旗手和一队鼓乐，唢呐喧天，锣鼓铿锵，彩旗飘扬，浩浩荡荡。

马云龙的示范作用带动了一大批人，农机专业户不断涌现。这对农机部门来说，不仅是他们解放思想、锐意改革、大胆创新、坚持不懈的结果，更是各级领导最为看重的工作成绩。是成绩，就需要向上级汇报，需要在各类简报、各种报刊进行宣传，为此，单位出台政策，对宣传工作进行考核奖励。稿件一旦被上级转发或在报刊发表，领导高兴，作者光彩。不容否认，马云龙的事情的确很有特点。一个村的同代人，近水楼台，眼皮子底下的好题材，如果抓不住，岂不是徒有"笔杆子的"虚名？张锁柱责无旁贷，义无反顾地走进了马云龙的家。他写的文章一开始就回顾马云龙过往的贫穷，马云龙老婆转不过弯儿，心说，你张锁柱写我家马云龙买拖拉机我不反对，可你老写我男人不光彩的贫困史，这不是丢我家的人么！马云龙老婆吊着个脸，不搭理张锁柱。她心里急，一见张锁柱进来，嘴上禁不住就开了炮：你咋不去别人家呢？穷人多哩，咋老写我家！

1983年1月，张锁柱的文字开始发酵。首先是襄汾县委转发了县农机局的一份材料，通报马云龙的先进事迹，号召全县农村干部和村民向马云龙学习。一下子，马云龙成了襄汾县的特级劳动模范，又以农民身份率先成为县政协委员。常年到县上开会，没完没了的会，开完给他补助一块钱。县委书记陈建民将其视为座上客，带着县长亲临永固为他解决经营场地问题，说，县上作主，你现在用的那片场院，全都归你。马云龙赶紧摇头，可不行，我用不了，还是给别人也分上一些吧。

山西电视台专门采访马云龙，报道他打造农机专业户的经验。6月，张锁柱的《农机专业户马云龙一家受称赞》在《山西日报》头版头条刊发，将其事迹概括为三条：一是退出承包地，同247户社员签订机械生产协议，集中精力发展农机经营；二是坚持按合同办事，误了农时受罚，质量不好返工，出苗不好赔损；三是扶贫帮穷，优先给困难户干活。同时报纸还配发了评论员文章《要提倡这种精神》。评论说：

> ……
> 马云龙是千千万万个蓬勃向上的专业户、重点户的典型代表之一。他用先进的设施武装自己，用科学管理生产，自己先富起来，又积极为社会尽责，为人民服务，向着有理想、有道德、有文化、守纪律的一代新农民而矢志奋斗，赢得了群众的广泛赞扬。那么应该向马云龙学习什么呢？
> 首先，要学习他富不忘义的品德，用共产主义思想指导自己的思想和行动，把自己的发展同社会主义事业紧紧联系起来，在积极发展社会主义事业中去实现更大程度的富裕。……
> 其次，要学习马云龙热情扶助困难户的精神。专业户、重点户，是时代的产物，是我们的农业转向专业化、社会化生产的桥梁。广大专业户、重点户应该通过自己的模范行动去影响、带动尽可能多的人，为实现四化①而共同努力。……"两户"必须把个人致富同集体的兴旺、国家的繁荣紧紧联系起来。对因各种不同原因而陷于困难境地的人，我们"两户"有义务伸出援助之手，帮他们一道富裕起来。
> 马云龙是党和人民培养的一代新型农民。进行两个文明建设，他为我们树立了学习的榜样。愿我们的农村中有更多的马云龙式的专业

---

① 四化：即工业现代化、农业现代化、国防现代化、科学技术现代化等四个现代化的简称。我国1954年第一届全国人民代表大会首次提出工业、农业、交通运输业和国防四个现代化的任务，1965年初，第三届全国人民代表大会第一次会议正式提出"四个现代化"宏伟目标。

户、重点户竞相涌现!

马云龙并不因为报纸高屋建瓴的定性就迷失自己,他有自己的老主意。

县上成立了一个粮贸公司,领导决定让马云龙担任经理,他不干,说自己家里有拖拉机,有汽车,还有一大堆磨面机,顾不过来。县委陈书记知道了,亲自打电话,没办法,马云龙进了城。到地方一看,一堆人,无所事事,全都是吃闲饭的,这哪里是干事创业的地儿?他说,自己是个吃苦受罪的命,做不了买空卖空的事,空话不会说,大话不会唱。你看看襄汾的条件,乡宁有煤,塔儿山有矿,我建议你们政协根据襄汾实际,利用东山的铁矿石和西山的煤炭创办炼铁厂,前途无量,大有可为呀!这个建议着实有远见!多年后的襄汾发展实践,证明了马云龙的预测,可惜当时没人采纳他的意见。

自己有自己的事业,马云龙陪不起,玩不起,他更不愿意任由别人摆布,他喜欢自己拿主意,自己去做事。每个人都在选择自己前行的方向,能走多远,能爬多高,全然取决于你自己的内心。1984年,土地已经全都分到农民手里,一家一户,地块变小了,拖拉机一时派不上用场,马云龙错误地估计了形势。他觉得,拖拉机还是跑运输好,各家种地还得用牲口,于是打上了贩卖牲口的主意。马吃得多,价格高,不如牛和驴吃香,一头牛也就四五百块钱,所以,耕牛才是农民更需要的。他和亲家一起到河南内黄县考察白牛,据说,那里的白牛品种好,名气大。亲家懂牲口,会搞价,掰着牛嘴看牙口,买了十八头,雇车拉回来,村里人你拉一头,他拉一头,全都是赊账,能给多少给多少,最后一算,赔了!

低着头,手摆得像把蒲扇,哈哈一笑,算啦,不能指望再在农村小打小闹,得走出去,解放自己,搞更大的事业。果真,马云龙在运城绛县考察,承包了一家停产的饲料厂,就此成为一个工厂老板。

阴差阳错,马云龙抛开了农业机械。在其命中,没有"麦客"。

1979年，省农机局在太谷的1180亩机械化玉米种植试点正式实验的时候，阳邑村也同时开始推行土地承包。面对这样一个局势，各地一系列农业机械化实验基地注定就是一场短命的"秀"，增产也好，减产也罢，农民需要土地，需要吃饭！成百上千亩的土地不能再搞机械化实验了。

实验场无法继续，能撤的撤，不能撤的作价留给当地。太谷县的实验农场终止了试验，除了土地，还有一些房屋、机器要留给阳邑村。双方商定价格，你情我愿，阳邑村该买的买，该要的要，最后，还要吃吃大户，留了一个5万块钱的尾巴，连续几年赖着给不了。毕竟是一笔巨款，长期挂在山西省农机局账上，成了有关领导的一块心病。然而，谁也不曾料想，就是这块心病，犹如亚马逊热带雨林里的蝴蝶，未来五年之后，由它而起，竟然引发了一场席卷全国、波澜壮阔的"麦客"大战。

辑四

新麦客

搭台与唱戏

张锁柱一生为之骄傲的就是那些关于马云龙的报道和各种报道给他带来的精神享受。

挖掘马云龙让他成了襄汾新闻界的名人。要知道，基层新闻工作者穷其一生能在省报弄个头版头条，那需要怎样的才能。作为农机局的一个普通职员，受此鼓舞，张锁柱对新闻报道越发执着、痴迷，开掘题材，提炼主旨，叙述把控，渐趋成熟，真正成了大家伙眼中的大师级笔杆子。这不，"吹"完了马云龙，趁热打铁，直接瞄准农机局的整体工作。1983年，襄汾县大小拖拉机已经发展到二千六百九十五台，其中拥有两台以上机车的农户不在少数。对一般写手来说，发条简讯，报道这些数据就足以说明发展成就了，简单，直接，明了。可对张锁柱来说，仅仅如此，也就算不得高手了。他艺高人胆大，站位高，眼界宽，这些简单的数据和特殊农机户的出现无疑是农机部门大力扶持和不懈努力的结果。他认为，正因为农机部门的推广扶持，襄汾县才发展出3300多个农机户，而且重点户就有83个，万元户达到了60个。据此，他写了一篇综述性文章，响亮地起了一个标题——《襄汾县大力扶持农机专业户》，刊登在《农业机械》杂志上。这样的提法和如此喜人的成绩又一次引起上层高度关注，7月份，一份通知让张锁柱激动得难以自持，直到退休多年，他依然在各种场合反复提及，津津乐道。通知是当时的国家农牧渔业部发来的，专门邀请襄汾农机局主要领导和相关报道文章的作者赴京，具体汇报扶持农机专业户的工作情况。

在中国，不论党政机关还是企事业单位，甚至包括各种大大小小的民营企业，下级总是希望自己的工作得到上级的认可和肯定，这样，考核能加分，表彰奖励也就不会差了。按照张锁柱的说法，北京汇报后，全国很快召开农机会议，推广襄汾扶持农机户的经验。再后来他又出谋划策，率先在农村建立农机员制度，将农机工作一竿子插到农村，因为这个创新，他又受邀亲赴太原，参加省农机局举行的新闻发布会，这些成绩已经足够让他稳稳地坐在襄汾县农机经营管理站站长的位置上。农机经营管理站是各地农机部门除办公室、财务室之外，工作范围最广、最有实权的业务科室。张锁柱暗下决心，一定要把各项工作做到极致，不断创新，争创一流。而此时，摆在他面前的就有一个让人头痛、长期纠缠上上下下十多年的大难题——柴油供应。

1980年以前，农机很少，且都为集体经营。各单位均设有油库，摆几个大油桶，隔一段时间到石油公司拉一次。自从允许农民购买、经营汽车拖拉机，石油公司开始给他们供应油料，柴油一下子就紧张起来。咋办？起初，有关部门推出一个"统一分配，包干定量"的办法。比如，拖拉机耕地，每亩耗用柴油0.7升，这就需要知道马云龙这样的专业户有多少机器，要耕多少地，然后换算出他们需要购买的柴油数，这实在是一项繁琐的工作。石油公司只负责供应油料，业务上管不了农机户，于是，这套繁琐的统计、计算、分配工作就划归农机部门负责。张锁柱组织人员在全县范围内进行普查，澄清各种型号的拖拉机、柴油机，然后，给每户发一个"红皮本本"，司机们拿着本本，按上面核定的数额去买油。这样的机制尚属合理，尽管偶尔油料不足，大家伙也都能想出各种办法自行解决，可到1984年，国家推出价格"双轨制"[①]，敞开供应高价油，以此弥补平价油的

[①] 双轨制：我国经济体制由计划经济向市场经济过渡时的一种特殊价格管理制度。计划经济体制下，价格完全由国家有关部门控制。1981年，国家允许企业完成计划后自行销售部分产品，价格由市场决定，这就产生了同一种产品两种价格。1983年国家批准石油实行双轨制，按规定价格出售的称平价油，加价20%出售的称高价油。

不足。比如，1991年，上级确定给襄汾县的平价油指标是1600吨，那么，剩余70%的不足部分就需要用高价油来补齐，也就是说，没有平价油指标的机车不得不去购买高价油。这个办法缓解了油料紧张，可问题随即出现了。出在哪儿？出在农机部门内部！一些负责油料分配的人员发现平价油有利可图，便在"红皮本本"上做文章，要么克扣分配指标，要么作废或者挪用普通用户的指标，农机户们意见非常大。后来，张锁柱们"廉政管油，公开办公"，"一级分配，直接到户"，直接让司机与农机站管理人员面对面，当面填油本，一次性领取指标，然后直接到相关供应点去拉油，这才多少让农机户感受到了些许均衡。这种管理模式一直持续到1994年价格并轨才告结束。面对油料供应的种种不公，马云龙们无可奈何，哀叹领受，低了，沾些光，高了，也得承受。时间一长，平价油也好，高价油也罢，只要能买到，大家都懒得再去计较，活儿总得干，车总得开，人总要活。而就在此期间，麦收季节，中国大地不知不觉冒出了一种新的小麦收割设备，引得农机户们争先购买，那就是割晒机。一个割台，安装在四轮拖拉机或手扶拖拉机之前，开进地里，走过去，麦子齐刷刷割倒，睡在一边，人们终于可以不再弯腰弓背使用镰刀了。

相对几千年的传统，割晒机的出现无疑意义重大。就技术而言，它是多年以前马拉收割机的进化版，三十年前就曾推出过这种物件，只是动力由牲畜变成了四轮拖拉机，其技术含量与当时国际农机发展状况相比简直羞于启齿，难以面人，但它最直接的功能就是终结农民手里的镰刀。要知道，对农民而言，烈日暴晒，腰酸背痛就是割麦最为痛苦、最为典型的情节和回忆。可以说，时隔三十年，割晒机再次亮相，尽管步子迈得不太大，可毕竟适应了当时的生产形势，不能不承认它也是一个创新。只不过，如同手机之前的小灵通，只是一个短暂的过渡罢了。

欧美国家的创新精神甚是厉害。前文已经说过，一战之前，他们已经将马拉收割机普及到了普通农户。早在1840年之前，美国人就已经提出了将收割机与脱粒机组合在一起的想法，并且获得专利。由想法到普及，近百年沧海桑田，他们围绕收割与脱粒的嫁接不断研究实验，20世纪20年代成功制造了由拖拉机牵引，融合收割、脱粒、装袋于一体的联合收割机。

1938年，抗战熔断了中国农业机械化的步伐，而此时，美国出现了第一台自走式联合收割机。它抛弃牵引思路，将拖拉机与收割、脱离、分离、清选、装袋融为一体，所有收割装置竟然自己行走，到20世纪60年代中后期，这种自走式收割机就已经占到美国收割机总量的90%以上。

中华人民共和国成立，我们开始奋起直追，引进苏联及东欧国家的农机，聘请对方专业技术人员，建造工厂，设计制造拖拉机、收割机等农业机械。据说，中国1947年就曾引进联合收割机在国营农场使用，1955年北京农业机械厂开始研制生产一种牵引式联合收割机，东北四平农业机械厂1965年生产出了自走式联合收割机。按说，这些都是令国人骄傲自豪的伟大成就，可是，这些生产活动并没能持续下去或者光大起来，反而在此后的岁月里渐渐萎缩，乃至烟消云散。我们有计划地指导工作和无休止的政治运动干扰了生产与流通，浅尝辄止，半途而废也就不难理解了。关于计划指导，简单举几个例子：建国之初，农村改良农具的热潮异常高涨，各地农民纷纷自发组织手工业社，修理改良，发明创造。1954年7月，农业部就群众创造发明农具提出几点意见，其中第七条规定，无论旧式农具改良还是新式农具创造、发明，未经批准，一律不予制造推广。更有意思的是，工厂生产什么型号的机器也得上级核定批准，1962年12月27日，农业机械部就生产拖拉机和排灌机械向中央报告，请示选型定型，最后，中央研究确定，只允许八个型号的拖拉机投入生产。更为要命的是价格，1964年4月，全国物价委员会通知，自5月1日起，东方红-28型、丰收-27型拖拉机出厂价格由18500元、14800元一律调整为13000元。人为干预市场的后果无疑会造成系统性灾难，生产厂家乃至政府财政屡屡为此付出惨重代价：

1958年发起的群众性农具改革运动中，山西省太谷县第一车辆厂技工李清澡带着一帮年轻人研制出一个"太谷号"小型马拉收割机，据说，它比人工割麦速度提高了五到七倍，上级非常高兴，不等进一步实验升级就急于推广批量生产，结果质量问题严重，连积压带退赔，损失竟达900多万元。无独有偶，1963年12月，沈阳农机供应站库存吉林省农业机械厂生产的五百九十六台悬挂式4.0割晒机，价值208.6万元，由于产品质量低劣，不能销售，联合检查组认为已经不能使用，于是，农业部、农业机械部联合发函，核准予以报废。

中国农业机械化的步伐跌跌撞撞，原因于此可见一斑。改革开放给各行各业松了绑，这不，曾经昙花一现的割晒机总算适应形势，粉墨出场。

农机经营管理站的重要职责之一就是推广新型农机。那几年，推广割晒机是张锁柱需要下功夫去做的一项重要工作。割晒机加快了收割速度，减轻了农民割麦时的苦与累，张锁柱心里充满无限豪情。市场很奇妙，百姓更奇妙，有了割晒机，很快就有人弄出了脱粒机，二者相互配套，深受农民欢迎。各地大大小小农机修造厂纷纷上马，一台电机，一块铁皮，几根钢条，原理极其简单，包裹起来，粗糙至极，竟风靡一时。这种将麦收过程分段割裂的系列化农机，制造者仅需投入极少量的智力、物力便可轻易获得可观的利润。对张锁柱们而言，只要有人造、有人买、有人用就是他们无可置疑的政绩；对农民来说，简陋归简陋，可它确实在三五天时间里就能将麦子收回家去，尽管也很累，可此累非彼累，不一样的累，将就了。这种割裂式的、各个击破的做法如此愚笨、拙劣和无奈，先进吗？好像是个进步，老百姓也承认它是进步，可没有人表现出我们想象中的那种酣畅淋漓的快意和幸福，事实上，脱粒时的脏污和短时间体力、精神的高强度付出，无人不感到疲惫难耐。

心有不甘，却又无法言说。

说穿了，割晒机、脱粒机没能从本质上对传统麦收进行彻底颠覆，充其量只是一个方式方法上的小打小闹。抢时间并不是麦收的必要条件，把人从繁重的体力劳动中解脱出来才是农民们最需要解决的问题。没几年，割晒机的推广陷入被动，有技术原因，更有利弊权衡。那个时候，普通农民手里没几个余钱，机器收割毕竟要支付费用，尽管割一亩地只收5块、7

块,最多10块钱,可大多百姓还是舍不得去花。不弯腰割麦,终归还是要晾晒、碾打、扬场,即便有了脱粒机,漫天尘土,危险紧张,苦不堪言,反正是累,怎么也是累,倒不如省下两个钱! 至于速度,不,那不是紧要的事情,农民有的是时间,极端天气是偶然的,侥幸常常战胜偶然!

想想也是,我们的发明创造总是欠缺足够的人文关怀和科技含量,短视,缺乏宏观眼光和整体把控,短命必然成为最终结局。海科叔1993年买了一个割晒机,三年时间就彻底淘汰了。因此,不久时日,联合收割机的出现毫无悬念,不足为奇,只是,此刻,它尚"见龙在田",犹抱琵琶。

当张锁柱沉浸于日常事务时,距离襄汾200公里路程的晋中太谷县正在悄然酝酿一场风暴,这场风暴将在未来十年席卷全国。

前面说过,太谷地势平坦,历史悠久,是个典型的农业大县。或许占尽风气之先,那里的农民总是对机械情有独钟。

这种特有的地域情愫或可追溯到光绪九年,也就是1883年。那年,美国传教士在太谷创办了一所男校——太谷义学,"庚子事变"后改称太谷蒙馆。1906年,二十六岁的孔祥熙获得美国耶鲁大学理化硕士学位,被欧柏林神学院派到该校担任校长。孔祥熙秉承欧柏林学院"学习并劳动"之精神,先增中学,再改校名为山西铭贤学校。1931年设置农工两科,将学生分成几个小组,每组每周必须有三个下午到学校的木模厂、翻砂厂、机械厂或者"中坚农场"实习。作物和畜牧改良主要对小麦、高粱、玉米进行选种,选出的八个品系小麦产量比本地农户高出12%~25%,玉米实验连续三年均比当地农户高产20%;羊种改良主要用法国"软布来"同本地羊杂交,羊毛纤细绵软,产量提高了两三倍;土壤和菜树实验以农事推广为主,与当地三十一家农户合作,用药剂喷杀害虫;他们引进国外鸡种给农户,凡参与推广实验的农家仅需负担一半费用。工科有三项工作,一是生产棉、毛织品,二是翻砂、铸造农具,三是制作肥皂。铭贤学校的经费一直由美国人捐助,到1934年,学校基金已达75万美元。嗣后多年,此校发展成为赫赫有名的山西农学院,现为山西农业大学。或许就是因了这样的历史缘由，太谷人骨子里从来都愿意在务农上搞些新花样。当其他地方正在为割晒机、脱粒机奔忙的时候，侯城乡农机站拿到一个指标，买回一台联合收割机，这是1983年的事情。

县农机站的机器，除了农场，几乎没有其他用武之地，一年三百六十五天，出动的时间也就十天半月，因此，处理出售不用的旧农机也就不足为奇。

1984年，武家堡村的侯三儿忍受不了烈日下捆扎、拉运、脱粒、扬场的折磨，不忍心去看脱粒时一家人人不人、鬼不鬼的狼狈相，便和朋友商量，哪怕旧机器也好，咱买上一个，死活不受这洋罪了！就这，三户农民合伙买了一台公家不用的联合收割机。买它，就是图个轻省，顺便给亲戚朋友帮个忙，要能挣到钱更好。如此这般，三年时间，太谷地盘上集体与农户总共买回了八台联合收割机。

说来也巧，此时的太谷农机局局长王学斌正在忍受煎熬。一天到晚，找他催债要账的人一个接一个，站在办公室、楼道里，板着脸，不回家，干耗着。要过年了，这些人索性跑到他家里，死磨赖缠，不肯罢休。怎么欠下的？盖房子。太谷农机局多年没有自己的办公楼，长期租住在贸易货栈。1981年，老局长看中太洛路旁边东关村的一块地方，原先是个烧砖场，距离大路400米左右，站在路上看，就是一个巨大的土坑。当时，农机局没有盖房子的钱，正好省农机局领导来调研，老局长就在领导跟前念叨。领导了解情况后，对老局长说，玉米实验农场解散的时候，阳邑村欠省局5万块钱，你能要回来，就留给你太谷农机局用。

还有这等好事？

一个许诺，一个白拿，这就成了太谷农机局的一个"胆"，有这5万块钱，盖楼可就有了底气！

有道是，强龙不压地头蛇，加上双方彼此相熟，不看僧面看佛面，阳邑村将这笔钱还到了太谷农机局。可是，一入冬，省里说，到年底，如果花不完，5万元就要冻结。没办法，赶紧开工，填土，挖方，轰轰烈烈，

河南柳沟村。在地头等待收割的农人

紧紧张张终究还是没能花完。咋办？干了半截的工程总得继续下去，没办法，舍账。最后，小二楼盖成了，又欠下7.5万元外债。1983年，王学斌当了局长，这些债务原封不动压在了他的头上。要账的天天上门，王学斌焦头烂额，到了年关，向县委分管领导杨书记求救，杨书记埋怨说，没钱就不要盖么，弄下这等事，还得叫县上给你们补窟窿。王学斌说，那总得给我们搭个窝呀，总不能老是寄人篱下，叫我们露天办公算个啥！你给解决两万，叫我应付一下，也叫人家过个年。书记说，就给你两万，剩下的自己想办法。

能想什么办法？办实体！把农机局当成一个商人，做买卖。于是，办油库，加油站，建农机服务中心卖配件，建新的，还旧的，再欠新的，就这么周转折腾。总体来说，设法弄钱就是那个时候王学斌的主要工作，凡职权范围内，只要有可能赚钱的事，他就要琢磨一把。1985年，手底下的农机站有了几台联合收割机，王学斌动了心思，想知道这东西究竟挣不挣钱，怎么样才能挣钱。他决定搞个调研，如果效益好，就让各个农机站大力推广，从发展角度看，这也是一项超前的工作。王学斌带着副局长和各站站长来到武家堡和侯城，一问，摸清了收割机的底子：农民还没有完全接受联合收割机，活动范围很小，只能在本地活动，每年收一季，效益不理想。尤其个人购买的机器，更是不知道什么时候才能收回成本。另外，机器质量不好，配件短缺，修理困难，太误事。

王学斌组织大家讨论研究，这样的情况，怎么办？坏事怎么样才能变成好事？困难怎么样才能转化为机遇？

王学斌说，想思路就是解决问题么！不挣钱，活动范围小，那就扩大范围么！能不能把机器拉出去，想办法扩大收割面积？至于配件短缺，好办，咱经营配件，建个农机推广站，以局里的名义买机器，推广站、管理站推广出去，再联系各个生产厂家，把配件统一拿回来，局里负责经营，加上一点费用，提供给用户，独家买卖呀，这就叫局里搭台，各站唱戏。

配件问题好说，组织人员联系业务，摆个摊子开张营业即可，至于让收割机走出去可就难办了，往哪里走？王学斌思考了很长时间，最后，他发现，随着温差变化，南北不同地区的麦子成熟时间不一样，南方北方有个时间差，山西最南边的运城就比晋中太谷早熟半个多月，为啥不能去运城碰碰运气？财政部有个文件，为了支持农机推广，可以适当收费，费用分配的原则是三三制，三分之一留作经费，三分之一置办固定资产，三分之一为职工发福利。要成，那可又是一笔收入。主意拿定，他决定到运城踩踩路，看人家欢迎不欢迎。

走的那天，天气溽热，王学斌吩咐司机开上机关的雁牌工具车，再带两桶汽油。那时候，油站少，双轨制，出了本地区，加油是个很费脑筋的事。早上七点动身，一路向南。108国道坑洼不平，很长一段都在修路，需要从汾河河道里绕行，颠簸，尘土飞扬，身子骨都能散了架。口渴，看见路边农民浇地，赶紧停车，喝一口凉水，清冽甘甜，舒服解乏。700里路，走了十五个小时，晚上十点才到，没顾上找住处，直接到运城市农机局。他想，如果人家不欢迎，就连夜赶往临猗或者永济。一进门，灯火通明，局长李志钦还在办公室和人说话。王学斌的到来让李志钦精神一振，原来，跟他说话的正是派往晋中联系收割机的同志，这位同志刚刚回来，向李志钦汇报没做成的消息。王学斌在旁一听，肚子里提着的那颗心"呼"地落地了。

王学斌是有备而来的，他一条条列出了自己的条件：

一、费用标准：每亩八块钱，地头现场结算；

二、燃油要提供平价油；

三、司乘人员的食宿，到哪儿，哪儿管。

四、机车修理要有固定站点。

五、发生各种纠纷由当地农机局出面协调解决。

六、所有收割机由农机局统一调配，避免没活干的现象。

双方意向达成，王学斌很有几分成就感，他觉得自己办成了一件历史性的大事。回到太谷，王学斌顾不上休息，吩咐手下，分头联络各个农机站和几个机主,征求意见,看他们愿不愿意出去挣钱。两三万买个收割机,除了自己的几亩地,一年老闲着,也不是个事,听说能挣钱,哪有不愿意干的?双方意见一致,可还有一些细节需要进一步敲定。

那时,联合收割机都是背负式收割机,也就是说,收割设备搭配在拖拉机上,好像拖拉机背着收割机。割台安在拖拉机前边,一个传送管道把脱粒后的麦粒送到后边的清选部件,再安个小平台,人站在平台上,拿口袋去接流出来的麦子。接麦子是农民自己的事儿,可其他伺候、摆弄拖拉机、收割机都是司机和农机局的活儿,这就涉及很多工作要提前准备。比如,机主做哪些工作,农机局做哪些工作,二者如何衔接配合?收割机跋涉700多里路,沿途加油怎么解决?20世纪80年代,物资供应还受行政区划制约,太谷的"红皮本本"无法在运城购买油料,所以,最好每个车出发前都准备两个160斤的大油桶,解决半道儿和地头的加油问题,省得来回折腾;收割机从早到晚一连工作多天,一个司机根本坚持不下来,至少得两个人轮换;农民自己报上的亩数是不是与实际相符?这得专人测量结算。农机局要收取服务费就得准确控制收割亩数,还得按照简便、省事的原则进行结算和分配。这么一想,车主得雇一个司机,测亩的,核算的,还得置办计算器、百米长的皮卷尺,每辆车至少得配备四个人。农机局的后勤服务主要是带足可能需要的零配件,这得专车拉运,随时配送;修车不能来回跑,太误事,还得带几个技术人员,就地应付不同车辆可能同时发生的不同故障。当天收回的钱要专人分户存入银行,最后扣除维修和5%的服务费,剩余如数转给车主。另外,人生地不熟,语言不通,性格各异,随时可能发生矛盾,得有人在收割点之间来回跑,发现问题,及时协调解决。

这一番筹划颇费心思,王学斌写写画画,掂量再三,什么人,从哪儿来,这么多人,怎么管理?纪律,对,纪律是最关键的问题,必须严格要求,统一安排,服从分配,不得出现任何差池。

1986年5月,一切工作箭在弦上,下旬就要出发了,忽然有人提出,备用司机难找,大部分司机只会开拖拉机,不会操作收割机。

嗨，智者千虑，必有一失，咋办？

咋办？能咋办，马上培训！发通知，在农机学校办培训班，专门培训拖拉机驾驶和收割机操作。东咸阳农机站刚刚买回两台崭新的收割机，调回来！从厂家邀请技术员讲课，最后，参照拖拉机考核程序，考试合格，颁发驾驶执照。这年，太谷已经拥有二十二台收割机，经过一番准备验收，最后确定具备外出征战的共有八台。

5月26日，八台收割机和拉配件的工具车、两辆摩托车，一路风尘到了运城，都驻扎在红旗旅社。王学斌把这个旅社当作大本营，所有工作人员均集中于此，并将所有人员分成两个小组：维修小组，包括配件和技术人员，二十四小时待命；协调小组，包括两辆摩托车和四个工作人员，每天不间断巡查收割点，应付可能出现的矛盾和问题，诸如地亩丈量偏差，收割是否干净、掉籽等纠纷；王学斌坐镇，负责与运城农机局沟通联系。

对运城来说，太谷收割机的到来无疑具有里程碑式的意义。

1979年，国家就提出要加速实现小麦收割机械化。几年来，给各地调拨过一些联合收割机，可是，情况很复杂，要么没人会操作，束之高阁，要么坏了不会修，没有配件，最后全都变成一堆废铁。宣传推广机收小麦，除了割晒机，联合收割机几乎是老虎吃天，没法下口，各地农机部门都对这块儿工作束手无策。局长李志钦想尽办法要推进这个工作，可是，投资大，不见效，运城人不干这种赔本买卖。听说晋中推广联合收割机很有成效，他就试着派人去联系，想搞个示范引导活动。去年这个计划落了空，今年终于落到实处，他决定抓住机会，做出样板，打开局面，首先营造一种声势，借以引起人们的关注，所以，他们策划了一个隆重的机械化小麦收割示范演示现场会，各乡镇领导参加，地址选在郊外的李店村。收割机一溜排开，分管副市长亲临现场作重要讲话，与会人员和看热闹的村民黑压压一片。表演结束，要按照原先约定的合同，到预定的地块去收割，收割机蠢蠢欲动，摇摇晃晃起了身，一旁的村民窃窃私语，你一言我一语地商量起来。眼看八台收割机就要走完了，村民呼啦一下，把最后三台围了

讲述最初出征运城的情形，王学斌慷慨激昂，拿出当年的笔记本，哗哗翻看。纪录的年份、数据，一目了然

起来。

这是麻烦事,也是高兴事。王学斌局长又是激动又是紧张。激动,是眼前活生生的事实证明自己走对了路,带来的收割机不会没有活干,钱是挣定了。紧张,是一时不知道怎么去协调这个事情。

6月20日以后,太谷地盘还有24万亩小麦等着收割。这个空当,王学斌又跑了一趟北边的原平,与武彦劳改农场达成意向,将后续工作进行了安排。王学斌曾计划把收割机拉到外省去,可是,这个想法被上级领导阻止了,原因很简单,就是怕耽误了太谷本地的麦收。为了挣几个钱,丢了自己的收成,谁能担得起责任?这样的想法很让王学斌们瞧不起。觉得这样的想法简直就是杞人忧天!什么是时间差?外出收割,打的就是时间差,只要摸准各地麦收的脉搏,卡死麦收时间,这种担心根本就是多余!

一个新生事物的诞生,或多或少会被束缚。

第一年征战运城取得了辉煌战果,总收入10多万元。年底,省局召开全省农机局长工作会议,王学斌总结经验,提出了一个大家既熟悉又新鲜的词语:南征北战。

这次会议让山西各地农机部门都知道了太谷的勇敢创举,可是,没人能学得起,要么没有机器,要么没有市场。毕竟,这是开端,大部分农民还没有认识和接受这个铁家伙!周边祁县、文水、清徐等地也有一些收割机,他们看到了机遇,可自己单枪匹马难以施展本事,于是,纷纷投奔过来,站在王学斌的麾下。接下来的三四年,应当说只有太谷一家高高地树起了跨区收割的大旗,在山西境内的运城、晋中、原平之间来回奔波,唱着南征北战的独角戏。这真是一个创举,是中华大地几千年日出而作,日落而息,从来不曾想象过的奇葩。金钱是推动社会发展的一股奇异而又强劲的力量。有了钱,人类就可以变着法儿地满足自己,接着又去变着法儿地改变手里的劳动工具,让它们花样翻新。1987年,太谷联合收割机增加到四十二台,出征运城四十一台,当年收入57万余元;1988年增加到五十三台,收入突破100万元。也就是这两年,太谷农机局彻底偿清了身上的所有债务。

1987年是激情勃发的年份!

韩丁先生看着张庄被动挣扎、徘徊不前的样子，下决心要让张庄人到美国看看。他一再动员，将王金红弄上飞机，直飞美国纽约肯尼迪机场。王金红就此大开眼界，目瞪口呆，终于见识了韩丁一个人的全机械化生产，领略了博物馆里农业飞机、摘棉机那些他想都不曾想过的农业机械。可是，那个时候，在中国，似乎粮食和金钱比机械化更重要，何况，实现机械化的道路并非只有"输血"式农场这一条道路。可惜，许多人没有如此理性的认识和思考，王金红就是其中之一。国家推行家庭联产承包责任制的时候，他生怕土地分配后农场的机械失去用武之地，硬硬顶着上级政策，保留了700亩机械化试点土地。可是，现实与想象存在巨大差距，村里的人口不断增加，有了人就需要一份口粮田，大家全都眼巴巴盯着那700亩土地呀!面对村里一双双渴望、不解乃至怨恨的眼睛，王金红终于让步，承包了。

再后来，个人购买农机越来越多，每家每户的小块土地上都有机器耕作了，王金红也老了，他到处搜罗过去的旧农具，在自家后院弄了一个农耕技艺博物馆，向世人展示"流金岁月"里的手推车、犁耙、木锨、镰刀、碌碡、簸箕、风车、木斗……

太谷到运城700里跋涉，直到侯马，基本上沿着108国道行进，这条道路贯穿山西核心区域，既是交通干线，更是必经之路，忽然之间出现这么一支轰轰隆隆的队伍，煞是引人注目。离开晋中盆地，穿山越岭，过灵石、霍县（今霍州市），来到洪洞县的赵城镇，路边的交警拦住了去路，先看拖拉机牌照，再查驾驶证，接着检查养路费、建勤费。那个时期，这些东西只有跑运输的汽车、拖拉机才具备，王学斌的收割机队伍忽视了这些手续，于是，统统被扣留了下来。为了缴清罚款，车主们赶紧坐长途汽车回家筹钱、办手续。剩下的人只能睡在收割机的粮仓里，无奈地等待。5月27日，快出洪洞县境，到达甘亭，又被拦住，要购车的五联单，没带的，统统罚

— 125

款300元；到曲沃，拦住，要行车证、五联单，没有，再罚30元；到侯马，拦住，查养路费、建勤费、安全卡，司机们不得不买了当时最流行的高级红梅香烟，送上去；到闻喜，拦住，五联单、建勤费，又罚50元。总结起来，一路罚款不断，尤以洪洞甘亭为甚，时间最长。王学斌痛心疾首，无可奈何，他逐车统计罚款情况，一一记录在案，想办法向上级反映这个问题。他大谈麦收季节龙口夺食和推广小麦机收的重要性，你们不是整天叫喊时间就是金钱、效率就是生命吗？再这么拦截罚款，机收小麦何时能在全省落实下去？县委、县政府是一条线，农机系统又是一条线，不同渠道以不同的方式将这个情况反映上去，说不定哪条道走通了，就能给收割机一条生路。此时，不远处的铁路上，火车的汽笛刺激了王学斌，对，火车，谁能拦住火车？一样花钱，花个顺当省事的。于是，王学斌同太谷火车站协商，采取托运的办法，将收割机运往运城。

　　挣扎，奋斗，坚持，完善，始终伴随着王学斌的"南征北战"。

　　1991年，收割机的不幸遭遇终于引起山西省政府的关注，领导批示相关部门，务必尽快解决收割机出行难问题，可是，各部门都在执行本部门的政策法规，都在履行自己的职责，各拿各的号，各吹各的调，怎么办？5月，收割机们又要出动了，省农机局、公安厅、交通厅、物价局、石油总公司总算协调出一个结果，发了个联合文件，表示支持联合收割机"南征北战"，搞好机收小麦大会战，确保收割机顺利通行，合理收费，及时供油，安全生产。

　　每走一步都需要打破坚冰，自下而上的无奈和呼声从不同地方发出，冲击着固化的思想和蛮横的权力。改革，其实就是约束权力，把百姓本应拥有的还给百姓。王学斌组织的队伍在山西大地撕开了一个巨大的口子，潮水灌进，冲击着人们的思想，促使不同行业、不同人群做出不同的选择。

两台车，两条道

风从汾河滩里刮过来，掠过村子，扑上西北方向的坡塬。路边的槐树胡乱摇晃，树上已经挂满槐籽。此刻，村子里看不到一台收割机的影子，它们全都北上了。我家的二亩地就在村北那条大道的东边，站在地里，能感受到来来往往的车辆扬起的尘土。没风的时候，那些车就是风的源泉。

到地里摘菜，我就像这往来吹动的风，谁家田里有人干活就赶紧过去，希望他们回忆一些过去的事情。

人们总是健忘，对身边发生或亲身经历的许多大事当时深有感触，进而习以为常，隔一段时间，也就忘却了。不仅我自己，即使亲朋好友、村里的老相识，他们也都不曾记得自家第一次使用联合收割机的具体年份，所有的记忆都是大概。

毫无疑问，麦收的进步，首先起始于割晒机。人的记忆总是偏重于事件本身，说起割晒机、脱粒机一个个彷佛就在昨天。割倒的麦子整齐划一，平平地躺在麦茬上，等待我们将它一把把抱起，然后捆扎。当年少年，爱逞强，母亲和姐姐都穿着长袖，只有我穿短袖，捆扎一会儿，两条胳膊就扎出无数红点，一出汗，生疼。捆好的麦子像麦场上的大碌碡，一排一排排列着。将小平车推到地里，一捆捆码上去，两条拇指粗的缰绳从后面甩前去，抽紧，分别捆绑在两根辕杆上。一辆车大致可放十个麦捆子，否则，要么很累，拉不动，要么容易翻倒。车子一翻，损失可就大了，麦粒揉搓一地，还没办法捡拾。拉到场上，那里早就大致划分了范围，谁家放哪儿，位置基本是固定好的。有两台脱粒机,俗称打麦机,在场上等着,也是私人置办的,谁家要用,按时间收费或用打下的麦子抵顶费用。白天都在地里忙活,一般打麦都在夜间。诺大的麦场上,一堆一堆麦子像桂林山水,孩子们在一道道空隙里奔跑玩闹。天黑下来,轮到谁家,谁家麦垛前就会支起高高的木杆子,明灯高悬,如同白昼。无数飞虫围着灯泡翻飞,三两只大些的飞蛾比较笨重,黑乎乎,颠三倒四,半天一圈;大部分是很小的飞虫,极其灵巧,密扎扎,不计其数,也不知哪里来的那么大精神,疯狂旋转,不知疲倦。各家各户均是全家上阵,人多的,省心些,人少的,还得借两个帮工,随后人家打麦再去还工。机器一开,尘土飞扬,震天响。搋麦,得两个人,从麦垛上解下绳子,一捆捆,一把把,接二连三,轮流着,不断气地往打麦机里扔,以免机器空转,浪费时间;接粒,一般是身体羸弱或需要全家迁就照顾的人,如老人、儿童等。在机器一侧的出麦口接上口袋,快满了,赶紧替换,将装满的口袋拖到一边,全都来不及绑口,一袋一袋在空地里靠成一片;挑麦秸,一到二人,手持木杈,把机器吐出来的麦秸收拢到一块,一杈扎进去,挑起,扔到新扎的麦秸垛上。你得不带歇气地挑,不然就会越堆越多,最后无法收拾;踩垛,专门一个人站在麦秸垛上,将下面扔上来的麦秸尽量均匀地摊在脚下或周边,再不断转圈走动,把每个地方都踩得紧实牢靠,不然,一边多,一边少,整个麦垛就会变成比萨斜塔,弄不好,一倒,可就全完了。我就经常担任踩垛的角色,紧张刺激,这边还没摊好,那边又扔上来一堆,总盼着搋麦人犯错,噎死机器,也好休息片刻。随着时间推移,垛越来越高,站在上面,俯视整个麦场,恍惚之间,仿若看到了瞎子说书的场面。尘土飞扬,人影绰绰,时而你露出来,时而他掩进去,一会儿,你擦擦额头喘口气,一会儿,他扭头朝外擤个鼻涕。这一刻,一个个忙得不可开交。那一刻,扔多了,机器噎住,嗡嗡的轰鸣忽然停住,仿佛身子被卷扁了,赶紧拉闸,停下,往外掏,大家趁机歇息。如此这般,一条龙运作,人在晃动,机器轰鸣,七手八脚,尘土飞扬。最后,一个个灰头土脸,疲惫不堪,仿佛整个人从头到脚披着一层灰尘粘附的铠甲。一完工，人们都像被抽了筋骨，软塌塌的。

割晒机和脱粒机显然缩短了劳动时间，一般一两个小时就可完工，可使用期间劳动强度很大，至于个人卫生就更不用提了，那简直就是糟践人。这样的劳作大约持续三五年，忽然就有了联合收割机，在地头等着，轮上了，开进去，一眨眼，麦子装进口袋，唯一需要做的，就是运回家，晾晒。现在更好，联合收割机后面跟着一个三轮车，它依附于收割机，将主家的麦子装上，主家说送到哪里，开三轮车的就送到哪里。以前，各家在麦场上晾晒，厚薄不均，摊开，像晒盐的盐池，一块一块的，大太阳底下晾晒三两天即可归仓。后来，盖了平房，麦场就没了，人们就在房顶上晾晒。可这个时候，最累人的就是粮食的搬运。装麦子的要么是家织的粗布毛袿，要么是装化肥的编织袋。将袋子扛在肩上、抱在腰间、背在背上，一步一个台阶，搬上搬下。有人在房顶留个小小的孔洞，下面接一根塑料管，直接对着储藏间的大缸，晾晒好的麦子，从那个孔洞里流下来，省却了晾晒后繁重的搬运。

产业扶持是中国经济发展的一大特色，前文列举过的系列枯燥数据就是扶持农机发展的一个明证，1980年之后，这种政策依然持续。《襄汾农机志》记载，1986年到2007年的二十二年间，省、市、县三级共下达襄汾各项农机化专项资金469万元。此处需要特别提及其中一笔，1989年"商品粮基地建设专项资金"，共25万元。如何使用这笔资金？农机局决定拿出其中20万元在汾城以南的汾阳岭上建立一个农机服务管理站，为襄汾西南片各村提供农机服务。

好多时候，钱并不是做事的绝对条件，思路才是成败的关键。那一时节，农机专业户已经在乡村普遍开花，国营农机站即将走向终结。如此形势，农机局为何还要继续建立新的站点？这很值得我们研究。许多事情，人们往往事后诸葛，可在当时，没有人长着前后眼，人们只关注眼前，考虑当下。

那一时刻，农机工作已经越过抛物线的巅峰，市场剥离了运输和农田耕作给专业户，可相关职能部门的管理权限却一时难以剥离。1980年以后，"包产到户"合法化，土地分到农户，生产队的牲口也分了，至于拖拉机，也要分下去。僧多肉少，咋办？竞拍，俗称"顶机器"，谁"顶"的价高就归谁。由此，全国各行各业普遍实行承包制度，国营拖拉机站也不例外。张锁柱们高度肯定这个发展方向，他们在文章中感叹：终于克服了吃"大锅饭""瞎指挥""干部私占乱用"等现象。拖拉机站的承包，有包车的，有包任务的，有包利润的，还有包一季一段工作的，各有不同。个别没法承包或者承包不下去的，就把机器放在院子里，任凭风吹日晒雨淋，最后，连零部件也叫人乱拆乱卸拿走了。那时候，能到站里上班的人大都有些来路，但凡能够承包到手的也大都是那些原来的干部、职工或者子女。他们只管开，不管维护，甚至仅凭领导一句话，也不签订承包合同，结果，个人发了财，集体落下一堆废铁。

不用任何投资就可以开着机车赚钱，何乐而不为？因了这样的缘由，农机局新建管理站也就不足为奇了。

汾阳岭管理站成立不久，就遇到每年一度的农机年检。

中国农机年检制度始于20世纪70年代中期，80年代渐趋火热，年检时间一般为每年二月下旬，90年代改为三月底四月初。它就像一个狂欢的节日，所有拖拉机都得开过来，让农机部门的工作人员检验一番，合乎检验要求才可以继续使用，否则，一旦路查拿获，后果就很严重，为此，农机部门和农机户们全都高度紧张，高度重视。检测标准几经修订，逐渐繁琐，司机们有苦难言，却又无可奈何。首先是发动机的性能，然后，刹车是否灵敏，方向盘是否灵活，喇叭、离合、减震、弹簧、胎压是否合适，车门、灯光、玻璃升降能否正常使用，拉拉杂杂，想到想不到的全都列在其中。农机种类不断增多，年检范围也就逐步扩大，脱粒机、收割机都得检验。一些检验要求也变得匪夷所思，几近荒唐，如，车身喷漆、喷号、喷大队名称，甚至拖车马槽两边也必须喷上规范的字样，喷字收费，每字3元，先是"安全生产,服务农业",后又变成"遵纪守法,文明行驶"。曾有一年,普遍要求小四轮拖拉机必须安装气(油)刹车,否则一律不予检验,于是,全县上千台四轮拖拉机全都到指定的管理站购买安装,一时民怨沸腾。相关费用更是复杂,牌号费,工本费,验车费,安全管理费,喷字,照相,换牌,换证,培训,体检,搞得人晕头转向,不得不麻木交钱。关于收费标准,简单举几个例子。1995年:拖拉机牌照每幅30元,联合收割机18元,脱粒机4元;户口本,拖拉机10元,收割机5元;审验费,拖拉机10元,收割机5元;安全管理费,拖拉机10元,收割机10元。2007年:拖拉机换牌、喷字、照相一共198元,审验69元,联合收割机45元,驾驶证换证、复训、体检、照相合计100元。如此繁杂多样的工作,每年都要牵扯农机干部一个多月的时间和精力。

联合收割机参与年检始于1992年,与割晒机、脱粒机同时进行,主要看排气管是否安装火星收集器,刀片是否松动变形,输送链条、皮带松紧度是否适度,另外,还要看看与制造商密切相关的一些专业问题。收割机是个特殊物种,它们每年都要跟随农机局一同"南征北战",属于嫡系部队,为此给予特别对待,检验方式变为分片到户,上门检测,这就难免睁一只眼闭一只眼了。2007年,襄汾应当审验的联合收割机为四百七十六台,实际只审验四十二台,仅占8.8%。

1989年,汾城一带各种型号拖拉机不下四百台,年检的日子里,仿佛拖拉机开会,你来我往,异常繁忙。管理站创新工作,将年检、收费、上牌、办证全都集中起来,搞了个一揽子一条龙服务,引起了上级关注,随即,地区领导前来调研。谁也没有想到,这个调研竟然让襄汾县的麦收工作有了一个意想不到的突破。工作之余,领导与襄汾农机局干部聊天,听说汾阳岭新建了一个服务站,很是高兴。也许领导试图进一步推进这个服务站,给它提升档次,也许就是喜新厌旧,想甩掉手头的一个包袱,抑或多个因素共同作用,反正现在已经说不清了。他说,正好,地区有一台联合收割机,你们买回来吧,每年也能挣些钱。于是,汾阳岭管理站拿出7万块钱，买回了那台已经运行了两年的进口收割机。

这台收割机是德国514型自走式联合收割机，原先是临汾地区农机局购买的，这两年，一直在吕梁、汾阳一带作业挣钱。那时，戴兆龙是汾阳岭站的保管兼会计，他自己买了一台手扶拖拉机，配套一个割晒机，让儿子开着给人割麦，也算是早期的小麦客。麦收季节，公社干部都来找戴兆龙。都是熟人，戴兆龙安排儿子给干部们割麦，柴油一升1.6元，自己加上，跑了这村跑那村，算是落个人情。儿子意见很大，发牢骚：一天净给人割，不挣钱，晒球的，算个啥呀！这个时候，地区提出转让联合收割机，尽管是台旧机车，毕竟自己不用出本钱，随后承包下来，也算是对孩子的一个交待。

自走式联合收割机在当时属于先进机车，它同背负式收割机的区别就是拖拉机与收割机已经融为一体。管理站决定买回这台进口机车让戴兆龙喜出望外，心劲倍增，当时，机器放在地区农机公司院子里，他和儿子去接车。闲置大半年，车辆有些生锈，戴兆龙和儿子拍打了座位上的灰尘，掩饰住激动的心情，打火发动，开出院来。十字路口拐弯，或许是惯性原因，机器里面藏着的一窝老鼠哗哗啦啦甩了出来，满大街乱窜。说起这段插曲，戴兆龙津津乐道，极尽渲染，显然这件事情在他心里留下了极其深刻的印象。他志得意满、心气十足地回到汾城，将收割机停在原先的拖拉机站里。停放处已经无人居住，四门大开，人们潮水般呼啦啦涌进来参观这个"西洋镜"。都没见过514型自走式联合收割机，耍猴一般，里三层，外三层，流连逡巡，叽叽喳喳，连日不断。有人竟然攀爬上去，动动这儿，摸摸那儿，幸亏钥匙在戴兆龙兜里，不然那些跃跃欲试的人们就会开着跑出去。戴兆龙提心吊胆，只怕那些人弄坏哪个零件，那可就倒霉了。进口车，不会修，没配件，咋办？心里打鼓，思谋怎么将它藏起来，于是，赶紧在城西孝村寻到一座不住人的大院子，决定把联合收割机转移到那里。可是，门太窄，进不去，找人将围墙扒开一个三米多宽的口子，又临时搭了一个简易车棚，算是暂时安顿了机器。

收割机怎么操作？五月底，西部姑射山脚下，地势较高的贾岗一带，麦子成熟较早，襄汾几个领导的老家就在贾岗，而且都有麦子，试着一说，都愿意使用收割机，戴兆龙从地区请来师傅，割了两家就完全掌握了操作要领。这台收割机可以说是襄汾农机史上的标志性机器，正因为有了它，襄汾县的领导们才觉得全面推广机收小麦有了指望。同当初运城的领导一样，一番运作，襄汾县委、政府召开了一个机收小麦示范表演大会，全县二十一个乡镇的领导、农机站站长和西南片二十六个村委会主任参加，平生第一次见识了这个新生事物的威力。

当时，县委书记李英明的包点村庄在汾城南边不远的定兴村，自然，会议地址就选在那里。公社通知定兴村后，村干部和前来下乡的地委任同志一起开会，说大型收割机要来表演，看看谁的麦子合适。条件是地头要宽敞，能站下一片人，还得有连片的麦子，至少得熟到七八成才是。大家低头不语，不知道谁家的麦子符合这样的条件。再说，眼前这几个村干部，他们自己并不清楚这个收割机的能耐，心里都没底。村支书李超儿难以定夺，商量来，商量去，副支书风格高，一咬牙：干脆，割我的吧，三亩地，不多不少，地块平，400米长，地头是个三岔路口，路不宽，也能站些人。

1990年6月12日，会议召开，与会人员陆续到场，乡镇书记们的吉普车在村东大路上排了一长溜儿。戴兆龙早早把收割机开到地头，问老百姓，谁愿意试试，一亩地20块钱，半天没人应承。县委书记、县长、人大主任、政协主席、纪委书记、副县长、组织部长，到场的都是重要官员，该讲话的讲了，然后是戴兆龙的收割演示。收割机进地，轰隆隆过去，不等尘土散尽，领导和看热闹的群众呼啦啦扑进麦田，在麦秸堆里弓腰刨扒，看有没有抛撒麦粒。一个来回，收完了，装在口袋里的麦子还有些发青，地里的麦茬高高地长着，还是一排排，一溜溜。大家议论纷纷，说割得倒是干净，就是麦茬太高。剩下的麦秸撒在地里，还得拿耙子搂，再想法子弄出去；喂牲口的说不够吃，不喂牲口的说，本来还能拉到纸厂卖点钱，这下，多一半儿都浪费了，还得点火烧。

事隔多年,当初在定兴村演示联合收割机的三亩地没有任何变化

　　表演大会的消息迅速在各级领导中间传播,他们全都动了心思。都是挣工资的人,根本不在乎麦秸的去向,更看不上卖给纸厂的那点钱。于是,从县上各部委领导开始,公社干部带着戴兆龙,在襄汾县一千多平方公里的土地上纵横奔忙,这家收割,吃喝招待,那家收割,招待吃喝。有时,走上三个小时,不熟,又去另一家;路窄,过不去,再去别处;有树,进不去,找斧子,砍。最好的一天,能收一两家,不好的时候,一天全跑了路。戴兆龙和儿子折腾了半个月,等于演练了操作技术。

　　襄汾的麦收季节即将过去,一天,来了三个陌生人,自称来自汾阳,到临汾邀请联合收割机,说是卖给了襄汾,这就一路追寻过来。于是,到汾阳割了十几天,每亩20块钱,大队起个灶,专人做饭,也不用收钱,一家一家挨着过,最后一起结算。这就是戴兆龙的1990年,也是襄汾县第一台联合收割机的1990年。

中国北方，1990年前后是一个至关重要的时间节点。那个阶段，农民购置拖拉机的欲望犹如麦收之后的杂草，一场雨水，疯狂肆虐，毫无约束，铺天盖地。小四轮遍地都是，结婚嫁女要么男方必须具备，要么女方作为陪嫁。1991年，襄汾农机公司的销售额达到1073.8万元，县政府认为农机公司经营有方，专门召开"农机销售突破千万元庆功会"，授予承包人优秀企业家称号，全体职工荣记二等功一次；1995年，公司销售额突破"双千万"，县上再次庆功，全体职工再记二等功一次，奖励一级工资，承包人被授予"新长征突击手"称号，很快又被评为"山西省十大青年企业家"。然而，好景不长，市场一开放，农机公司的垄断地位被打破，一支独大的农机公司陷入困境，难以为继，最后不得不申请破产清算。

而此刻，农机站站长张锁柱公务繁忙，暂时顾不上写新闻稿了，他要把心思更多地倾注到机收小麦的推广上。

1989年6月，襄汾县遭受了一场多年未见的自然灾害，这是千百年来中国百姓最为惧怕的一种灾难。

正是麦子收割的紧张时节，一连几天淫雨霏霏，人们出不了村，进不了地，拉回麦场的麦子无法晾晒，三两天时间，麦垛上的麦穗就发芽爆裂，地里长着的麦子也在空中出了芽儿，一年的收成就这样被雨水彻底糟蹋了。粮站不得不收购这些出了芽的麦子，农民更是不得不吃下这些出了芽的麦子。蒸出的馒头、擀下的面条粘牙稀软，口感极差。这样的雨水多年不遇，实属偶然，可遇上一次，上上下下全都受不了。人人都希望夏收时节快马加鞭，快收快打，可是，镰刀还是镰刀，打麦机还是打麦机，谁能有什么奈何？按照上级号召，使用联合收割机是最好的选择，可农民没钱，买不起，没人用，农机局很无奈，不知道怎么去推广。况且人们对新生事物总是怀有一份警惕，常常挑三拣四。汾阳岭农机服务管理站弄回那台收割机的时候，正是县上领导对上一年的灾难心有余悸、对下一步工作无可奈何的时候。听说汾阳岭农机站买回这么个东西，便急不可耐，等不得农机局出面，直接指挥，召开观摩会，隆重推荐，以便在全县产生影响。可是，即便产生再大的影响，仅这一台收割机也解不了全襄汾的寒气，况且，戴兆龙应付完本地领导的麦子，还要到汾阳一带挣钱去。

麦子出芽，浪泉乡四柱村村委会副主任崔拾命伤心得直掉眼泪。四柱村属原襄陵地界，地处襄汾版图西北角，往西是吕梁山，往北不远就是临汾地界，距著名的龙祠水源不远。这里一马平川，历史上曾为汾河河道，或者就是几千年前的湖泊，地下水位很浅，埋人都不敢挖坑，一挖就出水，自然，庄稼长势一向很好。崔拾命妻子刚刚生下第二个儿子，总让媳妇吃出芽麦，这叫一个大男人情何以堪？他想，难道自己一辈子就这样当农民吗？农民就不能活得更舒服一些吗？后半年，崔拾命职务前的"副"字没了，成了"正"主任，他开始思谋怎么样摆脱困境，解脱自己。1990年5月，眨眼就要开镰割麦了，他的神经高度紧张，决定在全村大量使用割晒机，推广脱粒机，与时间赛跑，只有这样，才能在最短的时间里抢收麦子。可是，正所谓，理想很丰满，现实很骨感。雨倒是没下，火来了。

麦场里一下子冒出那么多脱粒机，负荷太大，村里的变压器承受不住，一开机就断电，电线杆上的变压器呜呜冒火。崔拾命急得抓耳挠腮，召集干部商议，干脆，划片分组，轮流脱粒。接着，找到电业部门，请求马上更换变压器。电业局安排他们到运城临猗变压器厂拉货，那天是6月1日，与村支书开着三轮一路走，来到临猗城北的杨家堡，忽然，路边的情景让崔拾命煞是惊奇，连忙叫唤：停，停，停。

田地里，两台联合收割机正在吞云吐雾，轰轰嘶吼。地头荫凉处，拉平车、开三轮、拿着口袋的农民排成了队。崔拾命过去，问：这是啥？回话说：联合收割机，走过去，直接就变成籽啦。崔拾命站着欣赏，机器过来，口袋接上，装满，绑了口，扔到一边，弄完，拉上，回家晾晒去。嗨，这个不错。问：收一亩地多钱？回话：人家要18块，也有20块的。再问：一天能收多少亩地？回说不知道，我们村也是第一年，你看，就这么快，一眨眼就收一家。崔拾命上了三轮，给支书说：这不错，要不，咱也买个这东西？话虽如此，可他口袋里没钱。邻居是信用社的代办员，他到邻居家游说，宣扬收割机的好处，说是合伙买也成。邻居说，今年买根本来不及，调钱，找机器，赶开回来，就迟了。崔拾命说，那就明年。

1991年刚过春节，还没出正月，崔拾命就提起买收割机的事。邻居说，你们兄弟三个联手贷款不是更好？也是！他们来到信用社，主任听说贷款买收割机，嗨，新生事物呀，支持！两万块，崔拾命从夏县买了50型拖拉机，又从襄汾买了桂林3号收割机，一搭，成了。就此，他成为襄汾县以个人身份购买联合收割机的第一人。

首次出门，一路往南，过南辛店、古城，到达汾城地界。那里位于襄汾县西南方向，靠近吕梁山脉，丘陵旱地不少，比四柱村的麦子成熟早。弟弟开着四轮拖拉机，拉几个大油桶，没油了，直接拉根塑料管子，嘴一吸，就给拖拉机加了油。他们准备的一日三餐是瓶装的健力宝饮料和赖氨

崔拾命年纪大了，儿子们继承了衣钵，他的院子不再停放收割机。朝南的大门几乎常年关闭，只在西墙开了个小门

酸饼干，也拉在四轮上。条件好的地方，可以从村代销店买个罐头吃，晚上没事的时候，才能找饭店过过瘾。那时，一个乡镇只有一个饭店。

汾城收割并不顺利，毕竟，人们还没能接受收割机，谁也不敢吃这第一口梨子。但凡愿意使用的，基本是两类人：在外工作的和村里不务正业者。所谓不务正业，就是不把农活当回事，不想干活，怕受苦，整天在外厮混的人，那时候，统称二流子。这些人花钱割麦，人们讥讽说是钱多的，钱咬的。有的说，麦茬太高，还想喂驴，驴还要吃草哩，况且，好些人家的麦田里已经套种了玉米、花生一类秋庄稼，有的已经寸把高，收割机一进地，要么割死，要么碾死，好端端的一料秋可就糟蹋了。不过，尽管如此，总挡不住那些思想开放的人，听说附近来了这个东西，骑个摩托车叫过去。跟着走十几里路，收了，没有下家，又等，这村收两家，那村收一家。过了一个礼拜，觉得不行，干脆，去运城，永济的栲栳镇。

这个时候，农机管理站站长张锁柱正怀着极其高涨的工作热情学习太谷经验，落实去年县上机收小麦示范表演大会精神，着力狠抓收割机的推广工作。崔拾命到夏县购买拖拉机的时候，他们正开会成立"联合收割机服务总队"，召集全县各农机服务站的收割机举办声势浩大的宣传活动。这个服务总队分十五个小分队，每个分队就是一个农机服务站，主要做两项工作：一是营造声势，二是收割表演。营造声势就是开着宣传车，后边跟着当时仅有的三台收割机和一台大型割晒机，到乡镇所在地游行。宣传车上的喇叭播放着县政府的文件精神，收割机上挂着红底白字的横幅："要想不吃出芽麦，请用联合收割机"，"联合收割机收麦好处多"。张锁柱们给沿途百姓发放五颜六色的宣传单，内容是《关于在全县组织联合收割机收割小麦大会战的意见》《咱县成立了联合收割机服务总队》《今年联合收割机咋收费》《高麦茬是很好的有机肥》。收割表演就是事先同相关村委会签订机收小麦合同，确定一两家进行演示，给农民们树个样板，做个样子。

崔拾命在汾城挣扎着，决定前往永济的时候，张锁柱们在贯穿襄汾县境的两条交通要道上设立了"南征北战"接待站，主要接待太谷王学斌们南下的机车。他们接待的第一批收割机来自文水,共五台机车,全都安排到汾河东部塔儿山下的邓庄村进行作业。

崔拾命从运城回来,正在维护收割机的时候,张锁柱派人找到了崔拾命,拉他入伙,加入"官办麦客"队伍的行列,这是襄汾农机局首次组织跨区收割,他们的目的地是北边的孝义。这样,戴兆龙驾驶的农机站的进口车和崔拾命自己购买的国产车终于汇合,走上了同一条道路。

这一年,襄汾县的联合收割机由上年的十一台忽然增至五十八台,到1995年,又添了二十一台。这样的增长速度张锁柱很不满意,个中缘由,一言难尽:推广手段,旧的观念,农民的钱袋子,等等等等,哪方面都可能是制约发展的重要因素。我们刘村离县城不远,南边一条小溪,是原先汾城、襄陵两个县的界河。过小溪便是陈郭村,也就是1956年停放襄汾县第一台拖拉机的地方。1995年,海科叔来到溪流对岸,看到高高的黄土崖上有个收割机扬起尘土,很是好奇。顺着陡峭的小道蜿蜒而上,来到收割机前,他第一次目睹了这个大家伙的表演,如同崔拾命第一次看见它的感觉。同样路数,酝酿两年,1997年,海科叔终于联络四户人家,买回了他们的第一台收割机。

从王学斌组织队伍到海科叔买回机器,我的村庄比其他地方的购买时间整整晚了十二年。

联合收割机刚刚出现的时候,大家跟在屁股后头表达对联合收割机的不满:一是抛撒的麦粒随处可见,同过去手工收割时代的损失相比,现在太让人心痛了。二是半尺高的麦茬怎么办?好些人还养着黄牛、骡、马,担心收回的麦秸不够牲口下半年的草料。那时,我家和教师建国家合伙饲养着一头老黄牛,是1980年生产队分田时分下的。当时,户多,牲口少,只能两三户合分一头,平时就拴在建国爷爷的牛圈里。周末放学回家,常常和建国爷爷在麦场上铡麦秸,每月还要背半袋子麦麸送过去。海科叔买下收割机后的两年间,大家伙逐渐接受了它,到世纪之交的关节口上就基本普及了,这在一定程度上断绝了牲口的主要草料。机器磨面回收的麦麸越来越少,供养那头老牛也就有些吃力。尤其2006年农业税取消后,人们花钱使用机器耕种不再那么心痛了,而那头老牛只是每年春秋播种季节使用几天,白白养它多半年实在不划算,两家一商量,卖了。从那个时候起,牲口在我们刘村那一带的地面上就越来越少了。

说起接受联合收割机的过程,每个人脸上都泛起事不关己、高高挂起的笑意,全然忘记了当初的抵触情绪,仿佛那就是自然而然、天经地义的事情。犹如人类历史,宏观看,就是一个简单的发展脉络,可具体到某个事件,因为搅扰着各种理直气壮的观念,也就一回回惊天动地,正邪难辨。传统观念的力量很是强大,面对新的机器,百姓自有他的道理,人们总是站在自己的认知基础上看待新的事物。对任何一个人来说,不管你有多高的学识,又何尝不是如此?要想改变一个人的观念,需要活生生的现实让他体验,更需要等待合适的时机。

道可道　非常道

　　跨入新世纪第一年，襄汾县自走式联合收割机保有量增加，外县进入该县的自走式联合收割机也同时增加，农民在选择机型上开始挑剔起来，对机收质量要求越来越高，割晒机和小型背负式联合收割机失去了市场，开始淘汰。是年，全县虽还有六百多台割晒机，但未出动一台，机收大会战进入市场导向阶段。

这是《襄汾县农机志》中记录"南征北战"跨区收割的一段话。这段话让我读出了两个意思：一是明确了一个时间节点。如果从太谷人去运城割麦算起，背负式收割机在华北农村整整活跃了十五年，2001年以后就逐渐成为自走式联合收割机的天下了。二是品出了作者经济理论的浅显和实用主义至上的价值观。此处试图将一种经济现象上升到理论高度，使用了"市场导向"这个词，其实，这也仅仅只是一个词语或一个口号罢了，并非作者对市场本质的大彻大悟。他所理解的"市场导向"仅指生产工具的销售和更替，没有触及生产关系的根本性变革。

麦客的核心价值是经济活动和商业利益，因而，进一步叙述新麦客起始发展的故事就必须对传统政治经济学的一些概念进行再审视、再认识。

马克思发现了人类活动中的生产关系，其实，生产关系是人类活动的自然产物，是不同人群推动社会发展、文明进步过程中，出于生存需要选择的一些行为规则，这些规则促成了人与人之间的复杂关系。人类文明的本质就是如何对待这个关系，是否尊重这个关系。人类应当尊重这一自然属性，进而通过公权、法律等手段为其附加新的关系，例如契约关系，这样才能拥有健康和谐、充满生机的发展动力。新的附加关系往往具有鲜明的时代色彩，能否成为整个人类发展的普世价值，就要看它是否尊重自然规律，能否引导经济关系走上客观发展的道路。

王学斌带着队伍一路南下，虽阻碍重重，最终也都一一解决了。

崔拾命无奈之下来到运城，万万没能想到会遭逢不测：轴承冒火，把输送槽给点着了。那几年，许多人看拖拉机挣钱，纷纷下手，可又没有好的驾驶技术，翻车、剐蹭，各种问题层出不穷，机车维护修理成了大难题，农机局组织过各类培训班还是没能解决根本问题。其实，所有这些，都需要司机们在实践中增长见识。比如驾驶，当时，刚刚改革开放，学车还没现在这么严格，好些人就是仅靠别人指点，自己摸索，就突突突地开了起来，崔拾命就属于这样的角色。现在，崔拾命上了年纪，偶尔陪儿子到附近村子收割玉米，一般不再出门了。他的身体大不如前，有时喘得厉害，但说话清脆，思路清晰，对过去的许多事情仍然记忆犹新。

哎，说起收割机的事，真能写一本书！买的时候，轴承就是斜的，加上自己不知道保养，干了几天活儿，里面的黄油没了，机件之间相互摩擦，拖拉机憋得熄了火，最后发热，着火了。正好来到万荣县境内，那里有个农机修造厂，专门制造割晒机。一路打听过去，对方问，哪里的？说是襄汾的。

襄汾的不修。

为啥？

接待的人一脸鄙夷：襄汾农机公司原来在我们这儿订了货，桂林人拉上他们看世界，他们就订了桂林人的。我们现在不给襄汾人修。

崔拾命找见厂长，说，他们是他们，我是我，我是一个农民，不是他们的人，我又不知道你们谈生意，况且，又不叫你们白修，给你钱哩！

厂长动了心，接待的人说，头儿，今天放假，不知道有没有工人。崔拾命赶紧说好话，承诺定当感谢。最后，修好车后，他给师傅们免费割了十几亩地。

崔拾命单打独斗，误打误撞，吃了不少苦头，他最渴望的就是机车能正常运行，有活干，省心些，省事些。所以，当张锁柱邀他加入官办麦客大军的时候，他心里一阵激动，仿佛失散多年的党员终于找到了自己的新组织。

张锁柱第一次组织，崔拾命第一次参与，每个人都投入极大的热情。毕竟，那一时期，中国人面对市场如同一个咿呀学语、蹒跚学步的孩童，需要有一只强有力的大手搀扶支撑。王学斌扶了太谷的农机户，五年后，张锁柱和他的同仁们开始去扶襄汾的崔拾命们。

太谷到运城700里，纬度的差异让王学斌成功实施了"南征北战"。张锁柱认为这是农机部门的职责所在，更是展示部门形象、实现个人价值的绝佳机会。可是，要走太谷"南征"的路子，似乎有些不得要领，因为，襄汾到运城没有多远距离，麦子成熟时间相差无几，"南征"运城并不现实。他考察过陕西的潼关、大荔，那里也仅仅同晋南相差一周时间。而北部的晋中、吕梁地区要比临汾晚十多天，所以，只有"北战"才是明智的选择。

1995年，山西省政府高度重视，以官办方式主抓"南征北战"，原本有些民间色彩的跨区收割正式升格为政府行为，这对张锁柱们无疑是个极大鼓舞。他们不甘心五年来的小打小闹，如此这般，故步自封，如何进步，如何创新？6月28日，汾阳收割结束，几个人驱车北上，过神池，越五寨，走偏关，跨黄河，一路来到内蒙古的准格尔旗、托克托、呼和浩特、土默特左旗、土默特右旗，他们发现了新的"大陆"。那里的小麦比晋中成熟晚半个多月，这又可以给跨区收割提供足足一个月的机会。

这个时候，全国各地的农机部门都在学习山西经验，尝试"南征北战"。1996年，襄汾收割机突破一百台，全山西也已经拥有三千二百多台，而全国收割机保有量达到了九万六千三百七十八台，各地组织的跨区收割

2019年，河南汝阳。路边悬挂的宣传标语

队伍南来北往，你方唱罢我登场。同年4月，面对各地燃起的麦收战火，农业部终于坐不住了，赶紧连同公安部、交通部、国家计委、中石油一起决定，在北方麦区大范围组织收割机跨区收获小麦大会战，甚至农业部副部长亲自出马，在河南临颖搞了一个会战开机仪式。

战火燃遍半个中国。收割机你来我往，似乎像个无头苍蝇，漫无目的，狼奔豕突，农机、交通部门觉得有必要进行规范管理，于是，五部委通知，在主要交通路段或路口设置工作站，戴兆龙就被抽调到临汾市农机局，参加工作站的工作。他们的站点设置在霍县城北，那里是晋中车辆南下临汾地区的咽喉。摆几张桌子，路两边插一片彩旗，来往收割机均需在此下马报到，等候安排调遣，同时查验是否持有全国统一签发的"联合收割机跨区作业证"，如没有，处以罚款，交钱补发。

张锁柱的胃口越来越大。仅仅北征，即使突围到内蒙古尚不能让他了却心思。太谷早几年就在河南、河北开辟了"根据地"，既然往外省突破，那就应当考虑南边的河南、湖北。这年5月初,他们一路南下。河南是中国的大粮仓,小麦种植面积大,土地平坦,很多地方都在盼望收割机的到来。一回来,张锁柱就忙着征求农机户意见,说已经联系好河南临颍,问愿不愿意去试试。听说要去河南,农机户普遍表现出极大热情,一统计,一百多台机车都要参加。这么大的规模,张锁柱怕出事,决定验车,只有合乎出征标准的才能参加。那些有问题的机主着了急,赶紧检修,更换零件,购置配套设备,生怕错失这次机会。

南下河南大获成功,北征内蒙古也取得了经验(晋中结束后,将机器统一存放在太原一个大型停车场里,一个月后,接着北去),张锁柱就越发大胆了。1997年,他索性把事情搞得更大,竟要举办一个大型出征仪式。一百二十八台机车统一办理"跨区作业证",每个机车都悬挂"山西襄汾"标志旗,按不同型号编成十二个小分队,设正副队长各一人,再安排技术员、安全员各一人。5月20日,所有机车聚集在县城最大的十字路口,彩旗飘扬,锣鼓喧天,县四大班子和地区农机局领导亲临,县长发布跨省会战动员令:今天,县委、县政府为襄汾县参加全国机收大会战的联合收割机举行隆重的送行仪式,是史无前例的,标志着襄汾县农业机械化发展到一个新阶段,标志着我县农业机械化提高到了一个新水平。

这样的讲话,这样的表述,想必当年的县长一定理直气壮,慷慨激昂。

炮声震天,收割机队伍瞬间轰鸣起来,机件碰撞摩擦,刺耳的尖啸,混乱的震动,半个襄汾城震耳欲聋。一样的旗帜,一样的穿着,十里长队,风雷激荡。前导车,守尾车,对讲机呜哩哇啦通报着行进情况。走闻喜、垣曲,翻王屋山,过济源,一会儿,这个车停了,一会儿那个车坏了,拉零件的工具车赶紧调过去,修理,修半天,这个能走了,那个又不行了。张锁柱们一商量,决定在济源暂停前进,统一休整,任何人、任何车均不得随意行动。到了下半夜,后边的车子跟了上来,所有机车统一轮换司机,出发。到了洛阳,计划进北门,出南门,横穿市区。这样一支吼声震天、摇摇晃晃、与众不同、连绵不断的队伍忽然插进洛阳心脏,成何体统!忍无可忍的交通警察拦住了他们的去路。这下热闹了，后边的机车不知道发生了什么事，生怕在这个陌生的城市里迷路掉队，一个个紧跟着，你的割台咬着我的屁股，我的割台顶着他的后轮胎，眨眼工夫就将洛阳主干道堵了个水泄不通。行人、自行车在空隙里扭动穿梭，来往车辆挤成一堆，喇叭嘶鸣，骂声连天。张锁柱们与交警交涉，一百多辆车，走，走不成，调头，调不了，进不得，退不得，咋办？交警用步话机联系领导，交警队长、公安局长呼呼啦啦到了场，冲着张锁柱质问：你们没人提前联系，就进了城？张锁柱赶紧赔好话，说，这不就是个失误吗！你不要再说了，赶快放行吧，看都堵成啥了。思来想去，也只能如此，于是，通知前方所有路口、岗楼，红灯改绿灯，赶快放行。

快到临颖，路边的农民呼啦一下拦住了去路，要求留下几个，不留不能走。没办法，只好征求对方农机局意见留下几台，其余照常进入临颖县城。县城不大，道路狭窄，瞬间又堵了个结实。四邻八乡的农民纷纷赶来，等不得农机局统一调配，呼哩哗啦爬上收割机，"据为己有"，一时之间，农民们都在传递同样的信息：我占住了，你快占呀！一个没能占住的男人气急败坏，手段奇绝，拿了车上的扳手说：你要不跟我走，立马卸了你的轮胎。

这个时候的张锁柱，因为昼夜兼程，不曾休息，神经高度紧张，忽然头晕脑涨，天旋地转，瘫倒在地。大家赶紧将张锁柱搀扶起来，送进屋去，同伴不知从哪里弄来一杯红糖水，说让补充一些糖分。一向要强的张锁柱连自己也顾不了，哪里还有精力去操收割机的心？天塌下来，也跟他没有什么关系了。第二天一早，临颖的领导拿着一张纸告诉张锁柱：都按这个方案安排好了，车号、车长、村长都对号入座了。

现在来看，农机部门组织的跨区收割等于将一切基础事务都替农机户代办妥帖，他们只需干活收钱即可，这就像初学游泳的孩子在身上套了个救生圈。如此这般固然安全，可并不自由，那根本不叫游泳，只能等于救急、保命！官办麦客队伍运作几年，农民们由接受变为欢迎，市场之门訇

收割机放粮的时候才是农民们最激动的时刻。触摸一粒粒麦子,难以抑制内心的喜悦

然洞开，可市场这个"洪水猛兽"天然产生的需求给收割机带来的冲击，让人始料未及，茫然无措。直到今日，他们依然觉得不可理喻，想不明白。

去吕梁汾阳，张锁柱们带了服务车、摩托车和五个技术人员，一过灵石县，路边就聚集了很多农民，不断冲他们招手，那时，他们尚未意识到即将掉进"人民战争的汪洋大海"。走着走着，队伍遭到农民的"骚扰"和"截击"，如果不停车，马上就有石头砸过来，砸得收割机当当乱响。队伍乱了套，被切割成几截。一旦"截击"成功，为首的头领就成为"穴头"，他会安排你给这家割，给那家收，七大姑八大姨，几十亩地都得免费，贴油不说，其他每亩还要抽你几块钱的介绍费。这个时候，机主就十分想念大部队，因为大部队与目的地签订了收割协议，每亩多少钱，抽多少手续费都已协商妥当。在河南，每亩40块，抽5块手续费，当地农机局分配你去哪个村，由哪个人带领，包吃，包住，保安全。孝义、汾阳也是如此，可半道"被俘"，这些基本条款就难以保证了。张锁柱们很是尴尬，不能保证队伍的数量就意味着违约，往后的"北征"还怎么开展？于是，找公安局报案。汾阳公安及时出动，逮住几个胆大妄为的"匪首"，解救了被劫持的收割机。可孝义公安不行，"心慈手软"，"匪徒"截住收割机不让走，他们竟然束手无策，推诿扯皮。2000年前后，一个车队二百多辆车，能拖十几里长，顾了头，顾不了尾，农民们的"伏击战"打得张锁柱们焦头烂额，晕头转向。崔拾命被"俘虏"过一次。他是村委主任，又是队伍的小队长，胆子大，有经验，到了"匪巢"，面对"威逼利诱"，坚持原则，"宁死不屈"，先谈条件，凡照顾亲朋，最多免费三到四亩，答应，进村入地，不答应，咱就耗着，你能咋？能把收割机吃了？有的人不行，不善于应对突发事件，不善于谈判协调，最后，加不上油，挣不上钱，还差点挨了打。

按照张锁柱们的表述，"二道贩子"频频出手，车匪路霸趁机捣乱，机车与用户的纠纷屡有发生，机收会战秩序遭到干扰。可是，这只是他们对外出征战时的描述，须知，在襄汾本地麦收时节，当地农民同样也变成了"二道贩子""车匪路霸"，不过他们的表述变换了角度：农机局虽在交通沿线增设接待站，但仍不能满足农民的需求，各村干部群众求机心切，直接上路拦截机车，有的还远到曲沃县、侯马市、新绛县境内拦截机车……

春风一来，百花争艳，如果你只让蜜蜂单采某一种花蜜，岂不乱了阵脚？

作为被"伏击"的对象，张锁柱、崔拾命们回忆当年激进的农民"阻击战"依然耿耿于怀，骂骂咧咧。按照崔拾命的总结，这叫挣好人的钱，受坏人的气。其实，仔细想来，这正是市场对垄断的抗议与斗争，是新型生产关系对权力垄断发出的呼唤和怒吼。

以王学斌、张锁柱为代表的官办机收队伍在中国联合收割机推广、普及阶段起了不可估量的引导、示范作用，尤其对农机户先扶一把、帮助他们走进市场功不可没。可是，这其中的道理，我们应该理性分析。农机局的组织无形中使国家机关成为收割机与农民之间的"牙行""捎客"，王学斌、张锁柱们成了官办代理人。他们与某个地方签订协约，召集农机户统一前往，顺便给收割机提供各种服务，收取一定的成本和服务费。为防止农机户违反他们制定的纪律或规则，每台机器要事先交上300块押金，完成合同签订的任务才给退还。为了维护他们设想的稳定、有序的收割秩序，张锁柱们绞尽脑汁，从理论到实践付出了极大艰辛。事实上，假若管理成本越来越大，那么，就应当考虑这种管理的合理性了。他们精心设计的管理模式和流程显然阻挡了广大农民与收割机之间的直接交易，这让其他没能签订协议的小麦种植户很是恼火，毕竟，与农机局签订协议的村庄只局限于某个行政区域。"南征北战"队伍两点一线的征战方式忽视了其他地区的机收需求，那些"伏击"成功的"匪首"们都是具有一定号召力的农民，甚至也是村干部，他们也希望自己担任当地的代理人，而广大农村又确实需要这样的"捎客"，凭什么只能由你们农机局来组织？原始生产关系的建立是人与人之间普遍存在的一种形态，是一种约定俗成的普世价值，我们理当将这种价值还给普通庄户，还给普通农民。可是，到手的利益岂能轻易松手？农机局靠国家公权力垄断跨区收割的代理权，再加上平时销售、监理、路查、检验、保险、培训等等多种管理措施，使其一度成为当时最为吃香的工作单位，工资福利令人羡慕。

客观说，农民争抢收割机很大程度上源自当时巨大的麦收市场与收割机严重不足之间的矛盾。1994年，崔拾命在汾城收割挣了三万三千块钱，高兴之余在村里为老乡们放了一场电影。大家伙听说演电影的原因是收割机挣了钱，家家户户蠢蠢欲动，1995年买了八台，1996年二十四台，到2000年左右的高峰期，四柱这个小小的村庄联合收割机竟达四十六台。麦收季节，村里一二百个男劳力全都出动参加南征北战，四柱成了"女人村"，雇人成了最难的事情。雇一个收钱的，起初工资一天30块，后来变成300块，没办法，女人们披挂上了阵。1998年，襄汾县联合收割机保有量为七百八十六台，成为历年来最多的年份，即使这样，二十四小时白加黑，连轴转，依然难以满足农民的需要。农民依然着急，依然拦车，这就不能不让人怀疑上述矛盾说法的准确性了。

崔拾命们完成农机局合同后，往往都由当地村长负责雇一辆平板卡车，将收割机装上去，送回老家。河南回来时最为紧迫，因为要赶着收自家的麦子，汽车运输是最保险的方法，否则，自驾回程，半道被截，后果不堪设想。可是，事情往往就在这不经意的意外里起了变化。问题要从几个方面去考虑，反过来，折过去，一颠一倒，思路大开。那些自己作主、非要自驾的收割机几乎"全军覆没"，堪称自投罗网，被沿途百姓一台台领进一条条陌生的或宽或窄的道路。机主们发现，那些百姓并不都是凶神恶煞，更不都是土匪地痞，他们一个个和蔼可亲，热情周到，他们劫道的原因仅仅是怕误了时辰，耽误麦收。官办队伍的解散给他们带来了福星，化解了心中的急躁，一度高度紧张的神经、无奈与无助的苦楚得到了解脱。

崔拾命也很无奈：你不跟着人家（农机局）不行，活儿是人家安排的，你非得干，跟人家就得跟到底。人家抽你的钱，没算账，你能随便走？前一段受人管制，后一段自由自在。所谓前一段、后一段的说法，就是队伍

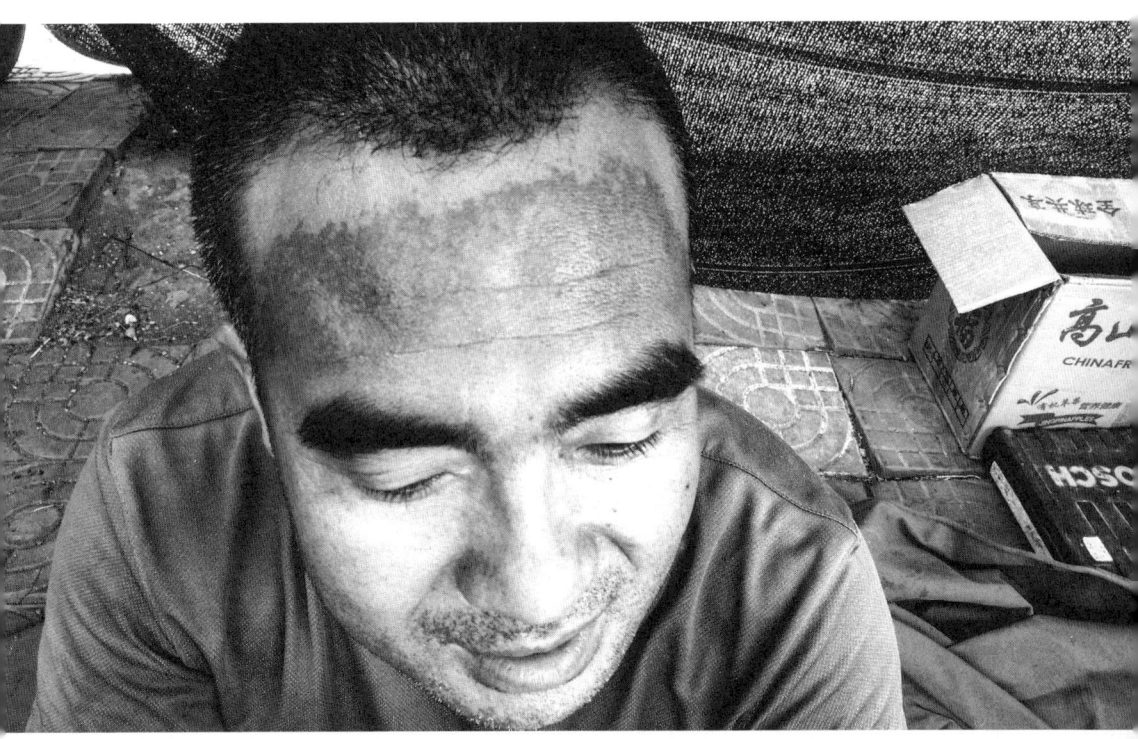

收割者整天在阳光下暴晒，脖子、前胸、额头，但凡暴露之处都晒得乌黑

解散前和解散后，也可以理解为2005年前后。后一段，收割机们适应了市场，已经敢于摆脱农机局的队伍自行出征了。前一段的约束，许多人都深有感触，后一段"被俘"的经历也让许多人领教了什么叫自由。

看来，将最原始、最自然的生产关系还给农民、还给市场是联合收割机发展的客观要求，官办机收窠臼的突破是个迟早的事情。市场有其法则，凡是违背自然规律的操作，大自然终将冲破束缚，回归本源。

1997年海科叔与人合伙购买收割机，并参加了当年襄汾县声势浩大的"南征北战"，几年下来积累了很多经验。离开临颍，往西走，在平顶山附近，他们发现了新大陆。南阳一带山区较多，属于干旱地区，土地是红色的胶泥地，只要有水就会板结，所以，人们一般不浇地，全都靠天吃饭，麦子总是沿着山丘从上到下依次成熟。由此，海科叔将这一带作为每年必到的重点区域。2009年，带着大儿子高峰从驻马店回撤，割完南阳，一路往北，平顶山、宝丰、郏县、汝州，麦子越来越少，好些田地里已经种下了玉米。

他们紧踩油门，快马加鞭，沿着238省道一路北进。正走着，一辆摩托追赶上来，拦住了去路。拦路的是个标致青年，说他们那边有几百亩麦子等着收割。峰和父亲哪里肯信？一路走来，除了零零散散的一些收割机在割麦，哪里还有大片的麦子？年青人发誓说是真的，海科叔估摸，是年青人自己有一点儿麦子未收，一时找不到收割机，故意谎骗他们。峰说，要没有那么多麦子，咋办？年青人脸色一变，掏出300块钱塞到峰手里：这是押金，要是骗你，这钱就是你的。

这个年青人就是前文已经提到的联络人红强。

调过头，跟红强一路赶到内埠，果然大片的麦子还在地里摇头晃脑，得意洋洋。那一年，父子俩逮了个大头，狠赚了一笔。不打不成交，峰与红强成了朋友。作为经纪人，红强将他们父子安置在自己家里，后来，因为要到内埠经商，红强又将他们介绍到大安姐姐家中。就此，汝阳县大安、内埠一带成为海科叔的根据地。从第二年开始，每年5月20日准时出发，父子俩带着刘村的几台收割机，直奔汝阳，驻扎下来，成为常客。

　　类似的故事很多，几乎每台收割机都相继建立起自己的"根据地"，由南到北，由河南到内蒙古。在中国北方农村，这样的根据地不计其数。收割机成为候鸟，千万里奔波，年年如此，一来一往。如今，嘶吼奔忙在中国大地上的收割机已经多达二百二十三万多台，如果在全国五十六万多个村庄进行平均分配，一个村庄至少可以分到四台机车。假如从南到北的水稻、麦子在同一个时间成熟，这些平均分配的收割机同时工作，那么最多一个星期就可以将中国大地上的庄稼全都剃干收净。

　　回想三十年前，这样的推算根本不敢想象。可是，冷静细想，从民间性质的奔忙到政府大规模组织，再到2005年左右相关部门悄没声息地退出这个一度烈焰蒸腾的大会战，不难看出，市场多么奇妙！

我有诉求

  大安的夜由布谷鸟占据。
  累了一天，我们回到驻地，在院子里的水管下胡乱洗把脸，不用招呼，各自出门，走着走着就都相跟在了一起。在牛肉面馆美美吃了，临走，峰买了一箱啤酒。
  院子的女主人就是红强的姐姐，来了好几天，都没能见到她和她家人的影子。其实，见不见人一点都不重要，主人相信峰，峰更不会亏待主人。所以，每年到来之前，先打个电话，对方人不在，准会把钥匙留下。钥匙放在大门外面南侧砖墙上的小洞里，干活回来，自己取，自己开。
  光着上半身的男人们围坐在啤酒箱周边，从一边的杂物堆里拉出一台积满灰尘的立式电扇，接通电源，没动静，小斌和林峰拿改锥鼓捣半天，转了，起初很慢，有些失望，后来竟然越来越快，发出嗡嗡嘤嘤的声响，里面的尘土胡乱飞舞。把啤酒的两个瓶口对着，用力一撬，砰的一声，开了，每人一瓶，喝起来，胡乱说话，闲聊，抬杠，脸红脖子粗，几乎要翻脸，眨眼又哈哈大笑。两代人之间的碰撞很少，但偶尔也会发生，比如林峰和老丈人，本来二人毫无瓜葛，言语很少，可年轻人禁不住要拿老家伙开涮。出门吃饭，老丈人依然光着膀子，T恤搭在肩膀上，林峰说，一点儿都不文明。饭店里，大家围着桌子等待上菜，老丈人抓一把筷子哗哗地敲打，林峰又说，给大家发了！敲得像个要饭的。我想，这就是代沟，就是年轻人与老一代各自的讲究。老丈人笑看人生，叹口气，过去了。
  一瓶啤酒下肚，血充脑瓜，激情四溢。不知谁说起地头收钱的事，姑父决绝地说，想多收一分钱，难上难！峰说，想多收，就说他亩数多，他又不知道你有没有量过。姑父不让，说那也是一星半点，到时候，双方都没有零钱，你咋办？你占不了人家的便宜。峰瞪了眼睛：能！姑父屁股一扭，气得站了起来：你多要5块，难上难。峰不让：很容易，我这么多年，收了多少钱？这几年车多了，有吃八两的，有吃一斤的，松了紧，紧了松，刘村的车，我哪个不清楚？有猫没猫，画个老虎。姑父的脸悬在阴影里，一摊手：拉倒吧，你说三亩，他说二亩八，各自心知肚明，你算！峰撇了嘴，大家都不说话。

姑父换了话题：2012年，运气好，一亩地五六十块钱，一天干100多亩，挣5800块钱。不成想，就几天，运气背了，先是车掉到沟里，后来，车又着火了，气的，能把你气死！崭新的收割机，漏油。开着开着，连线了，车温高，一打火，着了！哎，从许昌往回走，车供不上油，连一个小坡都上不去。拔下油管，有油！插上后，又不行了。半道上被人截住车，不给割就不放你走。钱都送上门了呀！没有办法，车坏了。不信！非让你进地试试。试试就试试，一试，真不行，这才让走了。到了汝州，碰见小斌，小斌一看，把车上的大锤一取，好了！狗日的，油箱下面是塑料油管，大锤正好压住了。嗨——手重重地拍在大腿上，无尽的懊悔和恼怒。真是……以前，车和技术都有问题。在南阳，车坏了。那一回，可把我摆置好了！修车的来了，说是增压泵不行，卸下来，一看，一洗，一涮，好了，人一走，又不行了。我说，把你们最好的校泵师傅叫来，要多少钱都成，我还就不信这个邪！来了，天也黑了，两天没干成活。那时候，车真有问题。回去，一坡地没割完，哗啦，轮子掉了！伤心死了，心一横，卖！不干了，再也不干了。

姑父仰着头，直勾勾地盯着峰，半天没人说话。

那时候，技术不行，收着收着，哗啦，石头刨进去了，按说，一般进不去，也没有那么大的石头。哗啦啦，进去了，全卸下，修一个晚上，第二天还得干活。白天黑夜连轴转，就是瞌睡，干着干着就迷糊了，东西南北不知道了。早起，第一家，说齐哪儿开始，到哪到哪。哦，好，点一下头，进地，哗，收错了。

说完话，小斌点了一支蚊香。姑父问：你干啥？

小斌说：烧香么。蚊子，蚊子，我总要把你熏得……

姑父说：你不要没把蚊子熏死，把人熏得中毒了，明早还得抢救。

峰说：那几年，经验太少，刘村的车经常出事。小斌的车，走着走着，路塌了，用装载机拉起来，花了1000块。我自己的车碰到树上，花了八九千。这些都是因为没有经验，技术差，方向一打死，重心就偏。收割机干活，主要用离合控制，到地头，要用离合和刹车，一松油门，就会漏籽，还会灭火。

小斌说：那几年，不需要粉碎秸秆，人都嫌麦茬高，拿火烧。这儿点，那儿点，满天黑云。我们四五个车，刚收完，那边就点了，风一刮，铺天盖地都是火。幸亏我们走到一个房子后头，那里长的是绿麦，不然，一个都跑不出来。黑烟彻天彻地，啥都看不见。那时候，把式也不行，好多车碰电杆，碰墙。我倒了几十米，咚，直接就碰到电杆上，动力线，人家正浇地，倒了，赔了500块钱，给人家买电杆，修电线。

建华开车，地边上拿镰割下的麦想放到割台里，进不去，一抓，哗，手切了，就连个皮儿。连夜送到白马寺，在那里花了7000块，回来又给了3000块，那年挣的全赔了。

聊闲话，讲听来的故事，你一句他一句，没心没肺，却又兴味盎然，津津乐道。

峰、小斌、姑夫，他们谈论的司机们的问题，崔拾命也一样遇到了。

抽一口烟，咚咚喝两口茶，举起手，摇摇，不知是摇自己还是摇收割机。

现在的收割机还算人模人样，不大修。那个时候，我新买的收割机，还没有开回来，轮子就跑了。没有驾驶楼，半夜里下雨，卷起铺盖，开上车就跑，后来，拿铁棍儿焊个架子，搭个塑料布。开小链轨①的更惨，人得

---

①小链轨：人们对小型履带式收割机的俗称，也称蹦蹦，适宜水地或山地作业。

戴口罩，黑眉乌眼的。就因为开这，我弟弟身上起了疙瘩，天黑了发痒，痒得抓不下。1997年左右，有了驾驶室，可麦秸和土一会儿就把挡风玻璃糊住了，一会儿就得用雨刮器扫，不然，糊得啥也看不见。

每个人都能意识到最初的问题：技术，质量，这是中国收割机起步阶段无法逾越的坎儿，更是任何一种生产工具诞生之初都必须经受的考验。

在中国，农民文化程度普遍不高，高中毕业生屈指可数。改革开放初期，对于机械，仅仅局限于简单的驾驶操作，对他们来说，拖拉机、收割机就和当初的镰刀一样，仅仅是一个劳作、挣钱的工具。他们从来不曾想过，再简单的工具对使用者也有相应的要求，镰刀使用不当也会伤及肉体，机器使用不当更会危及性命。几十年的计划经济，一切都是政府说了算，农民自然将企业等同于政府。他们相信政府，也就信任企业。他们对机器的制造者充满敬畏，如同相信锻造镰刀、斧头的铁匠。农民购买镰刀，还要用拇指试试刀刃，可购买生疏的机器往往两眼一抹黑。当初，马云龙买第一台拖拉机的时候，反复挑选，甚至开出老远又返回更换，这样的行家能有几个？崔拾命、小斌姑父等等大批渴望快速致富的忍受者、埋怨者层出不穷，每一个人都有自己的心酸血泪史。他们有诉求，有渴望，更有说不尽的无奈。小斌姑父属于一种类型，他更多的是自责，怨恨自己的运气，恼怒苍天的不公。可反过来，生产力也有自己的客观要求，一旦得不到必要的回应，就会用自己的方法解决问题，随意改装、技术太差都会让驾驶员陷入困境，粗制滥造、服务不周同样会给制造者、经销商带来难以想象的麻烦。小斌姑父有他的方式，崔拾命有他的方式，峰也有自己的处理办法。在世界不为人知的某个角落，或许也还潜藏着其他别样的问题。

1991年，张锁柱们努力宣传联合收割机的好处，并且成功组织了第一次"北征战役"，这对农机干部是个很大的鼓舞，他们看到了市场的广阔，体会到了农民要求致富的急迫心情，于是，在农机购销方面也就更加大胆随心。这一年，襄汾农机推广站进回一批机器，其中包括山东泰安25马力拖拉机和桂林2号背负式收割机。一般来说，50马力拖拉机与桂林收割机配

新麦客的夜生活基本是数钱（在没有微信支付的时代）、聊天、喝酒、睡觉、看手机

套最好，泰安25马力主要适用于小型收割机。可是，限于资金问题，好些机主只能屈就，用25马力机车与桂林收割机配套使用，加入了出征晋中的队伍。一路上，桂林派来的技术员不断征询意见，对筛子运动过慢、漏籽严重等问题做了一些改装处理。去年，推广站站长乔凤鸣就用这套机器给自己收割，地里掉了一层麦子，还得拿笤帚慢慢去扫，在村里闹了个大笑话。这说明泰安25马力拖拉机与桂林收割机并不相配。作为技术员，本应提醒销售公司和使用者，可是，胜利冲昏了头脑！"北征"回来，乔凤鸣还征询张锁柱的看法。张锁柱说，25马力的配置适宜丘陵地带，可以干一些小地块，没有什么大的毛病，价格便宜，客户能接受。乔凤鸣信心大增，1992年春，一下就调回几十台泰安机车，配套桂林2号收割机，当年售出二十六套，没想到，出事了！机器运动过快，二十四小时连续工作，轴承难以承受，筛子破裂，轴承断裂成了普遍问题。技术人员赶紧向厂方汇报，桂林紧急安排，调集大批配件运往山西。

崔拾命起初使用的就是这个型号的收割机，在万荣修理的部件就是这个筛轴。

从四柱村去汾城要经过古城镇。古城是襄汾西部边缘之重镇，历史悠久，辐射宽泛，连乡宁县前山地带的农民们也都沿着山间峡谷到此地经商赶集。镇子中间那条南北向的老街北端是个十字路口，往北是陡坡，下去，一直走，可以通到一条宽阔的河床里，那河再流下去，就是我们刘村。由十字路口往西，顶头，最最西北角住着一户人家，姓吕，1992年，户主还是一个三十六岁的年轻人。这年，听说收割机挣钱，他决定和朋友合伙贷款买车，恰好，农机局进回了那批泰安25马力拖拉机配套桂林2号收割机。一季干下来，年轻人憋着一肚子火气没有地方撒。

古城分南街和北街两个部分。北街一带的麦子全都指望年轻人的收割机来收，地头等了大堆村民，可干不了几个钟头，筛轴就坏了。拆下来，拿上，坐公共汽车去几十里外的临汾农机公司更换。尽管桂林厂家免费换件，包括类似三角带之类一些不在保修范围内的易损零配件也都免费提供，可一走一天，地里的农民就得跟着等一天。一路走，一路伤心。几次过来，他一去，工作人员不等说话就知道他要干啥。一次，碰见个外县客户，也是来更换筛轴的，彼此交流，方知此事并非个别，而是普遍，而且，并不是他们使用不当，而是筛轴太细，只有十几厘米粗，中间卡槽设计不合理，承受不住筛子来回快速摆动的力量。呵，狗日的，原来是胎里带呀！害死老子了。收完这一季，再跟你龟孙子算账！

小伙子名字很有意思，姓吕，名似愚。也真是这样，本人十分精明，真乃大智若愚。高个儿，瞪一双圆滚滚的眼睛，脾气暴躁，疾恶如仇，口齿利落，唾沫飞溅。那天，天阴得厉害，时不时掉下几滴雨水，让人心里有些发慌。

吕似愚原本是南辛店北关人，从小过继给古城北街，可长大后一直与亲弟兄们有来往。收割机从四柱村往南传播，老家南辛店的五弟给哥哥通报，说这个很挣钱，要愿意，就买个车跟着干。那年，兄弟二人都买了同样一套机器，却同样遭遇了更换筛轴的波折。凑合着干完活儿就到了6月底，一个多月来的火气直顶脑门，吕似愚寻思着要算算这笔账。思谋半天，拿定了主意，先到农机公司拿到1992年全襄汾购买这套收割机的人员名单，然后，骑着摩托车，开始寻找另外二十五个机主，北靳、柴寺、贾岗、李果、邓庄、土地殿、河东、河西挨家挨户搞串联，一共三天，不管多远，风尘仆仆。意思只有一个，某日某时，统一将车开到县农机局大院，要求退货，赔偿损失。

真可谓振臂一呼，应者云集。某日某时，二十六台机车果真全都集中到襄汾农机局，除退货，再赔偿2.5万元损失。农机局在县城中心东大街西侧，南邻电影院，西边隔墙就是县政府家属院。院子不大，东西南北都盖满了房，狭窄的院落仅开进几个车就憋满了，其他收割机只能一直排到门外的大街上。局领导一见这阵势，着急无奈，和乔凤鸣商量咋办，乔凤鸣拍着胸脯说：你们都不要管，该干啥干啥去，让他们找我。我是推广站站长，专门处理这个事情。

吕似愚带人进了推广站的办公室，有凳子坐凳子，没凳子坐桌子，累了，椅子上，桌子上，这儿一个，那儿一条，一整天耗着，不答应条件，决不收兵。乔凤鸣说，农业技术推广本身就包含一定风险，你们愿意买，我们愿意服务，我们的服务一分钱不收，一厘钱不挣，你还要咋？带着你们出去，一天到晚，白天黑夜，没睡过一个囫囵觉，不是接你的电话，就是接他的电话，不是开摩托走你这儿，就是走他那儿，你说，我这服务还不好呀。机子是地区农机公司进回来的，你不找他们，找农机推广站，能解决问题？我们推广站又没钱，拿啥赔你们？

吕似愚不管这些，平时，你们农机局大包大揽，什么都管，连车上喷个字都管，这会儿你就不管了？反正，你不给个说法，就耗着你农机局，是你们给我们推广的，你就得负责。

乔凤鸣说：国家"三包"规定，坏了先修，修理不行，就换机器，再不行退货。你这一季，该修的修了，该挣的挣了，这个时候要求退货赔钱，这不是胡来吗？胡来，告到哪儿都赢不了。

吕似愚说：你不嫌烦，那就耗着。

乔凤鸣没办法，由着这伙"蛮怂"在办公室里折腾。吃饭了，乔凤鸣自顾回家，天黑了，按时下班。办公室门开着，任由你们随便进出，随便歇息。

天一黑，农机局大院悄无声息，吕似愚们受到冷落，心里更是有气难消化。哼，你们倒好，放下我们不管不顾，睡得倒香，休想！大院南侧有几间车库，装着灰色的铁皮大门，半夜一两点，吕似愚们拿出车上的木棍子，轮流敲打，咣咣当当的声响震天撼地。其实，铁皮毕竟不是任人敲打的铜锣，它没有经过反复锻打，敲出的声音听着老大，却没有穿透力，这就害苦了门房值班的老汉，说你们别敲了，他们都回家了，害得别人不安宁。吕似愚说，我不管，你伤害我，我就要伤害你。

第二天上班，有人说，你们不能敲，影响别人休息。吕似愚指着收割机质问：知道吗，这就是我们的全部家当，每一个人的全部家当，能不敲吗？你说，你管这事吗？管不管？那人说，不管。吕似愚眼一瞪，不管就没有发言权，少说话！那人又说，我管。吕似愚说，你管，你掏两万五，马上走人。你把车开到汾河里，我都不问你，掏钱！

闹了四天，僵持不下，看着火候到了，乔凤鸣说，你们还是去地区农机公司吧，本来这一季，换配件就是他们负责的，你一直和他们联系，这会儿，除了他们，谁也解决不了，找他们，至少还有人应承你，和你对接，在襄汾，谁能给你个啥？连个对话的人都没有。

冤有头，债有主，算你乔站长有理，行，撤，去地区！一伙人给自己找到了台阶，都不说话，跟着吕似愚就走。吕似愚说啥就是啥，说去哪就跟着去哪，反正，有结果大家都有份儿，没结果，也算是支持小伙子一把，至少还落个人情么。呼哩哗啦，二十六台车又开到了地区农机公司，二十几个人在南边餐厅躺了一溜儿。吕似愚买了一瓶墨汁，找来几个纸箱子，拆了，挂在机车上，上书"打倒伪劣品，消灭坑人车"。地区农机公司位于临汾有名的解放路东端，旁边就是铁路立交桥，那里是路东、路西来往的主要通道，每天过往行人络绎不绝。吕似愚一折腾，马上引来很多路人围观，弄得公司没法正常营业。

公司经理也是襄汾人，亲自出面和吕似愚谈话：老吕。面对三十多岁的吕似愚，经理不知道怎么称呼才好，干脆叫"老吕"以示尊重。咱们都是襄汾老乡，给个面子，把人撤了。我把你车上的轮胎全都给你换成高压胎，以后再买车，我给你个优惠政策。吕似愚腰一挺：我不干，我带着弟兄们来，不是为了我一个人，是为大伙着想。经理说，好娃哩，哪坏，修哪，不问你要一分钱。吕似愚不干，经理叹息，娃，你比爷还爷！

吕似愚说得口干舌燥，倒满茶，自己端了，咚咚两口喝了个干净。

地区农机公司没办法，从襄汾请乔凤鸣前来配合调解工作。从一开始乔凤鸣就十分了解各方面情况，能有什么好办法？哪一头都得罪不起，只能和稀泥。先劝农机公司，再找质量监督局，可想而知，没有任何结果。

无奈之下，地区农机公司只能请桂林厂方来人处理。听说那边的人坐

今天的吕似愚上了岁数，可仍然难掩当年的倔强与强势

飞机来了，住在临汾第一招待所，大家呼啦啦过去，围住了厂方代表。代表也是三十多岁，很年轻，一见这阵势，慌了手脚，满脸是汗，赶紧通知有关人员在农机公司二楼会议室开会，双方交换意见。吕似愚痛诉家史，诉说各位买车的不易，我们都是贷款买车，买下这么个破东西。对方说，你说这个没用，你在百货门市部买了个汗衫，我还管你钱从何处来？吕似愚拿出产品说明书，空中一扬，桌上一拍，你说明书上是一个小时收割4到8亩，每个机手全天不停，抛去加油吃饭，你算算，你的车一天应该收多少亩，我们实际收多少亩，每天修车，耽误我们多少功夫？来，就按说明书，你说，一个小时损失多少，损失率是多少，你的产品达标吗？

话不投机，谈不到一块，桂林人要走，吕似愚追上去，你进这个门，他出那个门，在会议室里外转圈。最后，没办法，就仓库里的那些配件，给他们换换。来到仓库，吕似愚招呼大伙：想拿啥就拿啥，不让拿？不行！没有拆封的箱子，拿根撬棍，咔咔几下，撬开了。保管员怕惹事，只能讨好，师傅，你慢些，小心手，注意安全。

桂林人无奈撤退，给临汾发电报：望贵公司前来我厂面谈，一切费用由我方负责。人跑了！吕似愚觉得受了愚弄，越发起火，堵了农机公司的大门。

襄汾方面一看，事情越弄越大，也不是个办法，赶紧同吕似愚商量，要不，就按你说的，咱打官司。

吕似愚拿出一张信纸给乔凤鸣：乔头，你盖个章，我要把材料寄给最高人民法院。乔凤鸣盖章支持，不久，最高法院回信说，吕似愚同志，你反映的情况如确实属实，请你到当地人民法院起诉。

那就起诉，官司打到什么程度算赢呢？退货，赔偿。可是，你吕似愚能打倒公家吗？打不倒！吕似愚自问自答，唉声叹气。农机局就坡下驴，说，最好是到北京打官司，襄汾这边准备材料。要打，就去北京。

吕似愚觉得有理。

你们先回去，这边准备材料，咱们下个礼拜去北京。

下个礼拜来了，一问，没人说要去北京。

据乔凤鸣回忆，后来，桂林人答应明年春天，5月之前，保证把所有机车大修一遍，然后，每台机子再赔偿1350元。襄汾农机局去拿钱，地区摆了一大堆理由，不想给，去了多次，没有结果，这下轮到乔凤鸣闹事了。他从院子到业务大厅一路吵闹说理，弄得满院子鸡犬不宁。公司领导一看，赶紧拽住乔凤鸣，走，走，走，进去说。拉进去，说，等一会儿，给你拿现金，不够，给你凑凑。

据吕似愚回忆，他没有拿到对方赔偿的1350块钱，给五弟打电话，问当年是不是拿到地区农机公司赔偿的钱，五弟说，不记得。

于是，就有了第二年春天的故事。1993年4月，吕似愚正准备出门，忽听桂林来人到古城农机站免费大修收割机，有几台车已经开过来了。吕似愚顺手操起一根棍子，风一样刮到村东农机站，往院子当中一站，高声叫喊：谁敢修，我打死他个龟孙子！农机员赶紧协调，老吕，有啥慢慢说。

老吕一身匪气，桂林人不敢出来，最后说，啥都给你修好，再多给你一条钢丝绳，一盘链条。

这一年，更换的筛轴变成了三十厘米粗，中间卡口也变成了破口卡，用螺丝拧紧，不需要原来的卡簧了。

吕似愚说，1992年，中国没有《产品质量法》，你的产品，你必须保质保量呀！

没错，联合收割机毕竟是个舶来品，在中国的起步阶段，质量真是一个大问题！反过来，对每一个机主来说，又何尝不是如此，消费者的素质如何适应收割机本身的需求，同样有一个优胜劣汰的过程。

喝一口茶，准备告辞。外面的雨越下越大，已经变成瓢泼大雨，让我一时难以出门。一个多小时的谈话，吕似愚从头到尾沉浸在当年的情绪里，好像刚从现场回来给朋友诉说自己的不幸，眼神，神态，动作，活灵活现，历历在目。好些时候，我的情绪也被他带走，不由自主地生发怜悯、同情和愤懑，甚至时不时对他讲述的生动报以微笑乃至大笑。这个时候，他会瞪着眼，直勾勾地盯着我，保持情绪，暂停说话，一秒，一秒，静静地，一动不动，似乎在思考，又似乎在等待我思考。那一刻，我试图对他的话进行反刍，可又做不到。法，在中国是一个普及率极高却又极其微妙的字眼，国家需要法治，"蛮怂"吕似愚有理没理，也在呼唤法治，这的确是一个让人头痛的问题。

老吕要给我拿把伞，我没有要，坚持让他留步，义无反顾地跨进院子，冲出了大门。外面的田野、树木、沟壑全都被雨幕罩着，朦朦胧胧，混混沌沌。雨水激烈地抽打着树上的叶子，撞击着脚下的土地，噼里啪啦的声响，让人难以分清这些声音各自来自哪里。地面密集绽放的水花，迸溅着，绽裂着，坍塌着。声响，雨雾，连同没过鞋面的流水共同充斥、遮蔽着眼前的世界，汽车上的雨刮器开到最快速度也无法看清前面的路。

辑五

新时代

新营生

吕似愚生着闷气，来回奔波更换筛轴的时候，远在西安的铁路职员侯登科带着相机来到郊外，寻找那些来自甘肃、宁夏的麦客，他决定从这一年开始，追踪拍摄一系列关于麦客的摄影作品。从他后来出版的著作中，我们知道，八百里秦川也是在这一时期出现了联合收割机。1998年6月，侯登科在礼泉通往乾县的国道上看到，一辆辆"赶场"的收割机往北而去。他说，来渭南的麦客越来越少，只有在渭河两岸那些收割机转圜不开的"坡坡台台"上才能找见他们的身影。

麦客们躬身割麦，不远的麦地里就来了收割机，吼叫着，扬起一阵尘土，威力足以超过他们十几个麦客的辛劳。看着这个家伙变戏法般的操作，大家伙心生妒忌，隐痛和侥幸相互交织，危机和希望交替折磨。摩挲着手里的镰刀，无奈地瞅着那个铁家伙，有人说，有什么了不起，麦茬高，收不净，麦草都是短节节，弄完还得烧麦茬。冷静之人反驳，收割机不碾不打，人轻省，都不喂牲口了，你要麦草给人吃呀！想法不同，认识不同，选择就不同。有的麦客不再赶场，开始寻找新的出路，传统一些的人依然出来，继续践行他们千百年的梦想。可是，活儿明显难揽了，内心禁不住涌起阵阵焦虑：走，往高处走，总有收割机干不成的地方。

嘴硬的人继续犟：碰到风刮倒的麦子，叫它试试！

这倒是实话。种麦子的关键是水，尤其灌浆时节、即将成熟的时候，都要浇水，不然，受不了粉，成不饱穗。可要运气差，刚浇完地，来一阵大风，那可就惨了。麦根虽长，可架不住水泡，大风一吹，一片一片倒伏。

联合收割机的割台有一定高度，尽管司机可以控制，可他们一般不会放得太低，以免地里的石头、木棍碰坏割刀，麦茬高就是这样形成的。收割机在中国普及的早中期，要是遇到倒伏的麦子，他们真是爱莫能助，这是司空见惯的事。平时割麦，一人占几行，体力好的，或者经验老道的，要在前面"拉行"，也就是领先一步，割出一条通道，后面的人紧跟着，将自己割下的麦子依次放在"拉行人"的麦堆上，这样，地里的麦堆就会整齐划一，便于随后捆拉。割倒伏的麦子可就另外了。风有时会打旋，麦子横七竖八，没了顺序，没了行，割麦人不是弯腰弓背，而是需要蹲下来，一把一把地捋，就像一个手拙的理发师。也有不讲究的，将镰刀插到麦秆下面，毫无方向地一通抽拉，呼喽一把抱起来，扔到一边，最后的麦堆东一攞，西一摊，很是难看。

"坡坡台台"，甚至那些倒伏了麦子的雇主找来了，心里高兴，可也得沉住气，该摆架子的时候就得摆摆架子，反正这活儿收割机干不了。

收割机啥价，我们就啥价。

雇主不乐意，咋能和收割机比，人家那是啥速度！

麦客们说，那你叫收割机去！

收割机帮麦客抬高了身价，这可是开天辟地的大事儿。金钱买不到尊严，可拥有一定数量的金钱也就成就了尊严。想想过去千百年，看看眼下半山坡，麦客们总算挺直腰杆儿扬眉吐气了，给人割麦终于成了理直气壮的营生！十年前，一亩地七八块钱，这会儿，和收割机一样，四五十块，1998年最高涨到六十块，麦客们的黄金时代到来了。大家普遍认识到，山地，山地就是我们最后的栖身之处。可关中一带山地有数，倒伏的麦子更是偶然有限，抬杠是人类最廉价的语言。马万全们用沉默开拓新的业务，与毛驴、骡马一起，肩扛麦捆，帮雇主送到打麦场去。

随着机器的普及，平畴沃野上的骡、马、驴、牛越来越少，以致渐行渐远。或许，牲口存在的价值就在于被人役使，一旦失去这点价值，它们连最起码的影子也都消失得无踪无影，仿佛压根就不曾存在过。可是，麦客，他们是活生生的人，一辈辈千里跋涉，辛苦付出，尽管不愿意被人当作"牲口"，可又无法摆脱牲口的命运，劳累，困倦，漠视，嘲讽，欺骗，讹诈，呵斥，殴打，血与泪，生与死，跌跌撞撞走到今天，却又像牲口一样被收割机逼上绝路，他们心有不甘。一些胆大的，出过远门、具有丰富阅历的人，突破常规，顺着华山边缘一路往东，越过潼关，来到河南灵宝、三门峡以南的山区，那里地狭坡高，金矿多，人有钱，出手大方，最先前去闯荡的人大赚了一笔，这在羊槽麦客中引起不小的轰动。由此，羊槽麦客认准了河南，一到赶场时节便直接越过关中，径奔洛阳南山。

他们最后一次赶场是2002年。

新乡、郑州、许昌、漯河、驻马店一线大体是个分界线。起初，并不明显，互有交叉，后来，渐渐明晰起来：河北收割机一般在此线以东，以西则是山西、陕西收割机的活动区域。晋南的收割机普遍从三门峡过黄河，一路渑池、义马、新安到洛阳，再往南，直达南阳。可以想象，当年的羊槽麦客，马万全、马五七、马保成们背着行囊，手持镰刀在高高的山地上赶场的时候，他们看到的一台台收割机或许就是来自山西、河北、陕西或者河南本地的机器。

最后的较量来得很快，也就三两年时间。

中国收割机发展很快，跨进21世纪，联合收割机的种类和性能大为改观，马力增大，平衡系统升级，收割机一蹦一跳，跃上了那些"坡坡台台"。

张锁柱、崔拾命、吕似愚以及我的海科叔们或许没能看到那些弓身淌汗的传统麦客，可羊槽的马万全们分明一次次与他们擦肩而过。他们是无数传统麦客中的一粒微尘，是传统麦客走上巅峰时刻的见证者、实践者，更是传统麦客最后的守望者和谢幕人。

传统麦客的消失意味着镰刀割麦时代的终结，同时，也让中国大地曾经传承上千年的另一种生产方式彻底消亡——间种。人常说，早种一天，早收十天。在北方，作为重要秋庄稼的玉米和花生，人们常常要在麦子收

"小链轨"履带式收割机头大脚小,山地作业也有很大风险,进出地块的时候尤其让人心惊肉跳。很多时候,为了看清前方状况,司机需要站着驾驶

割前的半月左右，最后一水前后，拿了专用的播种器，或者直接用铁锨，在一条条麦垄里进行套种。收割机一来，为了避免碾压新苗，这种套种办法就被彻底抛弃了，人们要么头年早早预留土地，单等来年开春直接播种玉米，要么收完麦子，赶紧浇水，趁着墒好，种下最后一茬儿秋。

2019年国庆节，泾源县税务局买俊祥副局长联系好羊槽村村委主任，我们一早上山。

村子狭长，顺山绵延，仿佛是一个很大的庄子。一条道路直直通下去，两边新房鳞次栉比，门楼高大气派。村委大院很宽敞，彩旗猎猎，迎风招展，好像要接受一个重要的检查验收。左手是个巨大的车间，一时不知道它的用途。接待大厅就是村民办事大厅，长长低低的柜台，里面可以坐几个办事人员，外面两张长条木凳子，我们就坐在那凳子上与村长说话。村长三十多岁，没有当过麦客，麦客对他来说既是历史又是传说。说话间，进来一个中年汉子，个子不高，黑秋衣，浅灰西服，皮肤黝黑，一脸笑意。一介绍，说他当过麦客，上过电视，问叫啥，说叫马五七，我有些疑惑，再看，恍然大悟，想起了日本电视片里那个热情好动，最后对着摄像师发脾气的年轻人。那个时候，他有些青涩，嘴唇上留着浓密的胡髭，字幕说他叫马宝林。眼前这个人虽然不再年轻，可他灵动明亮的眼睛似曾相识，依然蕴含着热情和聪慧。说起不当麦客以后的生活，他们你一言我一语，让我大体对羊槽近二十年的变化有了一些了解。

80年代中期，也就是山西太谷王学斌着手实施"南征北战"的时候，宁夏西海固地区进行农业建设规划，把银川南郊一片芦草洼划拨给800里外的泾源县，作为移民吊庄①基地，计划对泾源贫困人口实施搬迁脱贫工程。近两年各大电视台热播的连续剧《山海情》，就是以这一事件为背景创作拍

---

① 吊庄：中国西部地区术语，指人们外出垦荒种植的住地。相对村中的家，就是"吊"在外面的村庄。

摄的。那个时候，羊槽村的麦客们有些骚动，去还是不去，他们犹豫不决。1992年，六十三岁的马喜成跟随同村伙伴来到临潼县行者乡，偶遇侯登科。当时，老马年纪大，行动迟缓，无法与其他同伴搭伙，只能一个人收割一亩半麦子。孤独是老人内心深处无法言说的痛，不是因为眼下一个人的劳作，而是两个月前，两个儿子都和他"分家"了。他对侯登科说，"临了，各顾各，没办法，人老儿女嫌。"言语似乎颇有几分心酸。其实，并不是儿子不孝顺，而是一开春，两个儿子就勇敢地选择了吊庄移民。如此这般，羊槽村的麦客开始分化，根据相关资料，到2000年，吊庄搬迁泾源移民6406户，共计31515人，开垦荒地10多万亩，昔日麦客成为雇主，原来的芦草洼成为"新麦客"们光顾的主要产粮区。

参与吊庄移民需要的是胆气，可羊槽村的麦客们并不都是那样的冒险家。好些人不愿忍受移民初始阶段的艰苦，他们选择打工，到砖厂出坯，拉车，在建筑工地绑钢筋，在煤窑下矿推煤车。羊槽人大多不识字，这些不需要文化的行当就是他们打工赚钱的地方。几年努力，终结硕果，2002年，村里陆续有人翻修或者新盖自家的房屋。国家扶贫工程主要是自治区旅游局与羊槽结对子，联合各大旅游景区带来资金，搭建厂房。村委会院子里的大车间就是他们成立的旅游商品专业合作社，村里组织一批留守老人妇女，开发制作沙画、剁绣、串珠、葫芦烫画、编织汽车坐垫等等一系列商品。可是，"赶场"是祖祖辈辈流传下来的传统营生，似乎具有宗教般的神圣，已经融化在羊槽男人的血液里。每到麦收季节，不出去走走，好像缺了些什么。正是这种朴素的坚守，让羊槽麦客成为传统麦客最后的象征，成就了他们化石般的庄严。但是，就马万全个人而言，他做梦也不会想到，2002年的赶场等同于自己的告别演出，也成为他一生中的高光时刻。天生漂亮英武的马万全老实巴交，慈祥，敦厚，诚恳，勤勉，沉默寡言，轻声细语，慢条斯理，随遇而安，一笑，眼睛眯成一条缝儿，从形象到性格，人见人爱。如今，尽管上了年岁，可气质依然。

在西安，刘庆云摄制组跟随他们走进火车编组站，正要跨越一条条铁

羊槽麦客的代表性人物——马万全

道，不想，铁路管理人员毫不客气地将他们赶了出去，这在麦客扒车史上尚属首次。一个个悻悻离开，有些手足无措，不知道怎么办才好。刘庆云前去打探，才知道根源在摄制组身上。铁路警察看见手拿摄像机的人，以为是记者在曝光铁路安全问题，这才一本正经地履行职责。刘庆云赶紧交涉，这才使拍摄得以继续。在河南巩义，他们走进南山，可谁也不曾想到，几句简单随口的对话却引发了一场难堪的翻脸，让刘庆云的纪录片顿生波澜——麦客们拒绝了刘庆云的拍摄。老实巴交的马万全并没有过多抵触，倒是年轻活跃的马五七异常决绝。那天，割完一家，已经累得精疲力竭，他们需要适当的休息，借以恢复体力，可是，天气要变，雇主心急，说了几句难听话，切中了他们的软肋，也深深刺痛了他们的自尊。无奈，羞愤，让这几个堂堂男子汉垂头丧气，情绪低落。面对这一意想不到的情形，他们没有任何抵挡招架的资本，他们需要帮助，尤其需要心灵上的抚慰，可是，摄像机上的镜头直愣愣地冲着他们，似乎是要扒开他们简陋、肮脏的衣服，将他们最后的一点尊严撕扯下来，暴露于光天化日之下，这是委屈，更是耻辱。马五七年轻气盛，无法承受这样赤裸裸的羞辱，转瞬之间，心理防线彻底崩塌：不要拍了！把我们拍得破烂的。马五七回忆说，他们老拍我们的破烂衣服，艰苦的样子，我怕在外国丢人。其实这只是一种托词。人们在无奈凄楚之际，总是习惯用高尚和正义遮掩自己最后一丝伤痛。

尊严，不管身份多么卑贱低下，人人都一样渴望得到。如果你有意忽略，那一定是你对对方有所企求。相反，只要能获得足够的尊严，人就会呈现善良，倾心奉献。

今天，小麦早已不是羊槽人的主要作物，他们最看重的庄稼是玉米。

曾经有一段时间号召退耕还林，城里的干部也都分配任务，必须承包一些土地来栽树，陪我寻访羊槽的买俊祥副局长分到的土地就在羊槽。那时，所有坡坡台台都遍植油松，可是，几年的努力没能产生效益，尤其面对精准扶贫筛选出的157个贫困户，羊槽村的脱贫致富哪能等到油松长大成材？于是，挖了油松，大面积种植玉米。尽管玉米单价比小麦略高一点，

马万全一家的生活条件已经改善，可传统的印记与习俗依然留存

还是卖不了几个钱,主要用它的秸秆。就像当初的麦秸一样,它是饲养肉牛的绝佳饲料,羊槽的贫困户们几乎家家户户都成了肉牛养殖户。2021年年底,固原市农村农业局发布公告,泾源县黄花乡羊槽村已经成为全市首批十个肉牛高标准养殖示范村。村里的种牛来自澳大利亚,每头牛的本钱是18500元,公家补助200元。马万全的牛繁殖了十二头,十头长期散养在村后的山坡上。走进院子,他正趴在一台破旧的手扶拖拉机上啃白馍,黝黑的面孔,黑灰的基调,唯有那个白面馍馍异常耀眼。大声叫他"大名人",他的眼睛笑成了一条缝儿。左手捏着的大蒸馍刚咬了一口,嘴里填得鼓鼓囊囊。右手手套还没有脱下,显然他并没有休息的意思,吃完馍还要接着干活。他将地里翠绿的玉米秆子拉回来,整齐地靠放在东墙上,随后,一粉碎,储存起来,就是肉牛一冬的美食。前后两进院子,前院生产区,刚刚下过一场雨,收回的玉米用塑料布盖着,房屋墙面全都贴着漂亮的瓷砖,宽敞阔大的铝合金门窗颇有一些现代都市气派。后院是生活区,相对简陋,头顶的天空用白色透明塑料板封了个严实,形成一个阔大的厅堂。铡草机、摩托车放在一边,厨房外面整齐地堆放着粗壮的油松,老婆和回娘家帮忙的姑娘正在做饭,一根根柴火塞进铁架上的炉膛,火苗舔着一口大铁锅,周边墙壁熏得乌黑。他家房后就是马保成的院子,不过,需要走出大门,绕过外面的清真寺。

沿着一人高的土崖斜插下去,右手是牛棚,左手是院子,屋子没有翻盖,只是外表略微做了简单装修,屋子正面贴了瓷砖。没有院墙,一丛不大的油松很是茂盛,几棵架豆高高地攀附在木架子上,这就挡住了与马万全家的直接往来。地面没有硬化,毛毛细雨中有些泥泞。油松前面,泥糊的炉子上,熏得乌黑的水壶已经烧开,呼呼冒着蒸汽。马保成腿脚敏捷利落,提起水壶迈着阔大的步子回到高高的屋檐下,不断招呼我们进屋喝水吃饭。东边的围墙倒塌下来,散乱的黄土下埋着一堆粉色的山药蛋。半个院子被长长的塑料布苫着,下面也是玉米穗。一顶白帽,一撇山羊胡,马保成坐在沙发上呼噜呼噜吃饭,很香。两个孙子围着爷爷转圈,讨人喜欢。

牛棚里拴着两头大黄牛，与普通黄牛相比没有什么区别，只是鼻子、脊背上长着一片白毛。旁边一只小牛犊，白头，黑眼圈，像个熊猫。

马喜成的院子狭长，平整宽大，房子建在高高的台基上，进屋要上几个台阶。老汉挺着僵硬的身子，推着一架小推车，小心翼翼地将玉米穗转运到院子当中。他已经九十岁，眉毛老长，胡子花白，精神矍铄。牛圈红砖垒砌，高大宽敞，里面刚生了一头小牛犊，马世红的媳妇裹着围巾，刚刚喂完食，从圈里出来，心满意足的样子。

手扶拖拉机、摩托车、铡草机，貌似机械化、现代化，可这些机械都是20世纪八九十年代流行于胡焕庸线东南方向的东西，而今，在中国东部农村，这些机械如同骡马一般，早已没了踪影，东西部差距由此可见一斑。劳动工具、生活用品的更迭尚有艰难的过程，习俗乃至观念的变化也就更加漫长。生活方式、生活习惯是水土滋养出来的，观念是脚下坚实的土地和活生生的生活教给我们的。回首千年历史，社会发展，民族融合，和平，战乱，灾荒，饥馑，一步步走来远去，历史严丝合缝地连接，文明演化连缀不断，恰似漫长时光，牧歌悠远，此起彼伏，波浪向前。

马五七上山采药摔坏了左侧肩胛骨，尚未完全恢复，一日三餐吃在村委会的食堂里。正值国庆节，北京正在大阅兵，他嫌自家电视画面小，看着不过瘾，跑进城去，站在广场的大屏幕下看直播。阅兵的壮观画面让马五七激动万分，言谈之间，陶醉和喜悦溢于言表。

此刻，各家各户都已经烧了炕，坐在随便一家的炕头上，皆感温暖如春。

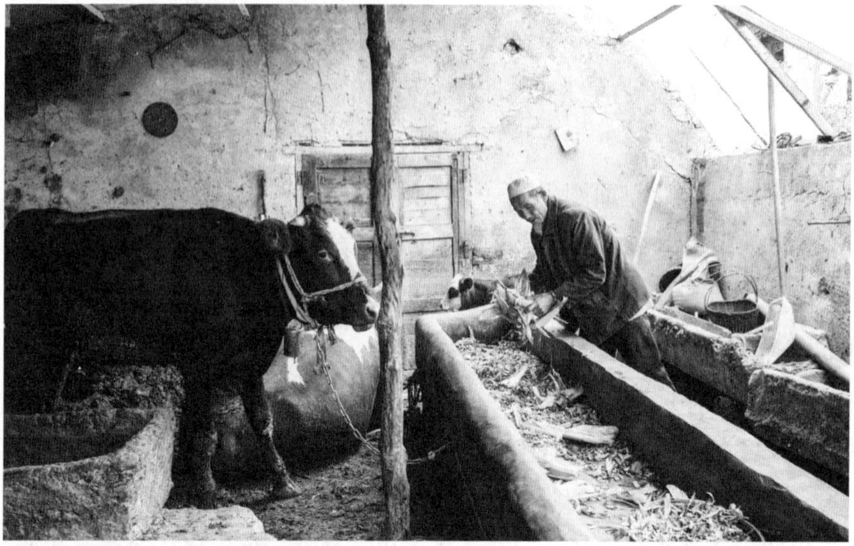

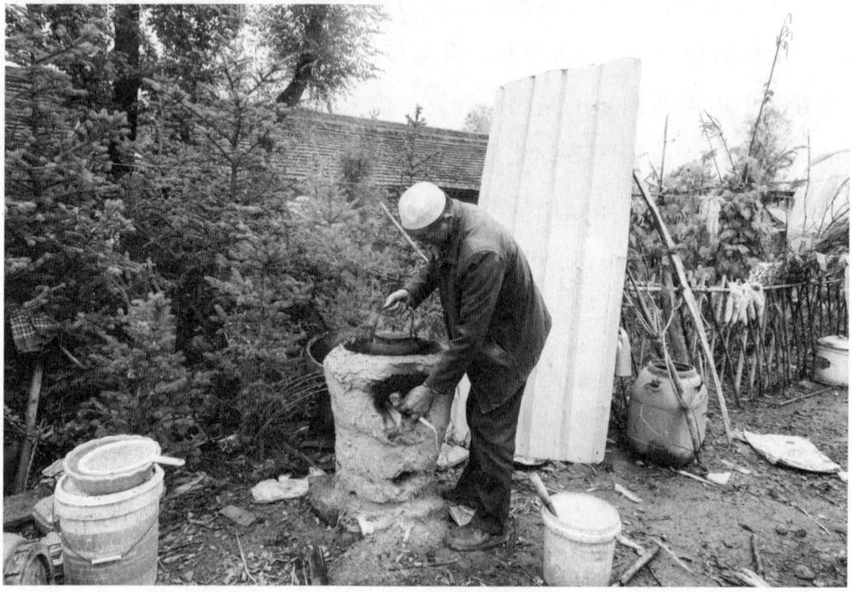

马保成的生活更能显示民族韵味和他们那一代人的做派

说起过去的事情，马喜成神采飞扬

子承父业

  那天启程，我们率先出发，穿过村北石灰石雕刻的门楼，走上通往县城的柏油马路。激动之余，我的脑海不由想起了路边曾经粗壮高大的白杨树。关于那些杨树，最后的记忆就是它们横七竖八地躺倒在地，青中泛白，白里透青，残枝败叶，一片狼藉。没了杨树，沿路就缺少遮挡，光秃秃的，少了一些依附感，好些天都不习惯。随后，就有了那台拖拉机，它的身影和哒哒的声音多少填补了一点路上的空虚。发小的父亲和成管是司机，冬天，天不亮，脖子里裹条厚厚的围巾，在拖拉机下面点堆火，烤热了，然后发动，突突突地爬出村来，到顶头，左拐，上西山拉煤去了。后来，海科叔承包了这台拖拉机，因为质量太差，不说别的，光轮胎就不停地坏，在家坏，在路上坏，后来干脆卖了废铁。他想自己买一台四轮拖拉机，可是没钱。

  那个时期，不仅仅海科叔和成管，包括马云龙等一大批率先购买拖拉机的人，都有驾驶集体拖拉机的经历，而其购买第一台机器的本钱也都是借贷而来，这是中国第一代农机专业户的基本特征。

  刘村，俗称枣刘村，意思就是枣树比较多，但凡空闲的地方都是枣树林，少则十几棵，多则几十棵、近百棵，而且都是壮硕的老树，一到秋天，枣子异常繁茂。我一直怀疑这些枣树都是光绪年间大灾之后，我那两个可怜的老先祖和其他幸存的村人栽种的。可惜，随着收割机的出现，它们居然一眨眼就消失了。为什么要挖掉那些枣树？母亲说，不结果了。仔细一算，枣树不结果还真是从那个时期开始的。可是，不结果不一定非要砍掉，它们是一道风景，点缀在村子中间或四周，把整个村子掩映得妩媚又有活力，大规模砍伐应当另有原因。再追究，原来，改革开放后，村里人逐渐有了些钱，原先的土坯房太过破旧，更不卫生，经常会有老鼠、蝎子和跳蚤。没钱时，人们最多翻瓦①一下，凑合着过。现在条件好了，孩子们都长大了，就都想着改善居住条件，盖新的。你盖他盖，村里的空闲地方很快就没了，咋办？土地归了个人，不能随便乱占，那就砍树吧，砍掉这些枣树，变成宅基地。

海科叔的第一个孩子，也就是峰，1982年出生，随后又有了第二个儿子二娃。给孩子准备结婚用房是父母一生中最为重要的使命之一，海科叔至少得盖两座院子。按规定，两个男孩的家庭才有资格申请新的宅基地，海科叔正好符合这个条件，赶紧加入进来。村里批宅基地不是随时办理，而是根据情况，一年一批，错过机会，下一批就很渺茫。不得不承认，坚持买车跑车，不断折腾，其动力就源自这两个儿子。上学不说，将来成龙变虫也不说，娶媳妇结婚必须得有一座院子呀。到1998年着手盖第二座院子的时候，他已经积累下一定数量的债务。

1997年，8.4万，四个人合伙买了第一台收割机，新疆2号，配套50型拖拉机，那是当时最好、最吃香的收割机。有驾驶楼，能遮风挡雨，可就是不透气，干起活来，热得要命，尘土、麦草厚厚地粘在挡风玻璃上，开一会儿就得停下来清扫。四年后，各家分了一些钱，从此单干。买下收割机的第二年，也就是他着手盖第二座院子的那一年，也是海科叔最恼火、最头疼的一年。头疼恼火的不是断筛轴、修理换件这些收割机上的事儿，对他来说，这已经司空见惯，机器么，哪有不坏的？就像人要生病，狗要吃屎。凡是机器，就没有不坏的，坏了，就得自己去处理，就得认命！也正基于这样朴素的认知，他们父子全都炼就了机车维修保养的"师傅级"本领，已成行家里手。

①翻瓦：重新处理屋顶。

那年7月,跟随县上"南征北战"大军"出征"内蒙古,从河套地带回来,农机入库,各自去干各自的活儿,拉煤,运砖,下地。9月1日,学校开学,峰十七岁,被录取到古城职业中学,二娃十五岁,上初中三年级。先是二娃,刚开学几天,新课本发不下来,老师让孩子们借用哥哥姐姐们的老课本来凑合,他拿的是哥哥的旧书。可是,才两天,就说新课本改版了,老课本不能用了。二娃一脸茫然,心里不是滋味,既然不一样,你为啥还要我们借旧书?第二天,坦然睡着,没有起床上学的意思。

没有比海科叔更了解儿子的。二娃天性自由,喜欢漫画,看一眼,就能照猫画虎,有模有样。考试的时候,满脑子都是画,试卷一直空着。他老舅说,娃,画画没出路,念书是正业。现在想来,如果二娃坚持画画,恐怕中国就会增加一个著名画家也未可知。暑假期间,海科叔让二娃写作业,二娃不干,无奈宣布,给你放十天假,玩够十天,回来,老老实实写作业。二娃得令,一溜烟窜到县城,逡巡到火车站。候车室有等车的,车到站有下车的,二娃专找那些携带大件行李的旅客,给他们提东西,每次收取一块或者一块五毛钱,一天下来竟能酒足饭饱,还有盈余。看儿子实在没有上学的动力,一气之下,海科叔吼道:不上学,到北崖上干活去。北崖,就是村北的悬崖。海科叔的第二块宅基地就批在崖上原先的打麦场里,正在施工中。那时,打麦场已经没有使用价值了,全都盖了房。

峰到古城职业高中报到,交了学费,入学。当时,中国教育改革,高中分两个档次:普通高中,按考试成绩划片,正常录取,其他未能达线的则转上职业高中。入了职业高中的孩子们大多自暴自弃,三天打鱼,两天晒网,跳墙,逛街,睡觉,闲扯,没有一点上学的动力和氛围。仅仅停了一个礼拜,峰回来,看见弟弟到北崖上干活,他似乎也找到了自己未来的人生之路。

两个儿子前后脚退学,海科叔很是懊恼,但没有办法。峰的学费刚刚交了一个礼拜,毕竟也是一笔不小的数目,只能找学校要回那笔钱。

峰大些,让他开四轮拖拉机干活去。

刘村村南的小溪流淌了千万年，冲出大片大片的耕地，两岸时而黄土高崖，时而平畴沃野。早年，有条件的生产队，像我们四队、一队都曾在沟叉里办过砖瓦场，这会儿已经承包给个人。村子离县城不远，销路不错，峰开着四轮往城里建筑工地送砖，二娃小，还能自由两年。从火车站送行李的实践中，二娃体会到，只要走出去，勤快肯干，就能赚钱。一天，二娃来到临汾平阳广场，边角的人行道上，一个陌生人拿着手提电脑摆摊儿。这是干啥？二娃凑上去。对方问，有钱吗？拿一千，一个月后给你一万。二娃犹豫，可架不住好奇，拿出身上的五百块钱。对方说，一个月后，还来这儿见面。后来，二娃觉得受了骗，暗下自认倒霉。不承想，一个月后，陪同学去临汾玩耍，试着来到广场边角，嗨，那人竟然还在那儿坐着。二娃说，你还守时哩，我划着不要那钱了。对方说，昨天就到期了，我在这儿一直等到天黑，计划等你三天，不来，就走了。说着，连本带利给二娃兑了三千块钱。有了这笔巨款，二娃开始在不同商店之间倒腾东西，衣服，电脑配件，啥都倒腾。后来一次，倒腾坏了，一下子赔了一千块，二娃心疼，第一次有了风险意识，原来，钱并不是那么容易挣，外面的世界处处充满风险。最后，收心，跟着哥哥一块儿送砖去。

有了两个儿子的帮衬，海科叔自己买了收割机，峰正式成为随行人员，专门负责丈量地亩，结算收钱。

古城"蛮怂"吕似愚1999年同合伙人分手，原因是他入股5万元，与别人联手买了一座焦化厂，他觉得干工厂要比开收割机来钱更快，也更轻省些。相比崔拾命和海科叔，吕似愚与人合伙的时间最长，长达八年，其结束的方式也相对独特，更符合吕似愚的脾性。他提前找了中间人，酝酿意见，立好规矩：双方对机车进行估价，然后，把自己认为合适的价格写在纸上。谁估的价高，即使比对方多写一块钱，车就归谁。把这个价格除以二，就是得到收割机的人需要向对方支付的补偿价，且十天内付清。不管车归谁，只要欠一分钱，谁也不得动车。

这是一个智力和胆识的较量。

对方知道吕似愚买了厂子，而且首先提出卖车散伙，百分之百是不想要这个收割机了，所以料定他不会出太高的价码。吕似愚呢，从内心讲，确实不想要这个收割机，但他外粗内细，想的比较多。他觉得，对方这些年，除了种地，唯一的额外收入就是这台收割机，所以，留下收割机的可能性非常大，应该不会把价格压得太低。

纸蛋儿写好，拿在中间人手里，展开：吕似愚2.05万，对方1.8万。

这样的结果，大出双方所料，都惊愕，都懊恼，都没有办法。吕似愚非常生气，他估计对方应该出价2.1万，这个收割机值这个价。可是，万万没有料到，对方如此小气，想要车，又不想出钱，更重要的是，竟然用1.8万的低价侮辱我吕似愚的善良，真是岂有此理！后来，对方托人三番五次来协商，说愿意按原价留下机器，吕似愚断然回绝：我不欺负人，更不在钱上头占人的便宜，说好的规矩，就按规矩来，心里再难受，也要遵守。人要讲信用，不讲规矩，没有信用，让人看不起。

吕似愚付清车款，把收割机开到厂子里。从此，一个焦化厂的小老板，每年夏收就请假，说要出去跑几天车。

2000年前后是中国经济腾飞的黄金时代。古城紧靠吕梁山，那里蕴藏着挖掘不尽的优质煤炭。因为近水楼台，那些年，古城北边的河滩里，炼土焦的炉子遍地开花，你挨着我，我挤着你，白天黑夜，火光冲天，遍地狼烟，黑魆魆的煤堆铺天盖地。我们刘村也不甘寂寞，几个能折腾的人推掉河道里的大片柳树，炼起了土焦。河道堵塞，灰尘蔽日，远远近近的庄稼叶子上落满厚厚的煤灰，地里干活的农民变成了蒙面大侠。县造纸厂也不甘示弱，每天不间断往溪流和汾河里排放深黄色的废水，泛着白色的泡沫。南风吹来，一股股难闻的臭气飘荡在刘村上空，至此，村里的枣树就不再挂果了。据说，中国著名纪实摄影家卢广曾经在古城一带拍了一张照片，是一个在棉花地里干活女人的背影：她站起身，露出落满煤灰的脖颈，乌黑的双手正在整理自己的头花。那组关于环境保护的组照一度获得了第三十届尤金·史密斯人道主义摄影奖。

吕似愚的焦化厂就是这些焦化厂中的一个。经济飞速发展，挣钱的门路越来越多，第一代"新麦客"当中，投资办厂的人不在少数。马云龙在新麦客诞生的节骨眼上，承包了绛县饲料厂；崔拾命散伙后又与别人合伙办了铸钢厂，可国家紧缩银根，实在办不下去，收麦的时候又到处求人找车，无奈之下，还是回归，再次当起了麦客。

吕似愚炼好的焦炭需要从焦炉里拉出来，装上大货车运走。进出狭窄的焦炉转运焦炭是一项固定、长期的工作，也是一个非常考验司机驾驶技术的活儿，需要找一个实在、聪明、稳重、能够扑下身子、靠得住的人。有人说，刘村有个好司机贾高峰，年轻，能干，精明，家里有各种机器。于是，峰和二娃兄弟俩来到焦化厂，一干就是四年。繁忙的时候，还得另行雇人才能按时完成任务，一个月大约可以拿到14000块钱，四年收入四十多万。四年里，凡麦收时节，还要随同父亲"征战"河南，再在本地周转几天，又能挣十万块钱。父子三个努力几年，几十万的经年欠债彻底还清，峰也成为一个远近闻名的小能人。

后来，当地强劲的环境治理，摧毁了古城河滩密如丛林的小焦炉，不达一定规模的焦化厂全都统统下马，吕似愚无奈，又买了一台收割机，回到了农田里。

海科叔父子三个置办的机器越来越多，比如，拖拉机，收割机，旋耕耙，挖掘机，还有电焊机、机床、钻床、切割机、气泵、氧气瓶等等不计其数的修理工具，县农机局早已将他们列入重点农机专业户进行管理，可是，他们没有马云龙当年的机遇和运气。马云龙红极一时，县委书记亲自到场，为他拍板解决经营用地问题。海科叔没有那么大面子，新盖了两座院子，都因为村街狭窄，所有机车都开不进去，只能停放在大路上，修理工具也就来来回回、进进出出地搬运。几年下来，父子三个甘苦备尝，身心疲惫。

"活人总不能被尿憋死"，海科叔决定铤而走险。当初，为了解决土地不足问题，生产队拆了饲养院，将那里几十亩近百棵老枣树砍掉，变成耕地，峰和媳妇的口粮田就在这片土地里，一共四亩。起初种了柿子树，已经挂果，秋天一到，灯笼般红红一片，却没能带来一分钱收入，后来，砍了，又建塑料大棚，种西红柿。大棚管理是个耗人的活儿，男的忙机器，女人种大棚，干了两年，受不了，拆。2004年，万般无奈的海科叔硬着头皮在东北角盖了两间平房，将东半边作为院子，专门停放各种机器。因是耕地，他的行为受到村委和土地部门的严肃告诫，他战战兢兢，一天天熬着，撑着，直到今天，那几间低矮简陋的平房依然如故，一家人仍旧吃住在那里。

五十三岁那年，海科叔觉得孩子们大了，自己不想再走南闯北了，就思谋办个养猪场，家人全都投反对票，可他义无反顾，硬硬在南墙下建了一排猪圈，这就等于将这片土地的一部分又改变了用途，耕地不再是耕地，全然成了一个经营场所。猪没有养一头，孩子们一不做二不休，反正这么多机器要经营，总得有一条活路。于是，大兴土木，在猪圈北边凌空搭起一座巨大的厂房，南北九米，东西四十米，中间没有一根柱子，这下，所有的机器、工具全都排列其中，正儿八经成了一个机库加车间。前几年，国家实施土地确权，工作人员很是为难，他们没有办法确定海科叔的土地用途。耕地，不是；经营，没手续；住宅，也不算。怎么填表？直到今天，这块土地的确权问题仍然是海科叔深感困惑、无能为力的事情。

2006年，峰正式出道，一个人驾驶收割机出征河南。2009年，二娃出道，独立驾驶收割机。兄弟两个就此接班，成为新一代"麦客"。2013年，海科叔买了两台收割机，一个儿子一辆，算是了却了心里的一桩大事。两年后，海科叔金盆洗手，告别征战，当了一个包工头，哪个村、哪个工地需要硬化道路地面，或有一些简易建筑工程，他会带着一帮人手前往施工。

如同海科叔一样，如今，那些曾经的第一代收割机驾驶员都已经上了年纪，接手的也都是他们早早辍学的孩子。我并不希望这种事情总是父传子，子传孙，我恨不得他们能够走进更为广阔的天地，恨不得他们从这一

海科叔简陋的院门和宽敞的车库

代起，就此住手，停止奔波，安定一些，舒适一些。可是，体制没能给他们提供合适的机遇。在农村，外出打工是大多数人挣钱养家的唯一出路，很多年轻人在周边大型焦化厂做工，个别少数人一度还担任了企业领导职务。道路都是自己选择的，那么多人尝试过，奋斗过，最后，要么头破血流，要么老之将至，不得不回到他们原先的土地里，老老实实去当一个农民。

每个人都有每个人的活法，都有自己奋斗的目标。今天的"麦客"早就成为一种高贵的职业，他们有资产，有技术，会挣钱，更重要的是不受他人约束，一切自己说了算，甚至某种程度上还能凌驾于他人之上，都是别人求着他，想干，干，不想干，你能把我怎样？就此来说，他们的选择最为高明，某种意义上已经超越了传统农民的概念。尽管如此，他们也有无奈。毫不讳言，他们也想走出农村，走进城市，像城里人一样轻松、自在、干净、体面地生活，可是，依他们的学识、技能和当下社会这样那样的条条框框，不管做什么，不管在哪里，选择，挣扎，努力，奋斗，终究也无法摆脱农民的身份。他们必须守着土地，而且只能守着土地，在属于自己的那片天地里挥洒才能，尽力绣出花，描出彩，一刻不停。

尴尬与无奈

仅仅两天工夫,起初刺耳的轰鸣竟然魔幻般适应,以致充耳不闻。你不能不相信,习惯成自然真是一个了不起的铁律,刺耳的声音一旦习惯,也就变成美妙的乐曲。坐上收割机,吱吱啦啦地跑起来,心里特别兴奋,特别满足。不仅如此,我个人似乎也产生了奇妙变化。站在地头,就有前来割麦的老乡和我搭话,我的样貌,我的气质,我的做派,已经渐渐接近于一个正儿八经的"麦客"了。

麦客,既是一种称谓,又是一种行为。

相比传统麦客,收割机如同《红楼梦》里的贾宝玉,生下来就带着贵气,它高昂的价格和技术含量就是其天生的尊贵之处。不过,如同镰刀,尊贵也好,低贱也罢,既然走南闯北去挣钱,就离不开商业交易,离不开人与人之间的关系。

从农民接受收割机开始,这个市场的买卖一直处于卖方市场,这样的判断大致没错。大安开割第一镰之后,我们原路返回。村口一片缓坡地里,一户一户,三三两两的拖拉机、三轮车等了一大片,一台收割机正在那里忙碌。我们在空地里停下,车头对准那片地,三个人大眼瞪小眼,无奈却又满含期待地看着那里的火热情景。第一次当麦客,一旦没活儿,心急,竟然漠视身边摸爬滚打了二十年的老手,忍不住催促峰下车,到地里问问,看人家用不用咱们的收割机。峰说,不急,看看热闹。果不其然,不一会儿,有人过来,招呼。峰宠辱不惊,面无表情,挂上挡,加油,轰隆隆爬上土坡,进了麦田。这是一场短时间的心理战,你去求他,他就牛气,杀价；你不理他，他就得在太阳地里晒着。最后的选择权归地主，要么受罪等待，要么快刀斩乱麻，邀你上手。

地主用的是你的劳力，是你割麦的本事，不是你的心情和脾气。一连几天，我观察那些收麦的农民，观察每一台遇到的收割机，更观察峰和林峰，甚至努力体味他们的思维逻辑和行为方式。其实，没有什么神秘之处，割麦就是做买卖，只不过，买卖的不是具体的商品，而是劳力和技术罢了。凡买卖均因双方意愿与行为而产生，可人是个复杂的动物，有意识，有思想，有感情，它最精彩的地方就是能就某件事情想出各种各样、千奇百怪的招数，让你防不胜防。放在商业上，这些招数就表现为诚实、守信、欺诈、诡计。人性不会进化，但却是一个多棱镜，好坏善恶一筐子都装在里面。按说，收割机收麦不是卖菜，不存在缺斤短两，过去，人们还计较麦茬高低，现在几乎没人把它当回事儿，那么，问题出在哪里？出在人类的私欲。

人类的私欲常常让一些人从凌驾和欺辱同类的过程中获取满足。

20世纪五六十年代，农业机械化推广步履维艰，稀缺的拖拉机让司机们享受到了前所未有的关照和礼遇。生产队的目的是少花钱，多耕地，而司机要的是被人敬奉，也就是一张笑脸，一顿可口的好饭，一盒不花钱的好烟，一句顺耳舒服的好话。情感的交流成了交易，这就意味着，高兴，生气，快乐，愤怒，都有可能成为交易的砝码。你有求于别人，定然打躬陪笑，出让权利；面对商家的推销，你可以无情拒绝，也可以磨磨蹭蹭，让对方心猿意马，恍恍惚惚。同情和怜悯、利益与开心、规则和任性、道德与文明，都会在交易中显露无遗。

没有体验麦客生活之前，我总认为，麦客和地主的主要矛盾就是收割干净与否、地块大小、费用多少，纯属经济问题。可一旦身临其境，一些细微的故事总能让你感到人性的深不可测。这些矛盾不经意地发生和解决，又决定着麦客做事的规则，表面上改善了服务方式和质量，背后却激发了内心深处的不快与冷漠。

作为峰多年交往不断的好朋友，刘村收割机在大安、内埠一带发生不可预测的事情，红强都要出面协调解决，一方面，这是他天性禀厚，为人诚笃，另一方面也不可否认其中的利益往来。毕竟是个代理人，除了给他们免费收割麦子，临走时，多多少少总要给他或他的姐姐留点费用。可与一般农户的交易，除了前述的主要矛盾，往往还会搀杂一些狡黠和怪异。有人主动邀约，峰总要保持一份警惕，必须再三核实地块大小和距离远近，否则，就有可能上当受骗。本来只有三两亩地，他会说十多亩，本来要走十几里路，他会说四五里，将你谎骗过去，挣不了多少钱，还可能误了更大的机会。

"讹诈"几乎防不胜防。

第一次发生在池子头村，我们第一天休息打牌的地方。

连着收割几家，一个中年男人，很体面的打扮，像是在外面做事的那种。他家的麦子长得茂盛，田地深处有片低洼地，麦子明显发绿，站在地头有些犹豫。林峰提前看了，说，你想清楚，收割机对湿麦子过滤不好，可能会发生抛撒。男人一咬牙，收。按照惯例，只要收割机进地开始收割，林峰就会招呼地主结算交钱。收割机上有卫星跟踪系统，可以随时测量亩数，可峰一般不用。他要给地主和收钱人留下充分的商量余地，体现一种大度。林峰往往根据目测大致做出判断，感觉没有太大问题，就会认可，接着计算费用，现金可以，扫码也行，可这个男人一直跟着车，在地里来回走动，没有要和林峰接头的意思。快收完的时候，女主人出现了，在麦秸覆盖的麦茬下面不停扒刨，嘴里嘟嘟囔囔，脸色难看，还不时训斥男人。林峰过去看，说是收得不干净，抛撒的麦子太多。一时间，地头的人们全都聚拢过去。林峰说，我事先提醒过你，说麦子潮湿会抛撒，你说让收的。男人死活不说话，林峰急了，问，你究竟当家不当家？说句话呀。红强骑着摩托车赶来，一看，不说话。峰心领神会，自认倒霉，开着车到下一家去了。

白干了！原来，这家人每年都会照这个剧本故伎重演。上一年，上上一年，被讹诈的分别是成管和他的儿子国民。

第二次在小辛庄附近。据说，这一带是中国殡葬用品加工基地，几乎家家户户都在制作此类物品，衣服、鞋帽、棺罩等等。只要路过村庄，家家户户大门外都挂着ＸＸ寿衣服务公司、ＸＸ殡葬服务公司之类的牌子，牌子下堆着打了包的货物。有一家的女人同我们拉家常，说她推销产品到过山西襄汾的赵康、汾城和古城，一来二去，说得很是亲近，结算付款，林峰适当照顾，对亩数也不过分计较。可我们刚转到另一家收割，他们就跟随而来，说是抛撒严重，要求退赔。女人板着脸，不再亲近了，完全一副凶神恶煞的模样。

这样的情形，峰自然无话可说，把权力交给林峰，让林峰处置，这是对林峰的信任，可越是信任，林峰内心就越发愧疚。看着林峰气得扭曲变形的脸和无奈的神情，我感受到了他的难处。总不能老是退钱了事，一次次劳而无功，说到底就是他的失职，那还有什么资格再拿车主每天支付的劳务费？所以，林峰不得不一次次斤斤计较，耍心眼，打嘴仗，一会儿满脸笑意，一会儿愠怒无语。

千万不要以为这就是收割机遇到的最大难题，还有一些事情一旦发生，后果可不是金钱能够弥补的。

花椒地的故事，刘村收割机尽人皆知。那个七八十岁的老头，戴顶草帽，满脸皱纹，攥一把镰刀，一连几天邀请我们。那天，刚刚拐进胡同，老头拦住车，再次协商。看着老人满脸大汗、苦苦哀求的样子，我心存怜悯。峰说，我们到前边干活去，一会儿回来给你割。老头无奈退后，而我们则如释重负，落荒而逃。

曹刘庄六亩地的故事更具特殊性。也正是因为它特殊的地理环境和潜在的危险，峰才有了漫天要价的资本。

那天的收割真的充满凶险。

那块地南北呈梯形状，北高南低，南面临沟，两侧临崖。通常的道路位于东南角，悬挂在陡崖腰部，斗折蛇行，连接到百米远的大路上。峰驾车从村北进入已经收完的空地，到达梯形东北角，那里是一个四五十厘米高的陡坎。峰要将收割机开下陡坎，来到一块荒芜的平地，再急转弯，顺着一面陡峭的斜坡下到那片地里。夜幕已经降临，这是我跟随收割机来到河南的第一场夜战。灯光在凸凹不平的田地里颤抖晃动，峰调转车头，将宽大的割台对准陡坎，缓缓抬升。一个剧烈的抖动，前轮跌下陡坎，人猛地往前颠去，我赶紧撑住前面的安全扶手，那割台在恍惚的灯光里卷起一团团烟雾般的尘土。机器轰鸣，再次抖动，后轮下来，平稳着陆。转身，又对准前方的斜坡。我又一次体会到了乘坐飞行器的感觉，只是眼前不再是房屋，变成了黑暗无际的宇宙。割完之后，需要原路返回。来到陡坡前，峰调转车头，将屁股对准那个陡坡。我想，他是不是要改变主意，冒险走东南角的常规道路？可是，没有。他踩下油门，收割机朝着无法辨识的黑暗里倒退，人再次前倾，似乎要向前翻滚，头皮发麻，汗毛倒竖。尘土漫卷，收割机竟然倒上了那个陡峭的斜坡。我不敢说话，只能听天由命，默默祷念，将自己的身家性命全盘交付给峰。收割机再次调头，依然倒退，一阵激烈的轰鸣，能够感受到那个陡坎在车轮的撞击、挤压下拼命坍塌，轮胎一拱，再拱，一抖，再抖，我竟然出了一身冷汗，正准备稳定思绪，接受新的刺激，收割机却已经稳稳地回到了那片平地里。我觉得，一般的司机是没有这等胆识和魄力的。后来，峰告诉我，收割机是前轮驱动，遇到陡坡，必须倒着走，才能让动力最大化。

那几天，麦子普遍欠熟，收割机无活可做。我们瞄准了柳沟村西北方向那片平展展的大田，足足有两百亩。麦客们都知道，一般来说，成熟却又不急于收割，往往是那个村庄有本地的收割机。村民想用外地机器，可脸面上过不去，怕得罪本村车主，所以，只能一齐等着，耗着。

从内埠拐进前往柳沟的大路，不久就行走在一条宽大的堤坝上。这个堤坝是一个巨大的水利工程。能够看出，脚下的这一段刚刚完成防渗施工，新浇筑的混凝土表层尚有一些残留的施工痕迹。水渠宽度、深度足足有十多米，墨绿色的流水让人眩晕。我们连续两天早早将车支在村口，柳沟清晨的寂静总是被我们倒车时清脆的呼唤声打破。

柳沟是个自然村,坐落在一条河沟里。村西,曲里拐弯爬上一个高坡,眼前就是池子头和那片U型谷地。高坡两边布满层层叠叠的梯田,我们曾经在那里收割过。半坡上修了一座扬水站,周边是几条水渠,水泥浇筑,东引西折,通往每一块田地,里面填满成堆成捆腐败的玉米秆子。收割机不时在水渠上跨过来,碾过去。显然,这些水渠和那座扬水站就是大路边那道巨大水利工程的分支。麦子低矮稀疏,明显不曾浇灌,心里不免疑惑。一问老乡,水渠是陆浑灌区的一部分。陆浑,古老而独特,是春秋时期中国西部地区的一个部族,后来被迫迁移到伊河上游,也就是眼前这片土地所在地。

说起浇地,村民们哀声叹气,义愤填膺。原来,使用陆浑灌区的库水浇地,需要提前预交全年水费。以前费用低,村干部一次性垫付,然后,适当加价,浇一亩50块钱,慢慢从村民手中收回,还能稍有盈余。后来收费增加,干部垫付不起,按人头均摊,一人70块,一次性交齐,群众承受不了,干脆不浇拉倒!浇水的时候,亩产六七百斤,高的800斤,现在不浇水只有300斤。300斤,他们也知足,毕竟节省了种地成本。他们算了一笔账,种麦的时候,耕一亩地要90块钱,耙地30块,种子好丑不等,70块、100块都有,肥料130块,农药、除草剂35块,收割机35块,这还不算浇地,一斤麦子一块来钱,弄来弄去,还不够本钱。2017年,有一家人三亩地收了180斤麦子,还不够收割机的费用,干脆拉倒,连麦子也不要了。

那天,我们在村口等了个把小时,事情终于有了转机。两个女人过来说话,一个问价格,一个说,你们把车停到地头上,不然,我们不好意思用。显然,村民们急了,熬不住了。八点钟,一个魁梧的汉子过来,一歪头,招呼我们跟上。收割机穿过树林,右手大片的麦田正在焦黄地等待着我们。这是一个狭长的三角形地块,沿着中线,一条小路将地块分成两片,我们要去三角底边的宽阔处,那里横竖几条小路将田地分割成几个区域。小路难行,峰用长把斧头砍掉田坎上的灌木才缓慢通过。

夜幕下的收割机像一头怪兽

山地收割是对司机胆识和技巧的考验

农民七手八脚排除障碍

狭窄的道路需要司机来开路

太阳赤裸裸地毒辣，人们全都躲在路边阴凉下。

收完一家，麦子哗哗放到篷布里，大家一起动手，帮着装袋，装车，再将拉满粮食的三轮推出麦田，推上斜坡。女人们对粮食的情感似乎更深一些，干活的时候，浑身都会放射异样的光芒和激情，似乎那一刻，她们与麦子融为一体，抑或是，那麦子就是她们亲生的孩子，恨不得满满地抱在怀里，将自己全部的身心交付于它。拿出一叠编织袋，取一个，弯腰，打开，噌的一声，插入麦堆，一手提着口沿，另一只刮风般地扒拉，麦子一把一把地扒进去，双手一提，哗的一声全都滚到袋子深处，摁倒，再扒拉，似乎不那样快速紧张，麦子就会在太阳底下蒸发消失。装满半口袋，簸箕或木锨出场，每装一次，就有一股尘土从口袋里喷涌而出，一扭头，躲过，又赶紧回头盯着，生怕口袋闭合，麦子装不进她的心坎里去。女人从裤子兜里掏出一把布条，抽一根，嚓嚓缠绕在口袋上，一拽，扎紧，两腿一撑，拖到一边去。很久，我才注意到，一连两三家，总有一个年轻瘦削的红衣女子在帮忙。快到12点，终于轮到她家，很快收完，林峰让她支付52块钱，女人说，那边大田里还有八亩地，等割完，一起算。

转场间隙，我们匆匆吃了几口面包、香肠，每人一瓶纯净水喝了，准备进入东南方向的大田，此时，那里正有一辆收割机在工作。刚到地头，准备左转进去，一个穿着蓝色工装的男人冲我们摆手。我还没有反应过来，峰已经刹住车，倒退。他早已意识到那个工装男就是那辆本地车的车主，摆手是在阻止我们进入大田。有道是，强龙不压地头蛇，峰只能将车开出去，停在路边的宽敞处。女人朝村庄方向紧跑，男人开着一辆客货车过来，夫妻碰头，男人站在我们车前，说：不要走，就让你们干！林峰尤其紧张，那52块钱还没有结清呢！男人怒火中烧，冲着地里的那台收割机破口大骂。人们聚拢过来，或同情，或愤懑。那边的车主为了防止我们再次进地，竟然将道路堵死了，来来往往的车辆全都动弹不得。

男人来回走动，谩骂，林峰跟在一边催账，女人说打110报警，围观的人们纷纷劝说，出主意，想办法。男人决绝地说，就用你们的车，用定了！

柳沟村民你一言我一语,诉说浇地的难处

电话留下，明天一早过来给我割，到时候，一起算。

大家你一言我一语，问询，叹息。原来，女人一开始用的就是那辆本地收割机，中间算账，一共63块钱。按理，都是一个村的街坊，收60块钱双方皆大欢喜，谁知，车主不仅不优惠，反而加了两块，要收65块钱。女人觉得受了侮辱，断然叫停。回到村里，给车主媳妇诉说，车主媳妇不仅没有劝解，反而恶语相加，这让红衣女人又恶心又憋屈，这才下了决心，坚决不用这辆本地的收割机。

可是，那块大田没有道路可以进去，只能从西北角第一家割起，然后一家一家挨着往南割下去，而第一家的麦子就是那辆本地车收割的，也就是说，这块大田的口子是人家打开的，自然就拥有了这块地的独家"作战"权。

这件事情几乎综合了新麦客遇到的所有磕磕绊绊，让人哭笑不得，心绪不宁。

我们心里有些遗憾，可又没有办法，只好开车往西边的土坡攀爬，似乎是要逃离那片是非之地，甩掉那个烫手的山芋。52块钱暂时没能收回，还需要第二天再次光临。回到大安，小斌和姑父已经早早回来，见我们姗姗迟归，断定揽到了大活，追问今天割了多少亩，峰只笑不语，林峰却说老天有眼，让我们把那片百十亩的地全割了。对方不信，嚷嚷着要看割台里的滚轴。那滚轴出厂时和机车一样，涂着红漆，工作时间一长，油漆就会磨掉，变成锃亮的银白色。可巧，那滚轴上的油漆依然如故，小斌和姑父不再说话，悻悻然跑回院子洗涮起来。其实，我们的内心都很满足，毕竟，早晨的坚守没有白费。小斌和姑父没能探听到真实情况，这个小小的玩笑话让人很有一丝成就感。

阴山以北

王学斌说，过去，太谷小麦播种面积足有二十多万亩。1997年以后，小麦播种面积逐年减少，如今只剩十多万亩了。究其原因大抵是耕种成本过高。其中，最让人头疼的是浇地，一季小麦需要浇五次水，少浇一次，产量就会下降。太谷大部分地区使用井水灌溉，水位下降，出水量小，浇地费用翻了番，可小麦价格多年徘徊在一块一上下，农民只好种植省事的玉米和其他经济作物。其实，不仅仅是太谷，在中国北方，这样的情形非常普遍。小麦面积大量减少，"麦客"们的生存空间此消彼长。说起当年的"征战晋中"，如今，年轻一些或起步较迟的麦客几乎没有印象，如同羊槽村委主任谈论过往的关中赶场，满眼茫然。

6月中旬，我们从河南回来，奔波于汾河两岸，天不亮出发，晚上回家，围绕着刘村周边几十里的区域。大约一周或十天后，麦子全部收完，大地沉静下来，大家伙暂且休整，准备再一次远征。

2019年，峰和刘村的麦客们稍事休整，直接往西，从壶口过黄河，一路奔向延安，折西北，插银川，沿黄河谷地，经乌海，到达河套地区的巴彦淖尔临河县。可是，那里的情形已经今非昔比，收割机扎堆"北战"，作为途径之地，河套一带几近饱和，大家大多数时间都闲着，这让每个人都很懊恼。2020年、2021年，他们干脆彻底放弃了河套地区，直接穿越晋西北，三天三夜，直奔内蒙古。

北上与南下有个重要区别，就是北上驾驶员可以单枪匹马，不再需要丈量地亩和收钱的助手。河南人口密集，土地少，每家每户地块狭小，总需要有人确定地块，计算费用，而北方，尤其内蒙古，地广人稀，平坦绵长，人均面积是河南的数倍。每家拥有上百亩土地都很普遍，一块地几十亩，走个来回或者干一个小时就能顶河南一天的亩数，用不着计较一分一厘的偏差，司机一个人就能解决所有问题。当然，偶尔带着媳妇一同前往，权当旅行，也能排遣长时间的寂寞。前几年，没有孩子拖累的时候，峰的媳妇就曾按照丈夫的指引，一个人一路追踪，找到了他家收割机的根据地。

河套地区乃宽广之绿洲。盘桓数天，离开临河，往东，经包头，沿211省道，穿越阴山，直达内蒙古腹心——固阳，再向北，挺进到农牧交错地带。7月，固阳的麦子尚未成熟，麦客们只能将收割机暂存在关系户的院子里，坐长途汽车一路返回包头，再转绿皮火车，摇晃十七个小时回到老家。这个回归的线路，几乎就是随后收割机返回家乡的线路。没有特殊情况，麦客们再次前往固阳，要等到8月底。

8月30日，去包头。

太原飞包头的机票打过折200多块钱，比火车卧铺多不了几块，但"麦客"们有他们多年的老习惯，总是乘坐绿皮火车。峰说，想过坐飞机，可只是说说，没人真的去坐。这让我想起了关中的传统麦客，习惯了扒火车，即便走进车厢，那些空余座位似乎也不属于他们，他们就习惯蹲在过道里。

火车下午六点四十从临汾发车，第二天十一点半到达包头。

火车一开，广播就开始播放《回家》，几十年了，依然优美，不曾更换。火车不紧不慢，哐当哐当，不绝于耳，不知什么地方有摩擦，发出咯吱咯吱的声响。旅客异常地少，同高铁相比，车厢里有些寥落。好些人还是愿意坐在过道窗户下的那对折叠椅子上，偶尔看看窗外，和同伴说上两句话，但大部分人不说话，只顾低头看手机。车厢顶头有几个打扑克的男女，一般情况静悄悄，忽然就会尖叫或大笑，让人精神为之一振。推车卖米饭的，提篮卖水果、卖充电器的依然存在，他们来来回回，不时与乘客拉扯讲价，不紧不慢，不慌不忙，不愠不火，消磨着时光，这一切都让人回想起多年前的拥挤岁月。那时,"麦客"们来回几十个小时都坐硬座,如今都已经睡进了卧铺。一觉醒来,窗外的景象完全改观。平缓的山坡,一色绿毯铺展过去,头顶扯出一条条宽厚的云,雪白,死的,傻傻地呆在那儿。窗外的树木都很局促,如果不扎堆生长,很难体会什么叫茂盛,一律瘦削,歪身,看似弱不禁风。多亏铁路两边密密地种了两行柳树,不然,天地便会愈发空阔苍凉。渐渐地,越过柳树梢头,破碎的山峦长出来,越来越大,棕黑色,古朴,苍莽。说破碎,是山体上难以看到巨石,它们像是用细碎的石头渣子堆砌而成,可又不乏嶙峋和突兀。我知道,这就是阴山,也叫大青山。著名史学家翦伯赞《内蒙访古》有一句经典语言,"阴山以南的沃野不仅是游牧民族的苑囿,也是他们进入中原地区的跳板。只要占领了这个沃野,他们就可以强渡黄河,进入汾河或黄河河谷。如果他们失去了这个沃野,就失去了生存的依据"。这里描述的正是从巴彦淖尔到呼和浩特由西向东长达500公里的河套绿洲。而这一带正是当初张锁柱带领襄汾麦客"北战"的主战场,也是峰和刘村"麦客"曾经征战而今舍弃的地方。

1998年,海科叔在这一带割麦的时候,听人说,往北走,固阳一带也有麦子,于是,花钱雇车,结伴侦察了一番。一看,麦子是绿的,再问,回说,要熟,还得二十多天。一时失望,也就打消了在那里赚钱的念头。而襄汾西北片四柱村的崔拾命们胆子很大,他们所向披靡,敢打敢闯,率先来到固阳。固阳在襄汾麦客中享有声名。三四年后,海科叔们终于禁不住诱惑,组合了五台车大了胆子开过去。没想到,一到固阳,早年最为惧怕的情形再次重现——收割机瞬间就被当地人"擒获"了。

河套地区的麦子早已收割完毕,从火车上看到的田地,全都长着葱绿健壮的玉米。我们要从包头北上,穿越阴山,直达"敕勒川"腹心的固阳城。有人说北朝民歌《敕勒川》的地望在呼和浩特东南一带,而我宁愿相信它在阴山以北。从东河汽车站坐上长途大巴,迤逦而行,盘旋翻越阴山沟谷,抵达固阳,再找到前往乡下的公共汽车。车有些破旧,停在十字路口一边，门敞着，任由来人上上下下。渐渐地，乘客多起来，一上去就再不敢下来，生怕座位被别人占去。大包小包，蔬菜米面，在发动机盖子上堆满，司机发动，车子抖起来，人们一个挤一个，过道里加满马扎。出城，除了悠远的山包和路边低矮浓郁的杨树，丝毫看不到我想象中的麦田。树状如桃，圆圆的，叶子一律琐碎密集，是风修剪的结果。走着，不时有奇怪的地名出现：五分子、三分子、二相公窑子。刘村的"麦客"们开始三三两两下车，而我们尚需继续前行，目的地是银号。

一辆破破烂烂、乌漆麻黑、只有修理工才会使用的面包车在村口等着，我们即将前往的地方就是司机的家。路边大片的玉米破衣烂衫，所有的叶子都像布条一般垂挂着，司机说，不久前这里刚下过一场冰雹。一路奔跑，道路两边的绿色隐退，渐渐呈现荒无人烟的旷野。停下来的地方叫碾坊，

包头东河汽车站。暴晒着的汽车像蒸笼，大家躲在阴凉处等待发车

卫星地图标注的是水泉村。一块高地，除了几排低矮的红砖房屋，四周毫无遮蔽，放眼看，全是地平线。风扯得老高，彻天彻地，贴着地皮推土机一般呼啸而过。"天苍苍，野茫茫，风吹草低见牛羊"，远处走来一群狼，我的娘，叫我何处去躲藏？禁不住作了一首打油诗，表达对眼前景色的敬畏！一共五户人家，是兄弟五人从碾坊村搬迁出来专门放牧的，后来渐渐垦植，沙化的土地里种出了玉米、小麦、荞麦和燕麦。第二天一早，我紧紧裹了衣服，要去看大漠日出。远远的东方通红一片，一束束阳光扫射过来，勾勒出庄稼透亮的轮廓。小菜园，湿漉漉，逆光里的玉米，黑魆魆。第一次看荞麦，柔弱的茎秆上穿缀着三两片绿叶，宛若湖边翩翩起舞的天鹅。红茎，颀长，妖娆的样子，轻盈扭动，很是舒展。碎白花，扯拽着蛛网，疙疙瘩瘩粘结着，一簇一簇顶着露水，像团团珍珠，更似开遍天涯的棉花，在刺目的阳光下摇曳。

停在门外的收割机，身躯通红，高大狰狞，在蓝天绿植涂抹的旷野里，像是粪堆里争抢刨食的鸡，突兀，不协调。先前几天到来的成管父子和房东全家出来迎接我们。成群的鸡鸭在院子里自由放浪，碎屑状的吃食满地都是，叫人无法下脚。两台停放很久的收割机被黑色的遮阳布罩着，像两只蛰伏的巨兽。几个人爬上去，拆解开来，旮旮旯旯里留存的麦粒变成一拃多长的麦苗，从钢铁的缝隙里探出头来。开饭了，每人一碗白皮挂面，拌着自带的韭花、辣椒酱或咸菜，围坐着小桌子，一个个吃得热火朝天，津津有味。大家伙相聚一起，都很亢奋，扑克留住了我们的脚步，峰决定第二天一早再继续赶路。屋子里，雪白的墙壁，没有任何装饰，一爿土炕铺着印花油布。一放下饭碗，几个人摆开两个战场，蜷腿围坐，烟雾滚滚，像是着了火。一把扑克牌用力摔下，一指，一局结束，鸦雀无声，各位缴械投降，然后，大胆假设，幸灾乐祸，善意劝解，事后诸葛，叫喊，斥责，埋怨，大笑，讥讽，佩服，甚至与女房东开出极浑的玩笑。男主人帮衬着，应和着，添盐加醋，毫不在乎，谁带了媳妇，也就连带遭殃。如此这般，直达深夜。接着，各自从收割机上取下被褥，几个人你挤我，我拥你，敞着窗帘，沉沉睡去。

我们最终的目的地是一个叫作丈房塔的小村庄。

一个叫建华的年轻人没有自己的落脚地，随同我们一起北上。近百里，天高地阔，村子低矮扁平，在一望无际的田地里蛰伏隐蔽。村前一道开阔干枯的河床，一林槐树点缀，大片甜菜，绿油油的，像老家的萝卜秧子。村背后是一座座高大浑圆的山包，由东向西延展，上面矗立着一架一架风力发电车，有的转动，有的静止，但此刻，你的耳畔无时无刻不是拖抖铁皮抑或重型运输飞机盘旋的轰鸣声。小斌的根据地在山包背后另外一个村子，随后的某天，我们在山包上收割，远远看到另一个山包下蠕动着一台收割机，蚂蚁一般。峰说，那可能是小斌。这一带山包盛产玛瑙，20世纪八九十年代，当地人一度遍地开挖，疯狂一时。如今禁采，退耕还草，好些山包连同已经退耕的地块全都用铁丝网圈围起来，杂草茂盛。丈房塔的土地就铺展在这些河床山包上，小麦全都已经枯黄，因为分蘖少，显得稀稀落落；与小麦相伴的是大片大片向日葵，也都成熟在即，宽大的叶子和果盘耷拉下来，像一群穿着破烂披风的老者在风中奔跑。全村不到四十户人，却有近十家院子荒芜着，透过简陋的栅栏门，崭新的四轮拖拉机坐卧在半人高的蒿草里。房子盖得简单，各家各户多则五间，少则两间，几乎没有多余的附属建筑，羊群就圈拦在院子里。窗户一律异常阔大，恨不得变成商店里的橱窗。一个上了年纪的妇女独自居住，孩子都在包头上班，因为几个老男人帮她收了麦，心存感激，邀我们一起吃饭，油炸饼子白大米。大家边吃边聊，说到收麦，老男人们相互应和，感叹惋惜：这片土地，咱们这辈儿种完就没人种了。

峰的落脚点在村子西北角。宽大的院子只盖了两间北房，同别家一样，并不硬化地面，只铺一溜几十厘米宽的甬道，窄窄地弯进屋去。房东不在，峰打了电话，一会儿，有人送来钥匙。门由铁条焊接，简单拼接了几个图案。大门左侧低矮的小平房就是我们的栖身之处，已经很久没有住人，一

揭开遮盖的防晒网，存放多日的收割机即将出动

开门,一股刺鼻的机油味呛得人无法进入,门口放着几个机器零件,机油黑乎乎渗了一片。每一个角落,每一个旮旯都扯着蜘蛛网。简单打扫,用土埋住油渍,打开门拼命通风。窄小的土炕正好挤睡我们三个人,峰和建华把边,我在中间,三人无聊,都趴在炕上看手机。屋子正中悬着一个灯泡,天黑,气温骤降,无数苍蝇蛰伏在电线上,疙疙瘩瘩,缠绵悱恻。峰拿来一桶枪手,一喷,被子、地面、鞋子里,到处都是掉落的苍蝇。建华是一个建筑高手,专门给城市高楼外墙贴挂瓷砖,山南海北,见多识广,这一季没活儿,开个破旧收割机跟着大家走江湖。此刻,正看到国民拍的一个小视频,忍不住哈哈大笑。那视频是他们更换轮胎的情景,却配了一首悲凉凄惨的曲子。视频发在一个微信群里,一看群名,忽地,我的境界就有些升华。我明白,对他们来说,"麦客"一词纯粹就是"舶来品",甚至根本就同他们不沾边,这个称谓仅仅只属于甘陕宁夏一带的赶场人,只属于那些传统的、使用镰刀收割麦子的"受苦人"。在宁夏乌海,闲适的时候,他们建了一个聊天群,名叫"农机手·扎鳖大队",他们在群里相互调侃,通报信息。"扎"本是刺、戳的意思,在方言里也表达聚集的含义。没事时,大家"扎"在一起闲聊;鳖是贬义,一种自嘲,一个人活得不如意的时候,如同一个缩头乌龟。这个自嘲说明他们在乌海的生意并不好做,可前边的"农机手"三个字却让我产生更多思考。我意识到,他们根本没有"麦客"这个概念,甚至很多人并不知道关中"麦客"的存在,他们认定自己就是改革开放后的农机经营者,农机部门的笔杆子张锁柱们将他们称作农机手,他们从一开始就认可这样的称谓。

房东白天贵,五十四岁。当年,引领刘村五台收割机的那个人是他的外甥。收割机来到怀朔镇(蒙语卜塔亥),外甥直接将海科叔送给了白天贵,就此,白天贵就成为海科叔在这一带的经理人。我们到来的时候,他的孩子去固阳上学,老婆也随着陪读了,临走,给他准备了各种食材,馒头几十个,猪肉十几斤,全都冻在冰柜里。院子背后是自家的菜园,黄瓜、西红柿、豆角、茄子、大葱,随吃随摘。我们一天三顿由老白负责,其实,

紧挨大门的第一间小屋就是我们的安身之处

只要有馒头,即便他做了菜,我们还是要吃峰带来的碾韭花和咸菜。今年,他种了一百亩向日葵,十亩大豆,二三十亩小麦。小麦并非每年播种,只是几年一次,一次几十亩,亩产不高,最多200斤,种一次可吃三两年。

内蒙古麦子属于春小麦,谷雨种麦,芒种播荞。小麦发芽最多分出两个头,甚至不分头。沙土地,麦子和芨芨草混杂着,几乎没有灌溉的概念。过去收麦,早上三四点下地,戴着自制的布手套,护住小指和无名指。双手齐下,连根拔起,然后堆放在场院里,冬天闲下来的时候再慢慢碾打。收割机刚出现的时候,他们也担心过抛撒问题,也经历了一个渐趋接受的过程。

眼下,割麦极其轻松,每天最多出去两三趟,两台机器同时工作,效率更高,剩余时间就是休息。峰和建华一点儿不着急,因为,出去一趟就相当于河南一天,只是价格比河南减少了一半,随后,还得两个人平分。今年有个奇怪的变化,地主们不再在地头等着装粮食,机器上的粮仓一满就得赶紧返回,附带承担运输任务,将麦子送到村口的广场上。广场不算小，紧靠大路，车辆行人来来往往，还算热闹。地砖接缝儿宽大凹陷，清扫麦子有些费劲。一天可以晾晒四五家，每天轮换，不紧不慢，优哉悠哉。要割麦的人都是上了年纪的留守老人，没有能力到地头去拉，况且，麦子产量低，割一二十亩才能装满收割机的粮仓。他们就等在广场上，谁要割，等我们回来，招呼一声，或者直接给白天贵打电话，说清哪家，也就万事大吉了。峰大为感叹：变了，变了，人越来越懒了。

　　第一天，第一家，收完送回，说还有一块地，随后一块算。峰说，你不结账，我连加油的钱都没了。可，说归说，账还是没算。峰说，就是这个样子，等最后临走的时候，白天贵负责清账，一家一家结算，再给他留下几百块钱。

　　白天贵的侄女婿叫张永平。峰打电话通报我们到来的消息，他开着自己的客货车赶过来，算是接上了头。小伙子三十多岁，个子不高，方圆脸，平头，黝黑、健壮，戴一架黑边眼镜，文质彬彬的样子，同七十多岁的养父在一个叫平子壕的地方租种500亩土地，峰就是这些土地的固定收割者。作为一个小小的农场主，张永平让我想起了那位"国际麦客"韩丁。当年，中国考察团赴美考察，他也租种了别人960亩土地。相比之下，张永平只能算个"小巫"。

　　平子壕在更北的地方。紧邻公路，乌兰忽洞乡政府往北不远，再走就是百灵庙，正儿八经的牧区，除了荞麦，那里似乎再也不能种植农作物了。由平子壕往北往西，就是白云鄂博茫茫大草原。1962年，轰动全国的草原英雄小姐妹龙梅和玉荣的故事就发生在那里。村子只有十户人，背靠一池海子。一进村，精心涂抹过的围墙上用蒙汉两种语言写着标语：精准脱贫，不落一人。村里村外找不到几棵树，绿色尤其罕见，让人心里发慌，所有的一切都在无遮无拦的阳光下暴晒着、蒸发着。院子是租借的，很宽大，屋子里凌乱不堪，所有东西都随意放置，全是男人的气息，似乎他们的生活里根本不存在女人。屋里有两位老人，养父七十岁，前来帮忙的老哥哥七十五岁。这几天比较忙，养父负责做饭。早饭仍是白皮面条，伴西红柿

丈房塔村口的广场

和辣椒菜酱，中午烩菜，一堆猪肉，一堆土豆，拌西红柿、辣椒，外加煮熟冷冻的豆角。所有吃的东西都是成堆批发，食用油几桶，散酒几桶，方便面几箱，全都摆在床下，西瓜滚了一地。吃过饭，碗筷就地不动，摆着，每人一支烟，或躺或坐，吞云吐雾，一会儿鸦雀无声，一会儿东拉西扯，男人的慵懒粗俗和无拘无束纤毫毕现。

到处是平缓的山坡，接天连日，无穷无尽。发丝般的野草一簇一簇，近乎干枯，收割机就在这样的土地里奔跑，渐渐远去，不见踪影，半天过去，又从天边冒出一个头，像个醉汉，更像摇晃着拼命前行的甲壳虫。张永平种植的荞麦全都成熟，站在高处，一片深红，像是晾晒的被褥。永平的荞麦有400多亩，每亩地的租金是5元或10元，亩产大约150斤，单价1.35元，算下来也是不错的收入。峰不愧是一个收割高手，在河南的时候，曾有人专门夸赞说，你是最好的司机，所有收割机里，你是最好的，峰哈哈一笑。小麦成熟，麦秸干枯变脆，很容易粉碎，荞麦不然，它的秸秆永远都是湿润的，好像灌满了水。足够的湿度让它具有足够的韧性，总是在机器里旋转缠绕，过一会儿就得停下来，让机器空转，慢慢吐出麦草，否则，塞多了，会将机器憋死。这一天，在丈房塔一带收割荞麦的建华就因为没有经验，烧坏了车，不得不到怀朔镇上购买配件。

这里的土地实在不适宜农耕。雨水冲刷过的大地，留下一道道沟痕。那些土仅是风化的石粒和沙子，深度只有二十厘米左右，刨开沙土，下面就是白色的石头。此刻，除了我们，似乎天底下再没有其他人。苍穹之下，绵延不尽的戈壁草原，收割机渺小倔强，在没有边际的地块里来回跳动折腾。假若一只苍鹰飞来，将其作为猎捕的对象，料定收割机绝无生还之路。旷野苍茫，烈日暴晒，除了风，没有任何声响。整个大地找不到任何荫凉，你无法张开自己的双眼，强劲的紫外线猛烈地灼烧着你的面颊。永平养父戴一顶蒙古人惯常的鸭舌帽，架着牧人常用的黑色风镜。他抬起头，湛蓝的天空飘着白云，云朵周边拖着长长的、丝丝缕缕的尾巴。老人说，要下雨了。我问，你咋知道？老人说，云拽着尾巴，就说明要下雨。我有些怀疑，可又不敢轻易质疑这位老人几近一生的经验。收割机轰轰开过，老人不时跪在割过的沙地里，察看遗漏的荞麦粒儿。仅仅就是几粒，捡起来，看看，扔掉，似乎有些遗憾，又有些许无奈。我觉得，老人那样孤独，那样虔诚，他一次次跪倒，其实不是在察看果实，而是向土地致敬，致敬土地的恩赐，致敬土地的仁慈。

永平的客货车停在地头，装满一车，就送回平子壕的小广场上。广场地砖铺就，花池里长着杂草，中间盖着小亭子，周边装饰着太阳能路灯。一车一车倒进来，摊开，两位老人用耙子分离出大堆的苍耳子，用背篓背到一边，已经堆积如山。

当永平开车回去的时候，整个大地就剩下峰和他的收割机。孤寂与单调伴随着他，同时，他也被单调刺耳的机器轰鸣所包裹。远远看，他就像是一个孤独顽强的囚徒，装在钢铁的笼子里，太阳灸晒，烈风劲吹，西西弗斯一般剃刮大地，推上去，滚下来，永无休止。看着这番景象，忽地想起《安娜·卡列尼娜》里地主列文与农民一起割草的情景，"他们割了一行又一行，有的行长，有的行短，有几行草好，有几行草坏。列文完全丧失了时间观念，压根儿不知道此刻是早是晚，劳动使他起了变化，给他带来很大的快乐。在劳动中，有时他忘乎所以，只觉得轻松愉快。""列文割得越久，越频繁地处在忘我的陶醉状态中，仿佛不是他的双手在挥动镰刀，而是镰刀本身充满生命和思想，自己在运动，而且仿佛着了魔似的，根本不用思索，就有条不紊地割下去。这实在是最幸福的时刻呀。"

此时的峰，是否也有托尔斯泰笔下列文那样的感受？我不知道。列文是为了摆脱生活的苦恼，而峰呢？他的乐趣何在？是什么东西支撑着他在孤独单调的空间里如此坚忍不拔，任劳任怨？每个人都有征服自然的欲望，都有掌控世界的野心，此刻，大自然正给峰和他的收割机呈现出一派无言的温顺。庞杂繁缛的荞麦在峰的脚下齐刷刷铺展，一瞬间就被机器无情吞噬，荞麦若有意识，它们作何感想？一排一排卷进割台，仿若跪倒在地的臣民齐声呼喊涕泣，这种残忍杀伐之感是否就是人类征服世界、享受满足的原罪？我料定峰的内心深处一定充满斩杀挞伐的快意。日落时分，昏黄的阳光顺着山坡在荞麦头上掠过，阔大的挡风玻璃上，刺眼的阳光变成迷雾，车前混沌一片，看不清大地，看不清庄稼，看不清世界。峰纯粹依照经验，摸索着，在阳光的大海里披荆斩棘，一往无前。主宰大地的惯性让他机械运动，世界茫然无知，任他游刃有余。问及哪来这样的干劲，峰说，为了赚钱呀！是的，我明白，当年的麦客走出陇山，走进关中平原的时候，他们也是为了赚钱谋生，让老婆、娃娃活得更好一些，这就是支撑他们日复一日、年复一年的精神动力。他们唯一的享乐就是割倒麦子的那一瞬，如同列文，那个瞬间，宰杀了生活的困顿和不幸，忘却了人生的苦闷与悲怆，收获着心中的理想和希望，那是生命的释放，人性的张扬，信念的笃定。是的，那就是他们最幸福的时刻，任何一种思想意识，任何一种精神诱惑都无法替代，难以更改。

太阳西垂，贴着圆圆的山包，将天空染成沉沉的橘黄。收割机成为剪影。一弯新月，陪伴着我们。这半天，我一直披着朔风，独自坐在山坡上，享受塞外的广袤和苍茫。一天即将结束，灼烈的太阳瞬间失去锋芒，漠北的孤月携带着寒意骤然之间从天而降。不知为什么，一团孤独和寂寥将我围裹，似乎我是一个可怜的弃儿，满心满肺都是莫名的冷漠、无助乃至恐惧，心头滚过一抹泪水，倏忽间就又蒸发不见了。看着山坡下蠕动的收割机，回味自己多日来的奔波，脑海里漂浮着很多乱七八糟的词语：收获，渴望，乐趣，期盼，等待，忙碌，挥霍，节俭，伤痛，疾病，忍耐，挣扎，它们翻腾搅拌，在远山近坡之间升起滑落，凝滞扩展，一会儿，竟然演变出一勺悲苦，哽咽在喉咙里，心头无端涌起几丝愤懑，甚而夹杂着无奈，却又酝酿着不甘。赶紧站起身，扯开周身黏乎乎的夜风，摇散这黯淡的心绪，朝着无声的收割机扑过去，越走越近，却又觉得越来越远。到了地头，听见了它的轰鸣，看清了昏黄灯光里的尘土，甚至看到了峰一动不动的面容，可是，那一瞬，我却发现一切竟都那样陌生。峰应该没有看到我，或者他眼睛的余光早就瞟到了我，但他不能停下来，他必须专注于割台的升降，专注于今天最后的收割，可是，对我来说，这竟是一种遗忘。几个月来，我恍惚觉得自己已经成为一个地道的"麦客"，了解了收割机的一切，融进了农机手的生活，甚至可以与形形色色的农民打交道，可此刻，在这旷野的黄昏，我分明体会到了一种彻头彻尾、不管不顾的抛弃与割舍。你，根本就不是麦客，不是农机手，更不是农民。那个世界根本无法接纳你，你是那世界的一个多余，一个拖累！

收割机倔强、机械地运动着，走过来，开过去，完全就是一架没有生命、没有情感的机器。它天生就与大自然为敌，就是为着毁坏那些喑哑的生命和无法形容的颜色，为人类攫取一把维持生命的吃食，无非是峰开动了它。就这样一个东西，从降临人间到来到我们身边，为何如此漫长，如此艰难，如此蹒跚。而一旦到来，为何又让人如此欢喜，如此眷恋？看看眼前，峰早已与它融为一体，他就是收割机，收割机就是他，它们是一个结结实实的整体，焊接着，粘连着，尺寸精密，螺丝紧拧，协同运转，步调一致，浑然天成。毫无疑问，机器刺耳的尖啸早就变成一首歌，排解忧愁，吟唱理想，赞颂孤独，讴歌伤痛，掩藏疲惫，催发力量，一如那天在河南遭遇尴尬后的嘶吼，无所顾忌，如饮老酒。

我的家乡，汾河对岸，有一片干旱倾斜的土地，考古学家在那里发现了一座古老的城池。据说，中国最初的帝王尧和舜就在那里允执其中，表里山河。后世流传一首《击壤歌》，说是那个时期的民间古歌，描述着那个时期的农耕文化，曰：日出而作，日落而息，凿井而饮，耕田为食，帝力于我何有哉！

我坚信这首歌与尧舜毫无关系！

只有歌词，没有曲调，只能言说，无法传唱。

归　宿

　　一般情况，峰要在丈房塔渡过中秋节。那时，这里的大地已经一片死寂，只有飞鸟还在紧张忙碌，筹备它们过冬的食物。

　　收割机走上回程，往南，再次穿越阴山，过托克托，拐过黄河大转弯，就此离开敕勒川，进入茫无际涯的山地沟谷，来到位于内蒙与山西交界处的清水河县。这一段旅程我没有亲历，可以肯定的是，路途漫漫，父辈征战时直来直去，不曾留意，现在的他们视若宝藏，不能轻易放弃。因为纬度变化，越往南温度越高，庄稼生长期越短，可是，归途中的秋庄稼——荞麦、燕麦、谷子、高粱、玉米还都静静地等待着收割机。如果仅仅将小麦作为收割的对象，收割机跨区作业的生业模式就未免太脆弱了。

　　市场就是一只看不见的神秘大手。当峰和他的同伴们放弃乌海、临河那片麦海的时候，他们的眼光越过麦田，驻留在秋天五彩斑斓的大地。没有人点化他们，更没有人邀请他们，收割机追逐利益的天性让他们自然而然做出了这样的选择。这选择其实就是一种生活本源的味道，是人类生生不息的法宝，更是收割机结结实实生存下去的硬道理，过去、现在乃至未来，农业机械化的持续推进都是而且都应该行走在这样的道路上。当然，选择的主语一定要是峰、是成管、是小斌，是千千万万个农机手抑或那些有意加入这一行列的任何一个生命个体。

　　从清水河开始，又有别样的故事。

　　黄河岸边，贫困山区，曾经的"北战"车队轰隆而过，没能将其纳入法眼。这一带广种糜黍、荞麦、燕麦，峰和刘村的农机手们凭借高超的驾驶技术，闯进这片地域，将收割机送到山庄窝铺，开辟出一片新的天地。山间盆地，山顶梯田，道路狭窄，崎岖难行，按说最适宜履带式收割机，可他们打心眼儿看不起那种"蹦蹦"，个头小不说，尤其转场，总得租借一辆平板汽车驮着走，一下子就灭掉了自己的威风。虽说大型谷物收割机平衡性差些，可个儿大，身高，没人敢小看这个家伙，自然你就不敢低看驾驶它的农机手！那些陡峭难行的地块一般司机都会退避三舍，可峰和刘村的司机们要的就是这个机会，这就是展示本事的时候，你不行，我行，自然价钱就高。收割机是带着割台往前推着做功，直着爬坡，到一定程度，即便再大的马力，也爬不上去，宽大的车轮会将酥松的黄土刨起，眨眼就是两个深坑。割到一定程度，峰们会从侧面迂回上去，倾斜45度，从上往下，一次次斜切，险象环生，惊险刺激，那是胆量与技术的结合，更是艰险与恐惧的考验。一次，小斌跟着地主开进去，狭窄的地块无法调转车头，割过去，倒回来，最后回撤，小斌足足倒着走了三里地。

晋西北自古艰困，右玉、左云到神池，那里的百姓接受收割机更迟，几乎是2010年以后的事儿。那里的农民对农机手甚是关照上心，顿顿吃饭都会拿出廉价的散酒小酌几杯。收割时，他们需要留下秸秆喂牲口，像胡麻草一类秸秆都是上好的饲料，收回去，可以存储一冬。干完活儿，农民们一个个蓬头垢面，身上、头上都是草。进了屋，杂七杂八堆满东西，没有扎脚的地方。上炕去，一堆人陪着，穿袜子的，不穿袜子的，脚趾头露着，乌黑。主人做饭，伸手抓拉羊粪点火，转身就到案板上和面去。除了小米粥，绝少不了山药蛋，连包子、饺子都是山药蛋馅儿，下酒菜就是一块豆腐一把盐，院子里剪把大葱叶子就是绿菜。峰很快转变心态，将自己完全融进这种别样的生活，以此赢得他们的信任，只有如此，才有资格扎下根来。

7月份，存好机器从固阳返程，需要提前联系公共汽车。它没有固定的站点，谁打电话联系，谁家就是站点。车辆加油也是如此，打个电话，一会儿，流动加油车就会开到你的跟前。公共汽车是一辆灰色小面包，每天准时从某个村庄出发，按照电话预约，沿途挨家接人。峰和永平将我送回丈房塔，连夜又赶回了平子壕。天不亮，就起床，准备回家，建华还在呼呼大睡。听着他香甜的鼾声，看着眼前的小屋子，顿然有一种留恋与不舍，接着就产生了一丝背叛愧疚之感。赶快洗脸收拾东西，让老白再次确认汽车是否已经动身，我买了包头到太原的机票，必须按时赶到机场。超过预定时间四十分钟，那公交才来，一见是个小型面包车，心里很是失望，一股委屈倏忽滑过心头。车很旧，按照定员，最多只能坐七人。拉开车门，已经满座，后排三人，中间二人，问怎么坐，白天贵从中排座位下拉出一个马扎，在空地支好，算是一个加座。司机不说话，似乎在嘲笑我不懂他们的习俗。过了小广场，停下，左边草地里走出一个六七十岁的瘦老汉，不慌不忙走过马路，回家，拿了东西再出来。司机叫中排座位上的两个男人站起，一把扳倒座椅靠背，叫我们三人一块坐上去，瘦老汉坐了我的马扎。车一动，老汉猛抽一口烟，呛得人直咳嗽。接着，掏出烟盒，捏了两支，让给我身边方脸膛汉子一支，又递我一支。心里有些不快，赶紧回绝，提起衣襟做掩鼻状，说，最好不要抽烟。后排一时髦女人也搭腔：别抽烟，我还晕车哩。老汉举着烟，僵硬的手无处可放，过了半天，发现车窗上方有一条狭窄的缝隙，于是，摸摸缩缩将烟头从那里别了出去。

方脸膛男人拍拍老汉肩膀，问：认识吗？老汉一脸迷茫，半天才呵呵几声，猜出了对方的名字。他们回忆起当年在某地一起做工的事儿，方脸膛说，韩三儿死了。老汉惊愕，重复说：韩三儿死了？！又说某某也死了，又惊愕，重复说，某某死了。方脸膛说：被车碾死了。老汉无语。

一路在乡村公路上绕，走走停停，上上下下，直到走上那条宽阔的一级公路才撒开腿脚，不歇气地奔跑。

到达固阳，司机告诉我，一直往前走就能看到路边开往包头的大巴。果然，它就停在一个宽大的街心花园旁边。尚不到开车时间，赶紧找厕所，没有，问司机，司机问：尿？我说：对。司机一指，到树林子里吧。

他指的就是那个街心花园，远处有一群女人在跳广场舞。我呀呀两声，不好意思。司机说，没事儿，去吧。园子里树木高大，灌木花草茂盛，顺着砖铺小道进去，果然有个"特色"通道，曲径通幽，一个相对隐蔽的所在，一片空地，大便、手纸到处都是。看到如此丰富的场景，心里瞬间踏实了许多。

我发现，在我走过的路途上，在峰谋生的每个地方，你遇到的都是地地道道的农民，他们朴实得近乎原始，有情义，有狡黠，更有面对现代文明的无奈和局促。一代人走进历史，新的一代会以另一种姿态占据现实，我们的任务就是活在当下，活好自己。对峰和他的伙伴们来说，当一个漂泊四方的农机手，每年六七个月的流浪生活，只有真正的农民才能年复一年，乐此不彼，这是他们安身立命的营生。一个农民，要想活得自在，活出人样儿，就必须选择适合自己的生计，再多的难堪和困苦，都必须迎难而上，坚忍不拔，不遗余力，因为，一天不干，你就没有丝毫收入，你的心里就会空无着落，无所依凭。

飞机轰鸣着，掠过一片湖面蹿上天空，渐渐，地面建筑消失，只有绛红色的大漠。我不知道自己身处何方，唯一清楚的就是我们的航程一定离不开那条河，于是，不断透过舷窗努力寻找，大漠，苍山，它一定就在它们之间奔腾咆哮。在我看来，此时此刻，双脚之下，大地之上，只有它才是活着的生命。不久，我看到了，苍劲，粗壮，蜿蜒，仿若一条巨龙。看着它慢慢远去，忽然就有一丝感动，一丝亲切，更有些许温暖。看着它，似乎看到了家，看到了回家的路。往更远的方向眺望，白云悠悠，迷雾重重，也许，那里就是固阳，就是平子壕、丈房塔，也许，那里就是清水河，就是左云，就是右玉，就是一片荞麦，一片高粱，一片干枯的玉米地，有了这些，就会有收割机，就会有我本家弟弟的生存之地。

今天的农机手们在大河上下劳作得游刃有余，峰和他的同伴们已经成为村中"能人中的有本事的人"。他们以同村伙伴为纽带，相互照应，相互谦让，有钱一块挣，有难一块受，没有了原先生产队抑或生产小组的概念，更舍弃了血缘的关联。他们凭借技术、态度、诚信、勤劳，毫无违和地融入不同地域、不同民俗、不同环境，如鱼得水，奋力谋生。可是，想到他们放弃一块地盘，又设法开拓新的领域，我禁不住想：传统麦客一夜之间失去了市场，那么未来，联合收割机的命运又会怎样？有朝一日它也会退出市场吗？那个时候，农机手会去哪里？假如峰不再经营收割机，哪里会是他新的归宿？

1976年，中国考察组来到"国际麦客"韩丁的私家农场，面对一个人耕种1600多亩地，他们瞠目结舌。其实，类似农场在美国不计其数，根据洪民荣《美国农场研究》，2010年，那里的农场总数共有2192774个。如韩丁一样，每个农场都有他们自己的生产机械，从耕种、除草到收获、存储，全都实现了机械化。但是，农业机械越来越高端、越大型，许多中小型农场感到了投资的压力。怎么办？相邻几家相互协作，要么合资购买，要么共享农机，实在没有办法，才进行农机租赁或委托服务。所以，某种意义上，美国也有"麦客"，但却没有中国式的游走和迁徙，个中原委，就是土地集中、独立经营和灵活、守信的机械营销。

在中国的北大荒，曾经的国营农场大都实行承包租赁，连同私人开垦的土地，各类农场比比皆是，大大小小，不计其数，平坦如垠的黑土地承载着多少梦想，无人知晓。大农场动辄几十万亩，它们有自己的机器，机械化程度也很高，而那些小农场，或者租种土地的人们，村庄里的农户，考虑到经营成本，仍需要外地的"麦客"前来帮忙。近些年，有商业资本进驻农村，通过流转手段，集中大量土地，组建大型农场，可很多时候，他们购置的高档农机一直闲置，耕种和收获仍然需要跨区收割的农机手。这里面究竟蕴藏着怎样的道理？

在襄汾县汾城镇，当年召开机收小麦示范大会的定兴村东侧，那块示范麦田的正北方，有一家独特的农场，场主叫作翟战备。像马云龙起步一样，他也几经折腾，买拖拉机犁地，跑运输，开砖厂，建大棚，干工程，最后却又不得不回到农村，重操旧业。2012年，村里三户农家的庄稼伺弄不成样子，年底连账都算不了，没办法，说，算了，把地包给你，给多少钱都成。这就是翟战备承包土地、成立农机专业合作社的开端。2014年承包620亩，1亩一二百块，注册了家庭农场，最多时有土地1230多亩。你把土地交给我，可以提供化肥、种子，也可以不提供，反正，从种到收，所有的活儿我都干。接受土地当年的亩产是年终结算的依据。2013年，玉米亩产500斤，我得产到1300斤才行。一年下来，你领你的，我留我的。村里人把身份证、银行卡复印回来，附到合同后头，播种补助打给他。我的任务就是设法降低成本，控制化肥、种子、灌溉、机器费用，科学管理，让亩产尽量增大。最近，计划和中化集团合作，他们在平遥建了大型农场，用卫星监控自己的土地。如合作，我负责组织地块，他们主要服务化肥和种子。除草剂、种子、耕地、化肥这四项，每亩200元就要拿下来。浇地是个难题。打个井50万块钱左右，打一米500到600元，100米生土，然后石头200到300米。水费一小时60块，加上人工，浇一天地1000元开支，一天一夜就得2000块钱。其实，这都不算啥事，关键是你不能静下心来干事。

就说注册吧。我搞个农场，非让我到工商局注册，而且还得在前面加个家庭二字，叫家庭农场。这还不算，必须得在银行开个公户，一个家庭为什么要开公户？说是以农场名义买拖拉机，国家各项补贴都得进公户，要不，办不成。可我以私人名义买机器就行呀？那几年，买拖拉机都要指标，补贴指标，一到补贴就有指标了，批。指标少，买车的人多，我买第一个收割机就睡在襄汾等指标。

翟战备说，政府推动走规模化道路，一些老板就到农村包地，他们投资五百、八百万，置办新机器，回报很小，没有一个是挣钱的。县上成立一个联合社，搞土地托管，整合资源把十几个合作社弄一块，搞服务公司，进行多种尝试。可是，土地流转规定期限是五年，你不一定能用五年！他从城里回来了，要自己种，咋办？我让他提前告知，因为庄稼生长有它的季节，一茬下来，需要倒茬，才能继续耕种，但前提是必须使用我的农机，为什么？我挣的就是机械钱。一圈农机户都骂我。一夜之间，村里所有电杆上贴满了小字报，普通信纸，一折四瓣儿，上面全都写着同样的话：你不叫我种，我不叫你收，翟战备。这是拿我的名义坏我的名声，因为他们失去了近千亩庄稼的收割权。

翟战备的农场是当前农村土地集中的一个典型代表，在远离城镇的乡村这种农场并不鲜见。能够承包到如此多的土地，主要是经济快速发展，种植利润低下以及工业化、城镇化对农民的吸纳等多种因素共同作用的结果。这类农场的耕作成本除了化肥、种子、浇地等必要因素外，机械操作至为关键。自己投资与购买服务，哪个更划算？翟战备有他的情况，张永平又有他的特殊性，但有一点可以肯定，但凡农场，都会对机器耕作形成垄断。翟战备自己经营机器，张永平不经营机器，究其原因，他们考虑的问题无外乎一个，那就是成本。

收割机跨区收割面临的威胁之一是土地集中。除了农场，还有耕地的绝对流失。以山西襄汾县城为例，汾河西岸的陈郭、刘村、湖李三个村庄互为犄角，陈郭在刘村南边，湖李在刘村东边，自打进入21世纪，县城西扩，不断侵食三个村庄的土地。据相关部门估算，二十多年来，河西新城总共占地4300多亩，这也就意味着三个村子一共失去了这么多土地。当然，这个数据包含刘村村南的那条溪流和部分汾河滩涂，可河流两岸大片的沙土地原先也都种植庄稼。三个村中，刘村似乎失去的土地相对较少，但据村委会统计，至少也有八九百亩。按照相关政策，占用耕地的亩数要相应纳入土地整理项目，再开垦出同样亩数的土地作为补偿，可是，新开垦的土地大都在偏远的山间沟壑，白花花一片，寸草不生，寸苗不长，何时才能形成生产力，只有那块土地自己知道。作为刚性损失，每年，收割机在其主场都会永久性失去至少两三千亩地的收割机会。

自主经营貌似收割机跨区收割的又一威胁。粮食作物价格长期低迷，老百姓要花钱，自然就会栽种收入更高的经济作物，比如蔬菜，果树，药材。据国家统计局资料，2017年，中国小麦种植面积为23987.5千公顷，五年后的2022年已经减少到23518.5千公顷。可是仔细一想，多种经营恰恰又给机械作业提供了新的发展空间。这不，为了保证足够的工作量，收割机已经开始收割荞麦、玉米、药材等作物了。当然，还有更多的作物可以收割，只是我们有没有相应的工具，以及本钱大小的问题。在固阳，我曾经问峰，为什么不收割成片的向日葵？峰说，有收割向日葵的机器，只是成本费用太高，农民承受不了。

显然，土地集中并不是威胁收割机跨区收割的主要因素，真正决定跨区收割兴盛与萎缩的关键是土地经营成本。农业机械不断更新，工具成本过高，美国中小型农场选择合伙、共享抑或租赁和委托服务，而中国大多数农民的选项却只有一个，那就是购买服务。可见，一家一户小规模经营耕种方式的长期存在，是目前收割机跨区收割持续坚守和适度发展的前提条件。成本是工具与人力的巧妙结合，如果市场是一座桥梁，那么成本就

翟战备耕种土地的明细账

是它的桥墩。市场越完善，收割机长途奔袭跨区收割就越会受到挑战。

经营成本未必单指生产资料和劳动力。就像翟战备的苦恼和困惑一样，就连政府有关部门的关注和指导都会成为成本。好在，我们正在不断改革和优化体制，农机部门机构改革，许许多多绊脚的管理措施烟消云散，这都依赖市场机制的一步步倒逼，依靠新的劳动关系对僵化管理手段的淘洗与蜕脱。一次次颠覆，一次次松绑，都是市场引导、调节、逼迫的结果。由此，我们可以看到人类思想、各种理念的局限性，可以看到人世间那只"看不见的手"的巨大威力。我们常说解放生产力，所谓解放，所谓生产力，那不仅仅是一个简单的概念，你我的理解也未必就是它的全部。世界无限广阔，我们的认知或许只是一个皮毛。

2021年9月，山西遭遇连续四十多天的阴雨，许多地方墙倒屋漏，秋庄稼浸泡在田地里无法收回，来年的冬小麦难以下种，人们焦躁不安，忧心如焚。农机部门临时改装链轨机车尝试收割，可毕竟三两台实验品，杯水车薪而已。10月17日，眼看就要霜降，老天爷终于睁开眼睛。而雨水早已浸透田地，一脚下去，一个深深的泥窝子。村人无法预测未来的天气，架不住节气威逼，纷纷出动，全都站在地头等待播种机的到来。峰、小斌、国民这些老农机们全都开着收割机远赴内蒙古，他们早已顾不上或者看不上庄稼的播种环节，毕竟播种周期短，费时费力，十天半月就得刀枪入库，没有外出持续性劳作合算，这就导致秋播时节机械短缺。大家伙站在村头，望眼欲穿，电话打了一个又一个，依然没有着落。开始两天，刘村五六千亩土地上只有一台机器。小老板原先从事蒸馍生意，因为环保、卫生等要求，投入产出不成比例，只好转行，这才临时抓挖，填补了秋播的空档，此刻正在村西北高崖上的旱地里作业。预约和催促的电话将他搅扰得难以招架，甚至无法正常操作播种机，索性将电话扔到车座上，任其在屁股底下疲惫地歌唱。

改革开放初始三十年，拖拉机迅猛发展，联合收割机终结了镰刀几千年的使命，张锁柱们为之奋斗一生的机械化、现代化终于初露真容，国人

翟战备农场场院一角

看到了希望，无不欢呼唱颂。但是，沉下心来，冷静思考，重新品味20世纪70年代末期韩丁先生对农业机械化标准的定义，要计算今天我们广大农村的机械化生产率尚是一个颇为难堪的课题。收割机烽烟突起只是机器这个劳动力杀向农业机械化市场的一支孤军，仅仅只是机械化的冰山一角，是透过望远镜看到的那一片美丽的花纹。真正的机械化、现代化是对人类自身的极大解放，是触及各个生产环节的机器共同体，更是农民群体作为分母的一个分子式。

行笔至此，偶然看到北京师范大学焦长权、董磊明合作的一篇旧文：《从"过密化"到"机械化"：中国农业机械化革命的历程、动力和影响（1980~2015年）》，文章说，"工业化和城市化是推动农业机械化的最大动力，中国农业机械化虽然在20世纪60年代就启动，但一直发展非常缓慢，直到2000年之后，尤其是2005年以来，农业机械化才得以突飞猛进地发展，农业生产在一个很短的时期内发生了一场机械化革命，"成为"整个中国大转型的重要组成部分。"但是，作为这场革命的重大前提——工业化和城市化，如何从生产关系层面进一步变革，保障农民的权益，却是未来农业、农村、农民问题的关键。诚如文章最后所言，"中国小农经济究竟会走向何方，目前还是不明朗的，当然，这也正预示了希望，我们期待其在多种可能性中选择最符合人民利益和实际国情的一种。"

丈房塔的老男人们担心将来的土地没人耕种，其实，这是多虑。他们干不动了，那就还给大自然吧！但是，我希望会有更多的张永平、翟战备们接过手来，宁可不要收割机跨区收割，我们也不能没有粮食。

我将自己的担忧和展望讲给峰听，他不说话，其实是无法进行更为深入的思考，唯一可以肯定的是，他依然对眼前的现状保持乐观。

这两年，刘村收割机新开辟的作业区是朔州的神池县，因为没有落脚的关系户，每天住县城的宾馆，来回赶路，成本太高，效益不佳。

在晋西北，甚至中国北方所有的山区，玉米成熟后，人们并不急于收割，他们在等待好的价格。玉米是最易储存的粮食，除了山猪、老鼠等动物的侵害，一般天气对它几乎毫发无损。收回去，还得弄个栅栏，金灿灿堆在院子一角，美则美矣，却是一件很麻烦的事儿。许多人会让玉米一直长在地里，风吹日晒，雨打雪盖。前两年，刘村农机手从内蒙古回归，收割机上安装的是谷物割台。看着晋西北旷野里的大片玉米，他们如芒在背，如鲠在喉，要挣那份收割的钱，就得使用玉米收割机，那又是一笔不小的投入，况且，分身乏术，开了谷物收割机，玉米收割机谁开？2021年，成管和儿子国民首先想到了一个办法，在收割机后面加挂一个改装后的拖车架子，拉上玉米割台，随时更换，包打天下。面对潜在的危机，他们及时应变，凡是成熟的庄稼，包括胡麻、黄芩、柴胡等等各种中药材，统统包揽。我相信，未来不久，他们还会向天空和地下伸手，收割向日葵，采摘各种果蔬，翻挖土豆、红薯、胡萝卜乃至山药。如果有人再称呼他们为"麦客"，不管前面加上怎样的定语，"铁"也好，"新"也罢，实在不得要领。他们就是农机手，是一个新兴产业的代表，是一代新农民的象征。

2021年，林峰也买了一台收割机，当起了"老板"。峰买了两台，活儿紧的时候，他就雇个司机，两台一起走；活儿少的时候，一台随他外出，另一台放在家中。他们全都置办了适用于不同地域、不同作物的割台，拖挂在屁股后面，根据作物不同，随时随地更换。只要客户打来电话，要么转换地方，要么远程遥控老家的司机，一个挎包一杯水，两台机器随时开，俺是革命一块砖，哪里需要哪里搬，机器能休息，人却不可。只要动起来，就能盘活资源，就会有更多的收益。在他们眼里，处处是大道，无处不生财。

2021年9月 一稿
2024年3月 改定

参考文献与资料

一、图书

[1] 侯登科.麦客[M].上海:上海锦绣文章出版社,2010.

[2] 侯登科.麦客[M].杭州:浙江摄影出版社,2000.

[3] 马塞北.清实录穆斯林资料辑录[M].银川:宁夏人民出版社,1988.

[4] 马长寿.同治年间陕西回民起义历史调查记录[M].西安:陕西人民出版社,1993.

[5] 詹姆斯·麦克弗森.火的考验:美国南北战争及重建南部[M].陈文娟,卢艳丽,郑扩梅,陆国沛,刘衷易,译.北京:商务印书馆,1993.

[6] 赵维玺.湘军集团与西北回民大起义之善后研究——以甘宁青地区为中心[M].上海:上海古籍出版社,2014.

[7] 吴万善.清代西北回民起义研究[M].兰州:兰州大学出版社.1991.

[8] 马啸.左宗棠在甘肃[M].兰州:甘肃人民出版社,2011.

[9] 丁焕章.甘肃近现代史[M].兰州:兰州大学出版社,1989.

[10] 洪民荣.美国农场研究[M].上海:上海社会科学院出版社,2016.

[11] 襄汾县农机志编纂委员会.襄汾县农机志[M].北京:方志出版社,2009.

[12] 山西省地方志办公室.山西省志——农业机械化志[M].北京:中华书局出版社,2012.

[13]宋树友.中国农业机械化大事记(1949——2009)[M].北京:中国农业出版社,2010.

[14]中国农业机械学会.美国加拿大农业机械化考察见闻[M].北京:人民出版社,1978.

[15]刘华清.人民公社化运动纪实[M].北京:东方出版社,2014.

[16]马社香.农业合作化运动始末——百名亲历者口述实录[M].北京:当代中国出版社,2012.

[17]苏华,何远.民国山西读本·考察记[M].太原:三晋出版社,2013.

[18]奈保尔.大河湾[M].方柏林,译.海口:南海出版社,2014.

[19]列夫·托尔斯泰.安娜·卡列尼娜[M].草婴,译.上海:上海译文出版社,1982.

[20]米哈依尔·亚历山大维奇·肖洛霍夫.静静的顿河[M].金人,译.北京:人民文学出版社,1988.

二、期刊

[1]陈宗祥.1952年中国农民代表团访苏回忆[J].春秋,2014(2):27-29

[2]要提倡这种精神[N].山西日报,1983-06-27(1).

[3]第三次全国农业机械化会议在京隆重召开[N].人民日报,1978-1-5(1).

三、内部资料

[1]政协银川市郊区委员会.银川市郊区文史资料(第2辑)[M].内部资料,2002.

[2]四川大学马列主义教研室,中共党史科研组.重庆谈判资料选编[M].内部资料,1979.

[3]长治市郊区政协文史资料研究委员会.长治市郊区文史资料(第7辑)[M].内部资料,1997.

[4] 长治市郊区政协文史资料研究委员会.长治市郊区文史资料(第9辑)[M].内部资料,2000.

[5] 周口市政协学习和文史委员会.周口文史资料选辑(总第4辑)[M].内部资料,2005.

[6] 中国人民政治协商会议河北省委员会文史资料委员会.河北文史资料.第3期(总第38期)[M].内部资料.1991.

[7] 美国友好人士韩丁对我国农业机械化的一些看法[M].山东省农业机械科技情报网翻印1978.